U0926275

人生最美是心安

朱光潜 著

中国画报出版社 · 北京

图书在版编目（CIP）数据

人生最美是心安 / 朱光潜著. -- 北京 : 中国画报出版社, 2018.1（2018.7重印）
ISBN 978-7-5146-1355-1

Ⅰ. ①人… Ⅱ. ①朱… Ⅲ. ①散文集—中国—当代 Ⅳ. ①I267

中国版本图书馆CIP数据核字(2017)第314948号

人生最美是心安
朱光潜　著

出 版 人：于九涛
责任编辑：魏姗姗
责任印制：焦　洋

出版发行：中国画报出版社
地　　址：中国北京市海淀区车公庄西路33号　邮编：100048
发 行 部：010-68469781　010-68414683（传真）
总编室兼传真：010-88417359　版权部：010-88417359

开　　本：16开（710mm×1000mm）
印　　张：19
字　　数：250千字
版　　次：2018年2月第1版　　2018年7月第2次印刷
印　　刷：三河市华润印刷有限公司
书　　号：ISBN 978-7-5146-1355-1
定　　价：49.80元

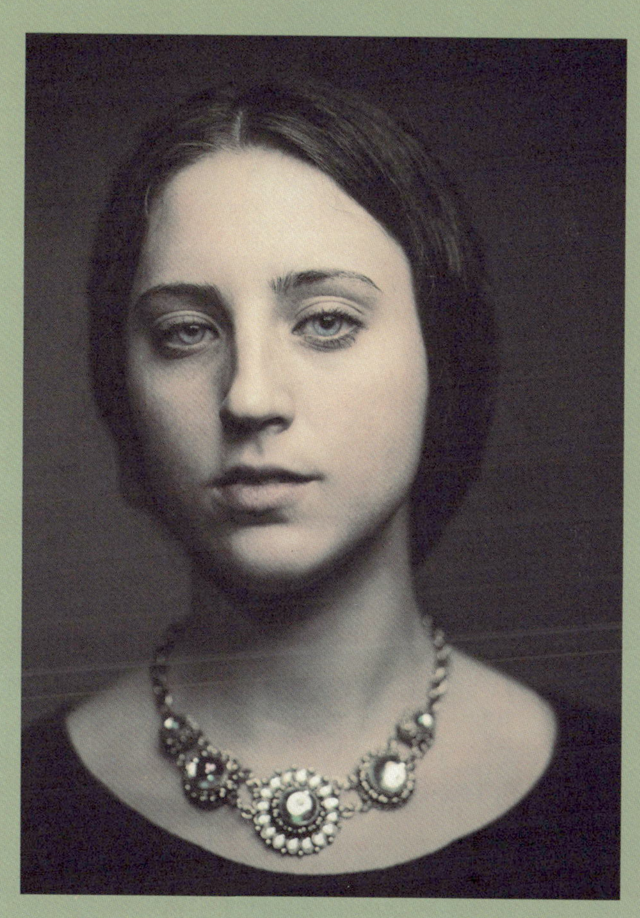

要见出事物本身的美，须把它摆在适当的距离之外去看。

自　序

Preface

朋友：

从写《十二封信》给你之后，我已经歇三年没有和你通消息了。你也许怪我疏懒，也许忘记几年前的一位老友了，但是我仍是时时挂念你。在这几年之内，国内经过许多不幸的事变，刺耳痛心的新闻不断地传到我这里来。听说我的青年朋友之中，有些人已遭惨死，有些人已因天灾人祸而废学，有些人已经拥有高官厚禄或是正在“忙”高官厚禄。这些消息使我比听到日本出兵东三省和轰炸淞沪时更伤心。在这种时候，我总是提心吊胆地念着你。你还是在惨死者之列呢？还是已经由党而官，奔走于大人先生之门而洋洋自得呢？

在这些提心吊胆的时候，我常想写点什么寄慰你。我本有许多话要说而终于缄默到现在者，也并非完全由于疏懒。在我的脑际盘旋的实际问题都很复杂错乱，它们所引起的感想也因而复杂错乱。

现在青年不应该再有复杂错乱的心境了。他们所需要的不是一盆八宝饭而是一帖清凉散。想来想去，我决定来和你讲美。

讲美！这话太突如其来了！在这个危急存亡的年头，我还有心肝来“谈风月”么？是的，我现在讲美，正因为时机实在是太紧迫了。朋友，你知道，我是一个旧时代的人，流落在这纷纭扰攘的新时代里面，虽然也出过一番力来领略新时代的思想和情趣，仍然不免抱有许多旧时代的信仰。我坚信中国社会闹得如此之糟，不完全是制度的问题，是大半由于人心太坏。我坚信情感比理智重要，要洗刷人心，并非几句道德家言所可了事，一定要从“怡情养性”做起，一定要于饱食暖衣、高官厚禄等等之外，别有较高尚、较纯洁的企求。要求人心净化，先要求人生美化。

人要有出世的精神才可以做入世的事业。现世只是一个密密无缝的利害网，一般人不能跳脱这个圈套，所以转来转去，仍是被利害两个大字系住。在利害关系方面，人已最不容易调协，人人都把自己放在第一位，欺诈、凌虐、劫夺种种罪孽都种根于此。美感的世界纯粹是意象世界，超乎利害关系而独立。在创造或是欣赏艺术时，人都是从有利害关系的实用世界搬家到绝无利害关系的理想世界里去。艺术的活动是“无所为而为”的。我以为无论是讲学问或是做事业的人都要抱有一副“无所为而为”的精神，把自己所做的学问事业当作一件艺术品看待，只求满足理想和情趣，不斤斤于利害得失，才可以有一番真正的成就。伟大的事业都出于宏远的眼界和豁达的胸襟。如果这两层不讲究，社会上多一个讲政治经济的人，便是多一个借党忙官的人；这种人愈多，社会愈趋于腐浊。现在一般借党忙官的政治学者和经济学者以及冒牌的哲学家和科学家所给人的印象只要一句话就说尽了——“俗不可耐”。

人心之坏，由于“未能免俗”。什么叫做“俗”？这无非是像蛆钻粪似的求温饱，不能以“无所为而为”的精神作高尚纯洁的企求；总而言之，“俗”无非是缺乏美感的修养。

在这封信里我只有一个很单纯的目的，就是研究如何“免俗”。这事本来关系各人的性分，不易以言语晓喻，我自己也还是一个“未能免俗”的人，但是我时常领略到能免俗的趣味，这大半是在玩味一首诗、一幅画或是一片自然风景的时候。我能领略到这种趣味，自信颇得力于美学的研究。在这封信里我就想把这一点心得介绍给你。假若你看过之后，看到一首诗、一幅画或是一片自然风景的时候，比较从前感觉到较浓厚的趣味，懂得像什么样的经验才是美感的，然后再以美感的态度推到人生世相方面去，我的心愿就算达到了。

在写这封信之前，我曾经费过一年的光阴写了一部《文艺心理学》。这里所说的话大半在那里已经说过，我何必又多此一举呢？在那部书里我向专门研究美学的人说话，免不了引经据典，带有几分掉书囊的气味；在这里我只是向一位亲密的朋友随便谈谈，竭力求明白晓畅。在写《文艺心理学》时，我要先看几十部书才敢下笔写一章；在写这封信时，我和平时写信给我的弟弟妹妹一样，面前一张纸，手里一管笔，想到什么便写什么，什么书也不去翻看。我所说的话都是你所能了解的，但是我不敢勉强要你全盘接收。这是一条思路，你应该趁着这条路自己去想。一切事物都有几种看法，我所说的只是一种看法，你不妨有你自己的看法。我希望你把你自己所想到的写一封回信给我。

朱光潜

人要有出世的精神，才可以做入世的事业。

人好比一棵花草，要根茎枝叶花实都得到平均的和谐的发展，才长得繁茂有生气。

所谓美感经验，其实不过是在聚精会神之中，我的情趣和物的情趣往复回流而已。

总之，愁生于郁，解愁的方法在泄；郁由于静止，求泄的方法在动。

不辜负世界的恢弘和人生的丰富，

不勉强一切人都走一条路。

了解是欣赏的预备，欣赏是了解的成熟。

美是事物的最有价值的一面，美感的经验是人生中最有价值的一面。

目录

Contents

第三辑 / 知世故，而不世故

第四辑 / 从容生活，温柔处世

种田人常羡慕读书人，读书人也常羡慕种田人。竹篱瓜架旁的黄粱浊酒和朱门大厦中的山珍海鲜，在旁观者所看出来的滋味都比当局者亲口尝出来的好。

第一辑

美是一生的修行

天上的云霞有多么美丽！风涛虫鸟的声息有多么和谐！用颜色来摹绘，用金石丝竹来比拟，任何美术家也是作践天籁，糟蹋自然！无言之美何限？让我这种拙手来写照，已是糟粕枯骸！这种罪过我要完全承认的。倘若有人骂我胡言乱道，我也只好引陶渊明的诗回答他说：“此中有真味，欲辨已忘言！”

生　　命

说起来已是二十年前的事了。如今我还记得清楚，因为那是我生平中一个最深刻的印象。有一年夏天，我到苏格兰西北海滨一个叫作爱约夏的地方去游历，想趁便去拜访农民诗人彭斯的草庐。那一带地方的风景仿佛像日本内海而更曲折多变化。海湾伸入群山间成为无数绿水映着青山的湖。湖和山都老是那样恬静幽闲而且带着荒凉景象，几里路中不容易碰见一个村落，处处都是山、谷、树林和草坪。走到一个湖滨，我突然看见人山人海——男的女的、老的少的，穿深蓝大红衣服的、褴褛蹒跚的、蠕蠕蠢动，闹得喧天震地：原来那是一个有名的浴场。那是星期天，人们在城市里做了六天的牛马，来此过一天快活日子。他们在炫耀他们的服装，他们的嗜好，他们的皮肉，他们的欢爱，他们的文雅与村俗。像湖水的波涛汹涌一样，他们都投在生命的狂澜里，尽情享一日的欢乐。就在这么一个场合中，一位看来像是皮鞋匠的牧师在附近草坪中竖起一个讲台向寻乐的人们布道。他也吸引了一大群人。他喧嚷，群众喧嚷，湖水也喧嚷，他的话无从听清楚，只有“天国”“上帝”“忏悔”“罪孽”几个较熟的字眼偶尔可以分辨出来。那群众常是流动的，时而由湖水里爬上来看牧师，时而由牧师那里走下湖水。游泳的游泳，听道的听道，总之，都在凑热闹。

对着这场热闹，我伫立凝神一反省，心里突然起了一阵空虚寂寞的感觉，我思量到生命的问题。摆在我们面前的显然就是生命。我首先感到的是这生命太不调和。那么幽静的湖山当中有那么一大群嘈杂的人在嬉笑取乐，有如佛堂中的蚂蚁抢搬虫尸，已嫌不称；又加上两位牧师对着那些喝酒、抽烟、穿着游泳衣裸着胳膊大腿卖眼色的男男女女讲“天国”和“忏悔”，这岂不是对于生命的一个强烈的讽刺？约翰授洗者在沙漠中高呼救世主来临的消息，他的声音算是投在虚空中了。那位苏格兰牧师有什么可比约翰的？他以布道为职业，于道未必有所知见，不过剽窃一些空洞的教门中语扔到头脑空洞的人们的耳里，岂不是空虚而又空虚？推而广之，这世间一切，何尝不都是如此？比如那些游泳的人们在尽情欢乐，虽是热烈却也很盲目，大家不过是机械地受生命的动物的要求在鼓动驱遣，太阳下去了，各自回家，沙滩又恢复它的本来的清寂，有如歌残筵散。当时我感觉空虚寂寞者在此。

但是像那一大群人一样，我也欣喜赶了一场热闹，那一天算是没有虚度，于今回想，仍觉那回事很有趣。生命像在那沙滩所表现的，有图画家所谓阴阳向背，你跳进去扮演一个角色也好、站在旁边闲望也好，应该都可以叫你兴高采烈。在那一顷刻，生命在那些人们中动荡，他们领受了生命而心满意足了，谁有权去鄙视他们，甚至于怜悯他们？厌世嫉俗者一半都是妄自尊大，我惭愧我有时未能免俗。

孔子看流水，发过一个最深永的感叹，他说：“逝者如斯夫，不舍昼夜！”生命本来就是流动的，单就“逝”的一方面来看，不免令人想到毁灭与空虚；但是这并不是有去无来，而是去的若不去，来的就不能来，生生不息，才能念念常新。莎士比亚说生命“像一个白痴说的故事，满是声响和愤激，毫无意义”，虽是慨乎言之，却不是一句见道之语。生命是一个说故事的人，虽老是抱着那么陈腐的“母题”转，而每一顷刻中的故事却是新鲜的，自有意义的。这一顷刻中有了新鲜有意义的故事，这一顷刻中我们心满意足了，这一顷刻的生命便不能算是空虚。生命原是一顷刻接着一顷刻地实现，好在它“不舍昼夜”。算起总账来，层层实数相加，绝不会等于零。人们不抓住每一顷刻在实现中的人生，而去追究过去的原因与未来的究竟，那就犹如在相加各项数目的总和之外求这笔加法的得数。追究最初因与最后果，都要走到“无穷追溯”（reductio ad infintum）。这道理哲学家们本应知道，而爱追究最初因与最后果的偏偏是些哲学家们。这不只是不谦虚，而且是不通达。一件事物实现了，它的形相在那里，它的原因和目的也就在那里。种中有果，果中也有种，离开一棵植物无所谓种与果，离开种与果也无所谓一棵植物（像我的朋友废名先生在他的《阿赖耶识论》里所说明的）。比如说一幅画，有什么原因和目的！它现出一个新鲜完美的形相，这岂不就是它的生命、它的原因、它的目的？

且再拿这幅画来比譬生命。我们过去生活正如画一幅画，当前我们所要经心的不是这幅画画成之后会有怎样一个命运，归于永恒或是归于毁灭，而是如何把它画成一幅画，有画所应有的形相与生命。不求诸抓得住的现在而求诸渺茫不可知的未来，这正如佛经所说的身怀珠玉而向他人行乞。但是事实上许多人都在未来的永恒或毁灭上打计算。波斯大帝带着百万大军西征希腊，过海勒斯朋海峡时，他站在将台看他的大军由船桥上源源不绝地渡过海峡，忽然流涕向他的叔父说：“我想到人生的短促，看这样多的大军，百年之后，没有一个人还能活着，心里突然起了阵哀悯。”他的叔父回答说：“但是人生中还有更可哀的事咧，我们在世的时间虽短促，世间却没有一个人，无论在这大军之内或在这大军之外，能够那样幸运，在一生中不有好几次不愿生而宁愿死。”这两人的话都各有至理，至少能反映大多数人对于生命的观感。嫌人生短促，于是设种种方法求永恒。秦皇汉武信方士，求神仙，以及后世道家炼丹养气，都是妄想所谓“长生”。“服食求神仙，多为药所误，不如饮美酒，被服纨与素”，这本是诗人愤疾之言，但是反话大可做正话看；也许做正话看，还有更深的意蕴。说来也奇怪，许多英雄豪杰在生命的流连上都未能免俗。我因此想到曹孟德的遗嘱：

> 吾死之后，葬于邺之西冈上，妾与伎人皆着铜雀台，台上施六尺床，下穗帐。朝晡上酒脯粻糒之属，每月朔十五，辄向帐前作伎，汝等时登台望吾西陵墓田。

他计算得真周到，可怜虫！谢朓说得好：“穗帷飘井干，樽酒若平生。郁郁西陵树，讵闻歌吹声！”

孔子毕竟是达人，他听说桓司马自为石椁，三年而不成，便说“死不如速朽之为愈也”。谈到朽与不朽问题，这话也很难说。我们固无庸计较朽与不朽，朽之中却有不朽者在。曹孟德朽了，铜雀台伎也朽了，但是他的那篇遗嘱，何逊谢朓、李贺诸人的铜雀台诗，甚至于铜雀台一片瓦，于今还叫讽咏摩挲的人们欣喜赞叹。“前水复后水，古今相续流”，历史原是纳过去于现在，过去的并不完全过去。其实若就种中有果来说，未来的也并不完全未来，这现在一顷刻实在伟大到不可思议，刹那中自有终古，微尘中自有大千，而汝心中亦自有天国。这是不朽的第一义谛。

相反两极端常相交相合。人渴望长生不朽，也渴望无生速朽。我们回到波斯大帝的叔父的话：“世间没有一个人在一生中不有好几次不愿生宁愿死。”痛苦到极点想死，一切自杀者可以为证；快乐到极点也还是想死，我自己就有一两次这样经验。一次是在二十余年前一个中秋前后，我乘船到上海，夜里经过焦山，那时候大月亮正照着山上的庙和树，江里的细浪像金线在轻轻地翻滚，我一个人在甲板上走，船上原是载满了人，我不觉得有一个人，我心里那时候也有那万里无云、水月澄莹的景象，于是非常喜悦，突然起了脱离这个世界的愿望。另外一次也是在秋天，时间是傍晚，我在北海里的白塔顶上望北平城里的楼台烟树，望到西郊的远山，望到将要下去的红烈烈的太阳，想起李白的“西风残照，汉家陵阙”那两个名句，觉得目前的境界真是苍凉而雄伟，当时我也感觉到我不应该再留在这个世界里。我自信我的精神正常，但是这两次想死的意念真来得突兀。诗人济慈在《夜莺歌》里于欣赏一个极幽美的夜景之后，也表示过同样的愿望，他说：

> Now more than ever seems it rich to die.

（现在死像比任何时都更丰富。）

他要趁生命最丰富的时候死，过了那良辰美景，死在一个平凡枯燥的场合里，那就死得不值得。甚至于死本身，像鸟歌和花香一样，也可成为生命中一种奢侈的享受。我两次想念到死，下意识中是否也有这种奢侈欲，我不敢断定。但是如今冷静地分析想死的心理，我敢说它和想长生的道理还是一样，都是对于生命的执着。想长生是爱着生命不肯放手，想死是怕放手轻易地让生命溜走，要死得痛快才算活得痛快，死还是为着活，为着活的时候心里一点快慰。好比贪吃的人想趁吃大鱼大肉的时候死，怕的是将来吃不到那样好的，根本还是由于他贪吃，否则将来吃不到那样好的，对于他毫不感威胁。

生命的执着属于佛家所谓“我执”，人生一切灾祸罪孽都由此起。佛家针对着人类的这个普遍的病根，倡无生，破我执，可算对症下药。但是佛家也并不曾主张灭生灭我，不曾叫人类做集体的自杀，而只叫人明白一般人所希求的和所知见的都是空幻。还不仅此，佛家在积极方面还要慈悲救世，对于生命是取护持的态度。舍身饲虎的故事显示我们为着救济他生命，需不惜牺牲己生命。我心里对此尚存一个疑惑：既证明生命空幻而还要这样护持生命是为什么呢？目前我对于佛家的了解还不够使我找出一个圆满的解答。不过我对于这生命问题倒有一个看法，这看法大体源于庄子（我不敢说它是否合于佛家的意思）。庄子尝提到生死问题，在《大宗师》篇说得尤其透辟。在这篇里他着重一个“化”字，我觉得这“化”字非常之妙。

中国人称造物为“造化”，万物为“万化”。生命原就是化，就是流动与变易。整个宇宙在化、物在化，我也在化。只是化，并非毁灭。草木虫鱼在化，它们并不因此而有所忧喜，而全体宇宙也不因此有所损益。何以我独于我的化看成世间一件大了不起的事呢？我特别看待我的化，这便是“我执”。庄子对此有一段妙喻：

今大冶铸金，金踊跃曰“我且必为莫邪”，大冶必以为不祥之金。今一犯人之形，而曰“人耳，人耳”，夫造化者必以为不祥之人。今以天地为大炉，以造化为大冶，恶乎往而不可哉？成然寐，蘧然觉。

在这个比喻里，庄子破了“我执”，也解决了生死问题。人在造化手里，听他铸，听他“化”而已，强立物我分别，是为不祥。庄子所谓寐觉，是比喻生死。睡一觉醒过来，本不算一回事，生死何尝不如此？寐与觉为化，生与死也还是化。庄周梦为蝴蝶，则“栩栩然蝴蝶也”；“俄然觉，则蘧蘧然周也”；生而为人，死而化为鼠肝虫背，都只有听之而已。在生时这个我在大化流行中有他的妙用，死后我的化形也还是如此，庄子说：

浸假而化予之左臂以为鸡，予因之以求时夜；浸假而化予之右臂以为弹，予因之以求鸮炙……

物质毕竟是不灭的，漫说精神。试想宇宙中有几许因素来化成我，我死后在宇宙中又化成几许事物，经过几许变化，发生几许影响，这是何等伟大而悠久，丰富而曲折的一个游历、一个冒险？这真是所谓“逍遥游”！

这种人生态度就是儒家所谓“赞天地之化育”，郭象所谓“随变任化”，翻成近代语就是“顺从自然”。我不愿辩护这种态度是否为颓废的或消极的，懂得的人自会懂得，无庸以口舌争。近代人说要“征服自然”，道理也很正大。但是怎样征服？还不是要顺从自然的本性？严格地说，世间没有一件不自然的事，也没一件事能不自然。因为这个道理，全体宇宙才是一个整一融贯的有机体，大化运行才是一部和谐的交响曲，而 cosmos 不是 chaos。人的最聪明的办法是与自然合拍，如草木在和风丽日中开着花叶，在严霜中枯谢，如流水行云自在运行无碍，如“鱼相与忘于江湖”。人的厄运在当着自然的大交响曲“唱翻腔”，来破坏它的和谐。执我执法，贪生想死，都是“唱翻腔”。

孔子说过：“朝闻道，夕死可矣。”人难能的是这“闻道”。我们谁不自信聪明，自以为比旁人高一着？但是谁的眼睛能跳开他那“小我”的圈子而四方八面地看一看？谁的脑筋不堆着习俗所扔下来的一些垃圾？每个人都有一个密不通风的“障”包围着他。我们的“根本惑”像佛家所说的，是“无明”。我们在这世界里大半是“盲人骑瞎马”，横冲直撞，怎能不闯祸事！所以说来说去，人生最要紧的事是“明”、是“觉”、是佛家所说的“大圆镜智”。法国人说“了解一切，就是宽恕一切”；我们可以补上一句“了解一切，就是解决一切”。生命对于我们还有问题，就因为我们对它还没有了解。既没有了解生命，我们凭什么对付生命呢？于是我想到这世间纷纷扰攘的人们。

无言之美

孔子有一天突然很高兴地对他的学生说："予欲无言。"子贡就接着问他："子如不言，则小子何述焉？"孔子说："天何言哉？四时行焉，百物生焉。天何言哉？"

这段赞美无言的话，本来是从教育方面着想。但是要明了无言的意蕴，宜从美术观点去研究。

言所以达意，然而意绝不是完全可以言达的。因为言是固定的，有迹象的；意是瞬息万变，缥缈无踪的。言是散碎的，意是混整的。言是有限的，意是无限的。以言达意，好像用继续的虚线画实物，只能得其近似。

所谓文学，就是以言达意的一种美术。在文学作品中，语言之先的意象，和情绪意旨所附丽的语言，都要尽美尽善，才能引起美感。

尽美尽善的条件很多。但是第一要不违背美术的基本原理，要"和自然逼真"（True to nature）：这句话讲得通俗一点，就是说美术作品不能说谎。不说谎包含有两种意义：一、我们所说的话，就恰似我们所想说的话；二、我们所想说的话，我们都吐肚子说出来了，毫无余韵。

意既不可以完全达之以言，“和自然逼真”一个条件在文学上不是做不到吗？或者我们问得再直接一点，假使语言文字能够完全传达情意，假使笔之于书的和存之于心的铢两悉称，丝毫不爽，这是不是文学上所应希求的一件事？

这个问题是了解文学及其他美术所必须回答的。现在我们姑且答道：文字语言固然不能全部传达情绪意旨，假使能够，也并非文学所应希求的。一切美术作品也都是这样，尽量表现，非唯不能，而也不必。

先从事实下手研究。譬如有一个荒村或任何物体，摄影家把它照一幅相，美术家把它画一幅画。这种相片和图画可以从两个观点去比较：第一，相片或图画，哪一个较“和自然逼真”？不消说的，在同一视阈以内的东西，相片都可以包罗尽致，并且体积比例和实物都两两相称，不会有丝毫错误；图画就不然，美术家对一种境遇，未表现之先，先加一番选择。选择定的材料还须经过一番理想化，把美术家的人格参加进去，然后表现出来。所表现的只是实物的一部分，就连这一部分也不必和实物完全一致。所以图画决不能如相片一样“和自然逼真”。第二，我们再问，相片和图画所引起的美感哪一个浓厚，所发生的印象哪一个深刻，这也不消说，稍有美术口味的人都觉得图画比相片美得多。

文学作品也是同样。譬如《论语》，“子在川上曰：‘逝者如斯夫，不舍昼夜！’”几句话决没完全描写出孔子说这番话时候的心境，而“如斯夫”三字更笼统，没有把当时的流水形容尽致。如果说详细一点，孔子也许这样说：“河水滚滚地流去，日夜都是这样，没有一刻停止。世界上一切事物不都像这流水时常变化不尽吗？

过去的事物不就永远过去决不回头吗？我看见这流水心中好不惨伤呀！……”但是纵使这样说去，还没有尽意。而比较起来，“逝者如斯夫，不舍昼夜！”九个字比这段长而臭的演义就值得玩味多了！在上等文学作品中——尤其在诗词中——这种言不尽意的例子处处都可以看见。譬如陶渊明的《时运》，“有风自南，翼彼新苗”；《读〈山海经〉》，“微雨从东来，好风与之俱”，本来没有表现出诗人的情绪，然而玩味起来，自觉有一种闲情逸致，令人心旷神怡。钱起的《省试湘灵鼓瑟》末二句，“曲终人不见，江上数峰青”，也没有说出诗人的心绪，然而一种凄凉惜别的神情自然流露于言语之外。此外像陈子昂的《幽州台怀古》：“前不见古人，后不见来者。念天地之悠悠，独怆然而涕下！”李白的《怨情》：“美人卷珠帘，深坐颦蛾眉。但见泪痕湿，不知心恨谁。”虽然说明了诗人的情感，而所说出来的多么简单，所含蓄的多么深远。再就写景说，无论何种境遇，要描写得惟妙惟肖，都要费许多笔墨。但是大手笔只选择两三件事轻描淡写一下，完全境遇便呈露眼前，栩栩如生。譬如陶渊明的《归园田居》：“方宅十余亩，草屋八九间。榆柳荫后檐，桃李罗堂前。暧暧远人村，依依墟里烟。狗吠深巷中，鸡鸣桑树巅。”四十字把乡村风景描写得多么真切！再如杜工部的《后出塞》：“落日照大旗，马鸣风萧萧。平沙列万幕，部伍各见招。中天悬明月，令严夜寂寥。悲笳数声动，壮士惨不骄。”寥寥几句话，把月夜沙场状况写得多么有声有色，然而仔细观察起来，乡村景物还有多少为陶渊明所未提及，战地情况还有多少为杜工部所未提及。从此可知文学上我们并不以尽量表现为难能可贵。

在音乐里面，我们也有这种感想，凡是唱歌奏乐，音调由洪壮急促而变到低微以至于无声的时候，我们精神上就有一种沉默肃穆和平愉快的景象。白香山在《琵琶行》里形容琵琶声音暂时停顿的情况说："冰泉冷涩弦凝绝，凝绝不通声暂歇。别有幽愁暗恨生，此时无声胜有声。"这就是形容音乐上无言之美的滋味。著名英国诗人济慈（Keats）在《希腊花瓶歌》也说，"听得见的声调固然幽美，听不见的声调尤其幽美"（Heard melodies are sweet:but,those unheard are sweeter），也是说同样道理。大概喜欢音乐的人都尝过此中滋味。

就戏剧说，无言之美更容易看出。许多作品往往在热闹场中动作快到极重要的一点时，忽然万籁俱寂，现出一种沉默神秘的景象。梅特林克（Maeterlinck）的作品就是好例。譬如《青鸟》的布景，择夜阑人静的时候，使重要角色睡得很长久，就是利用无言之美的道理。梅氏并且说："口开则灵魂之门闭，口闭则灵魂之门开。"赞无言之美的话不能比此更透辟了。莎氏比亚的名著《哈姆雷特》一剧开幕便描写更夫守夜的状况，德林瓦特（Drinkwater）在其《林肯》中描写林肯在南北战争军事旁午的时候跪着默祷，王尔德（O. Wilde）的《温德梅尔夫人的扇子》里面描写温德梅尔夫人私奔在她的情人寓所等候的状况，都在兴酣局紧，心悬悬渴望结局时，放出沉默神秘的色彩，都足以证明无言之美的。近代又有一种哑剧和静的布景，或只有动作而无言语，或连动作也没有，就专靠无言之美引人入胜了。

雕刻塑像本来是无言的，也可以拿来说明无言之美。所谓无言，不一定指不说话，是注重在含蓄不露。雕刻以静体传神，有些是流露的，有些是含蓄的。这种分别在眼睛上尤其容易看见。中国有一句谚语说，"金刚怒目，不如菩萨低眉"，所谓怒目，便是流露；所谓低眉，便是含蓄。凡看低头闭目的神像，所生的印象往往特别深刻。最有趣的就是西洋爱神的雕刻，她们男女都是瞎了眼睛。这固然是根据古希腊的神话，然而实在含有美术的道理，因为爱情通常都在眉目间流露，而流露爱情的眉目是最难比拟的，所以索性雕成盲目，可以耐人寻思。当初雕刻家原不必有意为此，但这些也许是人类不用意识而自然碰的巧。

要说明雕刻上流露和含蓄的分别，古希腊著名雕刻《拉奥孔》（Laocoon）是最好的例子。相传拉奥孔犯了大罪，天神用了一种极残酷的刑法来惩罚他，遣了一条恶蛇把他和他的两个儿子一块绞死了。在这种极刑之下，未死之前当然有悲伤惨戚目不忍睹的一顷刻，而古希腊雕刻家并不擒住这一顷刻来表现，他只把将达苦痛极点前一顷刻的神情雕刻出来，所以他所表现的悲哀是含蓄不露的。倘若是流露的，一定带了挣扎呼号的样子。这个雕刻，一眼看去，只觉得他们父子三人都有一种难言之恫；仔细看去，便可发现条条筋肉、根根毛孔都暗示一种极苦痛的神情。德国莱辛（Lessing）的名著《拉奥孔》就根据这个雕刻，讨论美术上含蓄的道理。

以上是从各种艺术中信手拈来的几个实例。把这些个别的实例归纳在一起，我们可以得一个公例，就是：拿美术来表现思想和情感，与其尽量流露，不如稍有含蓄；与其吐肚子把一切都说出来，不如留一大部分让欣赏者自己去领会。因为在欣赏者的头脑里所生的印象和美感，有含蓄比较尽量流露的还要更加深刻。换句话说，说出来的越少，留着不说的越多，所引起的美感就越大越深越真切。

这个公例不过是许多事实的总结束。现在我们要进一步求出解释这个公例的理由。我们要问何以说得越少，引起的美感反而越深刻？何以无言之美有如许势力？

想答复这个问题，先要明白美术的使命。人类何以有美术的要求？这个问题本非一言可尽。现在我们姑且说，美术是帮助我们超现实而求安慰于理想境界的。人类的意志可向两方面发展：一是现实界，一是理想界。不过现实界有时受我们的意志支配，有时不受我们的意志支配。譬如我们想造一所房屋，这是一种意志。要达到这个意志，必费许多力气去征服现实，要开荒辟地，要造砖瓦，要架梁柱，要赚钱去请泥水匠。这些事都是人力可以办到的，都是可以用意志支配的。但是现实界凡物皆向地心下坠一条定律，就不可以用意志征服。所以意志在现实界活动，处处遇障碍，处处受限制，不能圆满地达到目的，实际上我们的意志十之八九都要受现实限制，不能自由发展。譬如谁不想有美满的家庭？谁不想住在极乐国？然而在现实界决没有所谓极乐美满的东西存在。因此我们的意志就不能不和现实发生冲突。

一般人遇到意志和现实发生冲突的时候，大半让现实征服了意志，走到悲观烦闷的路上去，以为件件事都不如人意，人生还有什么意味？所以堕落、自杀、逃空门种种消极的解决法就乘虚而入了，不过这种消极的人生观不是解决意志和现实冲突最好的方法。因为我们人类生来不是懦弱者，而这种消极的人生观甘心让现实把意志征服了，是一种极懦弱的表示。

然则此外还有较好的解决法吗？有的，就是我所谓超现实。我们处世有两种态度，人力所能做到的时候，我们竭力征服现实。人力莫可奈何的时候，我们就要暂时超脱现实，储蓄精力待将来再向他方面征服现实。超脱到哪里去呢？超脱到理想界去。现实界处处有障碍、有限制，理想界是天高任鸟飞，极空阔、极自由的。现实界不可以造空中楼阁，理想界是可以造空中楼阁的。现实界没有尽美尽善，理想界是有尽美尽善的。

姑取实例来说明。我们走到小城市里去，看见街道窄狭污浊，处处都是阴沟厕所，当然感觉不快，而意志立时就要表示态度。如果意志要征服这种现实哩，我们就要把这种街道房屋一律拆毁，另造宽大的马路和清洁的房屋。但是谈何容易？物质上发生种种障碍，这一层就不一定可以做到。意志在此时如何对付呢？他说：我要超脱现实，去在理想界造成理想的街道房屋来，把它表现在图画上，表现在雕刻上，表现在诗文上。于是结果有所谓美术作品。美术家做成了一件作品，自己觉得有创造的大力，当然快乐已极。旁人看见这种作品，觉得它真美丽，于是也愉快起来了，这就是所谓美感。

因此美术家的生活就是超现实的生活，美术作品就是帮助我们超脱现实到理想界去求安慰的。换句话说，我们有美术的要求，就因为现实界待遇我们太刻薄，不肯让我们的意志推行无碍，于是我们的意志就跑到理想界去求慰情的路径。美术作品之所以美，就美在它能够给我们很好的理想境界。所以我们可以说，美术作品的价值高低就看它超现实的程度大小，就看它所创造的理想世界是阔大还是窄狭。

但是美术又不是完全可以和现实界绝缘的。它所用的工具——例如雕刻用的石头，图画用的颜色，诗文用的语言—都是在现实界取来的。它所用的材料——例如人物情状悲欢离合——也是现实界的产物。所以美术可以说是以毒攻毒，利用现实的帮助以超脱现实的苦恼。上面我们说过，美术作品的价值高低要看它超脱现实的程度如何。这句话应稍加改正，我们应该说，美术作品的价值高低，就看它能否借极少量的现实界的帮助，创造极大量的理想世界出来。

在实际上说，美术作品借现实界的帮助愈少，所创造的理想世界也因而愈大。再拿相片和图画来说明。何以相片所引起的美感不如图画呢？因为相片上一形一影，件件都是真实的，而且应有尽有，发泄无遗。我们看相片，种种形影好像钉子把我们的想象力都钉死了。看到相片，好像看到二五，就只能想到一十，不能想到其他数目。换句话说，相片把事物看得忒真，没有给我们以想象余地。所以相片，只能抄写现实界，不能创造理想界。图画就不然。图画家用美术眼光，加一番选择的功夫，在一个完全境遇中选择了一小部事物，把它们又经过一番理想化，然后才表现出来。唯其留着一大部分不表现，欣赏者的想象力才有用武之地。想象作用的结果就是一个理想世界。所以图画所表现的现实世界虽极小而创造的理想世界则极大。孔子谈教育说："举一隅不以三隅反，则不复也。"相片是把四隅通举出来了，不要你劳力去"复"。图画就只举一隅，叫欣赏者加一番想象，然后"以三隅反"。

流行语中有一句说："言有尽而意无穷。"无穷之意达之以有尽之言，所以有许多意，尽在不言中。文学之所以美，不仅在有尽之言，而尤在无穷之意。推广地说，美术作品之所以美，不是只美在已表现的一部分，尤其是美在未表现而含蓄无穷的一大部分，这就是本文所谓无言之美。

因此美术要和自然逼真一个信条应该这样解释：和自然逼真是要窥出自然的精髓所在，而表现出来；不是说要把自然当作一篇印版文字，很机械地抄写下来。

这里有一个问题会发生。假使我们欣赏美术作品，要注重未表现而含蓄着的一部分，要超"言"而求"言外意"，各个人有各个人的见解，所得的言外意不是难免殊异吗？当然，美术作品之所以美，就美在有弹性，能拉得长，能缩得短。有弹性所以不呆板。同一美术作品，你去玩味有你的趣味，我去玩味有我的趣味。譬如莎氏乐府所以在艺术上占极高位置，就因为各种阶级的人在不同的环境中都欢喜读它。有弹性所以不陈腐。同一美术作品，今天玩味有今天的趣味，明天玩味有明天的趣味。凡是经不得时代淘汰的作品都不是上乘。上乘文学作品，百读都令人不厌的。

就文学说，诗词比散文的弹性大，换句话说，诗词比散文所含的无言之美更丰富。散文是尽量流露的，愈发挥尽致，愈见其妙。诗词是要含蓄暗示，若即若离，才能引人入胜。现在一般研究文学的人都偏重散文——尤其是小说，对于诗词很疏忽。这件事实可以证明一般人文学欣赏力很薄弱。现在如果要提高文学，必先提高文学欣赏力，要提高文学欣赏力，必先在诗词方面特下功夫，把鉴赏无言之美的能力养得很敏捷。因此我很望文学创作者在诗词方面多努力，而学校国文课程中诗歌应该占一个重要的位置。

本文论无言之美，只就美术一方面着眼。其实这个道理在伦理、哲学、教育、宗教及实际生活各方面，都不难发现。老子《道德经》开卷便说："道可道，非常道；名可名，非常名。"这就是说伦理哲学中有无言之美。儒家谈教育，大半主张潜移默化，所以拿时雨春风做比喻。佛教及其他宗教之能深入人心，也是借沉默神秘的势力。幼儿园创造者蒙台梭利利用无言之美的办法尤其有趣。在她的幼儿园里，教师每天趁儿童玩得很热闹的时候，猛然地在粉板上写一个"静"字，或奏一声琴。全体儿童于是都跑到自己的座位去，闭着眼睛蒙着头伏案假睡的姿势，但是他们不可睡着。几分钟后，教师又用很轻微的声音，从颇远的地方呼唤各个儿童的名字。听见名字的就要立刻醒来。这就是使儿童可以在沉默中领略无言之美。

就实际生活方面说，世间最深切的莫如男女爱情。爱情摆在肚子里面比摆在口头上来得恳切。"齐心同所愿，含意俱未伸"和"更无言语空相觑"，比较"细语温存""怜我怜卿"的滋味还要更加甜蜜。英国诗人布莱克（Blake）有一首诗叫作《爱情之秘》（Love's

Secret）里面说：

（一）

切莫告诉你的爱情，
爱情是永远不可以告诉的。
因为她像微风一样，
不做声不做气地吹着。

（二）

我曾经把我的爱情告诉而又告诉，
我把一切都披肝沥胆地告诉爱人了，
打着寒战，耸头发地告诉，
然而她终于离我去了！

（三）

她离我去了，
不多时一个过客来了。
不做声不做气地，只微叹一声，
便把她带去了。

这首短诗描写爱情上无言之美的势力，可谓透辟已极了。本来爱情完全是一种心灵的感应，其深刻处是老子所谓不可道不可名的。所以许多诗人以为“爱情”两个字本身就太滥太寻常太乏味，不能拿来写照男女间神圣深挚的情绪。

其实何止爱情？世间有许多奥妙，人心有许多灵悟，都非言语可以传达，一经言语道破，反如甘蔗渣滓，索然无味。这个道理还可以推到宇宙人生诸问题方面去。我们所居的世界是最完美的，就因为它是最不完美的。这话表面看去，不通已极。但是实在含有至理。假如世界是完美的，人类所过的生活——比好一点，是神仙的生活；比坏一点，就是猪的生活——便呆板单调已极，因为倘若件件都尽美尽善了，自然没有希望发生，更没有努力奋斗的必要。人生最可乐的就是活动所生的感觉，就是奋斗成功而得的快慰。世界既完美，我们如何能尝创造成功的快慰？这个世界之所以美满，就在有缺陷，就在有希望的机会，有想象的田地。换句话说，世界有缺陷，可能性（Potentiality）才大。这种可能而未能的状况就是无言之美。世间有许多奥妙，要留着不说出；世间有许多理想，也应该留着不实现。因为实现以后，跟着“我知道了”的快慰便是“原来不过如是”的失望。

天上的云霞有多么美丽！风涛虫鸟的声息有多么和谐！用颜色来摹绘，用金石丝竹来比拟，任何美术家也是作践天籁，糟蹋自然！无言之美何限？让我这种拙手来写照，已是糟粕枯骸！这种罪过我要完全承认的。倘若有人骂我胡言乱道，我也只好引陶渊明的诗回答他说：“此中有真味，欲辨已忘言！”

1924年仲冬于上虞白马湖

读书并不在多，最重要的是选得精，读得彻底。

读书并不在多，最重要的是选得精，读得彻底。

记得绿罗裙，处处怜芳草

——美感与联想

美感与快感之外，还有一个更易惹误解的纠纷问题，就是美感与联想。

什么叫作联想呢？联想就是见到甲而想到乙。甲唤起乙的联想通常不外起于两种原因：或是甲和乙在性质上相类似，例如看到春光想起少年，看到菊花想到节士；或是甲和乙在经验上曾相接近，例如看到扇子想起萤火虫，走到赤壁想起曹孟德或苏东坡。类似联想和接近联想有时混在一起，牛希济的“记得绿罗裙，处处怜芳草”两句词就是好例。词中主人何以“记得绿罗裙”呢？因为罗裙和他的欢爱者相接近；他何以“处处怜芳草”呢？因为芳草和罗裙的颜色相类似。

意识在活动时就是联想在进行，所以我们差不多时时刻刻都在起联想。听到声音知道说话的是谁，见到一个词知道它的意义，都是起于联想的作用。联想是以旧经验诠释新经验，如果没有它，知觉、记忆和想象都不能发生，因为它们都得根据过去的经验。从此可知联想为用之广。

联想有时可用意志控制，作文构思时或追忆一时记不起的过去经验时，都是勉强把联想挤到一条路上去走。但是在大多数情境之中，联想是自由的、无意的、飘忽不定的。听课读书时本想专心，而打球、散步、吃饭、邻家的猫的种种意象总是不由自主地闯进脑里来，失眠时越怕胡思乱想，越禁止不住胡思乱想。这种自由联想好比水流湿，火就燥，稍有勾搭，即被牵绊，未登九天，已入黄泉。比如我现在从“火”字出发，就想到红、石榴、家里的天井、浮山、雷鲤的诗、鲤鱼、孔夫子的儿子，等等，这个联想线索前后相承，虽有关系可寻，但是这些关系都是偶然的。我的“火”字的联想线索如此，换一个人或是我自己在另一时境，“火”字的联想线索却另是一样。从此可知联想的散漫飘忽。

联想的性质如此。多数人觉得一件事物美时，都是因为它能唤起甜美的联想。

在“记得绿罗裙，处处怜芳草”的人看，芳草是很美的。颜色心理学中有许多同类的事实。许多人对于颜色都有所偏好，有人偏好红色，有人偏好青色，有人偏好白色。据一派心理学家说，这都是由于联想作用。例如红是火的颜色，所以看到红色可以使人觉得温暖；青是田园草木的颜色，所以看到青色可以使人想到乡村生活的安闲。许多小孩子和乡下人看画，都只是欢喜它的花红柳绿的颜色。有些人看画，欢喜它里面的故事，乡下人欢喜把孟姜女、薛仁贵、桃园三结义的图糊在壁上做装饰，并不是因为那些木板雕刻的图好看，是因为它们可以提起许多有趣故事的联想。这种脾气并不只是乡下人才有。我每次陪朋友们到画馆里去看画，见到他们所特别注意的第一是几张有声名的画，第二是有历史性的作品如耶稣临刑图、拿破仑结婚图之类，像伦勃朗所画的老太公、老太婆，和后期印象派的山水风景之类的作品，他们却不屑一顾。此外又有些人看画（和看一切其他艺术作品一样），偏重它所含的道德教训。道学先生看到裸体雕像或画像，都不免起若干嫌恶。记得詹姆士在他的某一部书里说过有一次见过一位老修道妇，站在一幅耶稣临刑图面前合掌仰视，悠然神往。旁边人问她那幅画何如，她回答说："美极了，你看上帝是多么仁慈，让自己的儿子去牺牲，来赎人类的罪孽！"

在音乐方面，联想的势力更大。多数人在听音乐时，除了联想到许多美丽的意象之外，便别无所得。他们欢喜这个调子，因为它使他们想起清风明月；不欢喜那个调子，因为它唤醒他们以往的悲痛的记忆。钟子期何以负知音的雅名？因他听伯牙弹琴时，惊叹说："善哉！峨峨兮若泰山，洋洋兮若江河。"李颀在胡笳声中听到什么？他听到的是"空山百鸟散还合，万里浮云阴且晴"。白乐天在琵琶声中听到什么？他听到的是"银瓶乍破水浆迸，铁骑突出刀枪鸣"。苏东坡怎样形容洞箫？他说："其声呜呜然，如怨如慕，如泣如诉。余音袅袅，不绝如缕。舞幽壑之潜蛟，泣孤舟之嫠妇。"这些数不尽的例子都可以证明多数人欣赏音乐，都是欣赏它所唤起的联想。

联想所伴的快感是不是美感呢？

历来学者对于这个问题可分两派，一派的答案是肯定的，一派的答案是否定的。这个争辩就是在文艺思潮史中闹得很凶的形式和内容的争辩。依内容派说，文艺是表现情思的，所以文艺的价值要看它的情思内容如何而决定。第一流的文艺作品都必有高深的思想和真挚的情感。这句话本来是不可辩驳的，但是侧重内容的人往往从这个基本原理抽出两个其他的结论，第一个结论是题材的重要。所谓题材就是情节。他们以为有些情节能唤起美丽堂皇的联想，有些情节只能唤起丑陋凡庸的联想。比如做史诗和悲剧，只应采取英雄为主角，不应采取愚夫愚妇。第二个结论就是文艺应含有道德的教训。读者所生的联想既随作品内容为转移，则作者应设法把读者引到正经路上去，不要用淫秽卑鄙的情节摇动他的邪思。这些学说发源较早，它们的影响到现在还是很大。从前人所谓“思无邪”“言之有物”“文以载道”，现在人所谓“哲理诗”“宗教艺术”“革命文学”，等等，都是侧重文艺的内容和文艺的无关美感的功效。

这种主张在近代颇受形式派的攻击，形式派的标语是“为艺术而艺术”。他们说，两个画家同用一个模特儿，所成的画价值有高低；两个文学家同用一个故事，所成的诗文意蕴有深浅。许多大学问家、大道德家都没有成为艺术家，许多艺术家并不是大学问家、大道德家。从此可知艺术之所以为艺术，不在内容而在形式。如果你不是艺术家，纵有极好的内容，也不能产生好作品出来；反之，如果你是艺术家，极平庸的东西经过灵心妙运点铁成金之后，也可以成为极好的作品。印象派大师如莫奈、凡·高诸人不是往往在一张椅子或是几间破屋之中表现一个情深意永的世界出来么？这一派学说到近代才逐渐占势力。在文学方面的浪漫主义，在图画方面的印象主义，尤其是后期的印象主义，在音乐方面的形式主义，都是看轻内容的。单拿图画来说，一般人看画，都先问里面画的是什么，是怎样的人物或是怎样的故事。这些东西在术语上叫作“表意的成分”。近代有许多画家就根本反对画中有任何“表意的成分”。看到一幅画，他们只注意它的颜色、线纹和阴影，不问它里面有什么意义或是什么故事。假如你看到这派的作品，你起初只望见许多颜色凑合在一起，须费过一番审视和猜度，才知道所画的是房子或是崖石。这一派人是最反对杂联想于美感的。

这两派的学说都持之有故、言之成理，我们究竟何去何从呢？我们否认艺术的内容和形式可以分开来讲（这个道理以后还要谈到），不过关于美感与联想这个问题，我们赞成形式派的主张。

就广义说，联想是知觉和想象的基础，艺术不能离开知觉和想象，就不能离开联想。但是我们通常所谓的联想，是指由甲而乙，由乙而丙，辗转不止的乱想。就这个普通的意义说，联想是妨碍美感的。美感起于直觉，不带思考，联想却不免带有思考。在美感经验中我们聚精会神于一个孤立绝缘的意象上面，联想则最易使精神涣散，注意力不专一，使心思由美感的意象旁迁到许多无关美感的事物上面去。在审美时我看到芳草就一心一意地领略芳草的情趣；在联想时我看到芳草就想到罗裙，又想到穿罗裙的美人，既想到穿罗裙的美人，心思就已不复在芳草了。

联想大半是偶然的。比如说，一幅画的内容是“西湖秋月”，如果观者不聚精会神于画的本身而任意联想，则甲可以联想到雷峰塔，乙可以联想到往日同游西湖的美人，这些联想纵然有时能提高观者对于这幅画的好感，画本身的美却未必因此而增加，而画所引起的美感则反因精神涣散而减少。

知道这番道理，我们就可以知道许多通常被认为美感的经验其实并非美感了。假如你是武昌人，你也许特别欢喜崔颢的《黄鹤楼》诗；假如你是陶渊明的后裔，你也许特别欢喜《陶渊明集》；假如你是道德家，你也许特别欢喜《打鼓骂曹》的戏或是韩退之的《原道》；假如你是古董贩，你也许特别欢喜河南新出土的龟甲文或是敦煌石窟里面的壁画；假如你知道达·芬奇的声名大，你也许特别欢喜他的《蒙娜丽莎》。这都是自然的倾向，但是这都不是美感，都是持实际人的态度，在艺术本身以外求它的价值。

读书原为自己受用，多读不算得荣誉，少读也算不得羞耻。

只言片语妙天下

随感录主要地是供咀嚼的书。虽是零篇断简，但它们是长久涵养的结晶，读者须优游涵泳，有证于经验，有契于心怀，才能吸收它们的好处。

人类思想和语文都逐渐由简朴到繁富，随感录一类文章的特色在简朴而隽永，所以古代人只要寥寥数语就可以了事。不过近代人也有一个特殊倾向，宜于在随感录方面发展，就是他们比古人较锐意求精巧，不惜钩心斗角雕章琢句，一方面炫耀自己的才智，一方面博取听者的惊心夺目。在欧洲，这倾向在第十七八世纪的法国最为显著，法国人承继拉丁的“清晰”的理想，思想最尖锐而语文也最灵活，思想尖锐的人们最容易窥探深心的秘奥，也最容易取刺讥或打诨的态度，本着这种民族思想与语文的特性，法国人比较会把一个道理或一种心情轻描淡写地表达出来，显得既委婉（elegant）而又有锋芒（pointed）。在十七八世纪，法国社会在客厅里聚谈的风气很盛，一个人能否成功成名颇要看他在客厅里话谈得漂亮不漂亮。所谓漂亮并非指滔滔雄辩，而是指微妙精巧，耐人寻味。话不在多，却要实在能动听，这恰是随感录一类文章所要做到的，而法国人对此在客厅谈话中都有娴熟的训练，所以随感录在近代法国特别成功，法国人也替这类作品奠定了一个极恰当的名称，这就是Pensees，意谓“所感想的”，提起这个名称，我们当然要想到帕斯卡尔（Pascal），在他以前，蒙田（Montaigne）已经写过一些近似随感录的文章，不过篇幅较长，归到“试字”（Essay）一类较妥。帕斯卡尔才是法国随感录体裁的真正的典型，现在摘译数则以见一斑：

人愈有智慧就发现愈多的优异的人，平常人见不出人与人的分别。

莫说我没有新鲜话可说：材料的处置总是新鲜的，好比玩手球，你和我们玩的同是一个球，可是我把它摆布得比较好。

自然本色的文章风格令人惊而且喜，因为人本来指望看见一个作家，所发现的却是一个人。

克莉奥佩特拉（注：埃及皇后，叫几位罗马大将倾倒）的鼻子如果短一分，全世界就会为之改观。

你为什么杀我？——什么？你不是住在河那边吗？朋友，你如果住在河这边，我就算是杀人犯，这样杀你就不公平；但是你既然住在河那边，而我是一个好汉，杀你就是公平。

人只是一棵芦苇，自然界最脆弱的，但是一棵运用思想的芦苇。要摧毁他，无须全宇宙都武装起来，一股气，一滴水，都够致他死命，但是在宇宙摧毁他时，人依然比摧毁者较高贵，因为他知道自己死，知道宇宙比他占便宜；而宇宙却毫不知道。

这无穷空间的无终寂静使我颤栗。

第一流随感录的作者往往同时具备哲学家与诗人两重资格，帕斯卡尔可以为证，唯其是哲学家，才能看得高远也看得微细；唯其是诗人，才能融情于理，给它一个一个令人欣喜而且不易忘记的表现方式。

和帕斯卡尔同时的还有一位拉罗什富科公爵，写过一部《箴言录》（La Rochefoucauld： Maximes），在随感录体裁中也久已成为一部经典。这是一位老于世故者，对于人性的较不光荣的一方面特别看得清楚，例如：

自尊心在一切谄媚者之中是最大的一个。

情欲往往产生和它们相反的情欲：贪吝有时生奢侈，奢侈也有时生贪吝；人有时强硬由于软弱，大胆由于怯懦。

我们都有足够的力量忍受旁人的痛苦。

有些过失如果我们自己不犯，我们看到旁人犯了，就不会那样高兴。

伪善是罪恶向德行所致的敬礼。

多数人爱公正只怕是自己受到不公正。

人人都埋怨自己的记忆力不好，没有人埋怨自己的判断力不好。

> 我们太惯于对旁人作伪，结果对自己也就作伪了。
>
> 愚蠢往往保护我们不受聪明人的欺骗。

全书简直是一部性恶论，与一般道德家言是两回事。随感录一类文章本宜于在简洁中露锋芒，带一点刺讥的辛辣性容易显得干脆而生动。说坏话要俏皮容易，说好话要俏皮难，难在不落平凡，一落平凡，便失去这类体裁的长处。

随感录在法国最为发达，作者如林。伏尔泰（Voltaire）、香孚（Chamfort）和沃维纳格（Vauvenargues）都是所谓“以言语妙天下”的。较晚起的犹伯尔（Joubert）特别值得提及。他自己说过：“如果世间有人呕尽心肝要把一部书的话写成一页，一页的话写成一句，一句的话写成一个字——那就是我。”

英国方面随感录作者也很多。斯密斯教授（L.P.Smith）曾辑有一部选本，并且做了一篇论文介绍。对这类文章有兴趣的人们可以问津于此。德国方面诗人歌德也是随感录的高手，此外叔本华、尼采诸哲学家亦时有隽语。大约英国人重实际，随感录中世故语者多；德国人富于玄想，随感录中诗意哲理居多。不过这两国语文都比法文重拙，所以随感录这类体裁并非这两国人的特长所在。本文意在说明这类体裁的特点，不在穷溯它的历史，所以姑且从略。

培根说过，有些书是供咀嚼的。随感录主要是供咀嚼的书。虽是零篇断简，但它们是长久涵养的结晶，读者须优游涵泳，有证于经验，有契于心怀，才能吸收它们的好处。它们不是茶余酒后的消遣，也不是“锲而不舍”的正经功课。唯其如此，当你一气读下去的读品，它们颇像珍味杂陈，不免令人腻味。作者原不是一气写下去，读者也就不宜一气读下去，最好今日东取一鳞，明日西取一爪，有时间仔细玩索。它们可供咀嚼，却也只能当作小点心咀嚼。

（原题《随感录（下）——小品文略谈之二》，

载 1948 年 4 月 26 日《天津民国日报》）

世界上最快活的人不仅是最活动的人，也是最能领略的人。所谓领略，就是能在生活中寻出趣味。好比喝茶，渴汉只管满口吞咽，会喝茶的人却一口一口地细啜，能领略其中风味。

什么叫作美

一

艺术的美丑既不是自然的美丑，它们究竟是什么呢？

有人问圣·奥古斯丁："时间究竟是什么？"他回答说："你不问我，我本来很清楚地知道它是什么；你问我，我倒觉得茫然了。"世间许多习见周知的东西都是如此，最显著的就是"美"。我们天天都应用这个字，本来不觉得它有什么难解，但是哲学家们和艺术家们摸索了两三千年，到现在还没有寻到一个定论。听他们的争辩，我们不免越弄越糊涂。我们现在研究这个似乎易懂的字何以实在那么难懂。

我们说花红、胭脂红、人面红、血红、火红、衣服红、珊瑚红等，红是这些东西所共有的性质。这个共同性可以用光学分析出来，说它是光波的一定长度和速度刺激视官所生的色觉。同样地，我们说花美、人美、风景美、声音美、颜色美、图画美、文章美等，美也应该是所形容的东西所共有的属性。这个共同性究竟是什么呢？

美学却没有像光学分析红色那样，把它很清楚地分析出来。

美学何以没有做到光学所做到的呢？美和红有一个重要的分别。红可以说是物的属性，而美很难说完全是物的属性。比如一朵花本来是红的，除开色盲，人人都觉得它是红的。至于说这朵花美，各人的意见就难得一致。尤其是比较新比较难的艺术作品不容易得一致的赞美。假如你说它美，我说它不美，你用什么精确的客观的标准可以说服我呢？美与红不同，红是一种客观的事实，或者说，一种自然的现象，美却不是自然的，多少是人凭着主观所定的价值。“主观”是最纷歧、最渺茫的标准，所以向来对于美的审别，和对于美的本质的讨论，都非常纷歧。如果人们对于美的见解完全是纷歧的，美的审别完全是主观的、个别的，我们也就不把美的性质当作一个科学上的问题。因为科学目的在于杂多现象中寻求普遍原理，普遍原理都有几分客观性，美既然完全是主观的，没有普遍原理可以统辖它，它自然不能成为科学研究的对象了。但是事实又并不如此。关于美感，纷歧之中又有几分一致，一个东西如果是美的，虽然不能使一切人都觉得美，却能使多数人觉得美。所以美的审别究竟还有几分客观性。

研究任何问题，都须先明白它的难点所在，忽略难点或是回避难点，总难得到中肯的答案。美的问题难点就在它一方面是主观的价值，一方面也有几分是客观的事实。历来讨论这个问题的学者大半只顾到某一方面而忽略另一方面，所以寻来寻去，终于寻不出美的真面目。

大多数人以为美纯粹是物的一种属性，正犹如红是物的另一种属性。换句话说，美是物所固有的，犹如红是物所固有的，无论有人观赏或没有人观赏，它永远存在那里。凡美都是自然美。从这个观点研究美学者往往从物的本身寻求产生美感的条件。比如就简单的线形说,柏拉图以为最美的线形是圆和直线,画家霍加斯(Hogarth)以为它是波动的曲线，据德国美学家斐西洛（Fechner）的实验，它是一般画家所说的“黄金分割”（Golden section），即宽与长呈1与1.618之比的长方形。古希腊哲学家毕达哥拉斯（Pythagoras）以为美的线形和一切其他美的形象都必显得“对称”（Symmetry），至于对称则起于数学的关系，所以美是一种数学的特质。近代数学家莱布尼兹（Leibniz）也是这样想，比如我们在听音乐时都在潜意识中比较音调的数量的关系，和谐与不和谐的分别即起于数量的配合匀称与不匀称。画家达·芬奇（Leonardo da Vinci）以为最美的人颜面与身材的长度应成一与十之比。每种艺术都有无数的传统的秘诀和信条，我们只略翻阅讨论各种艺术技巧的书籍，就可以看出在物的本身寻求美的条件的实例多至不胜枚举。这些条件也有为某种艺术所特有的，如上述线形美诸例；也有为一切艺术所共有的，如“寓整齐于变化”（Unity in variety）、“全体一贯”（Organic unity）、“入情入理”（Verisimilitude）诸原则。一般人都以为一件事物如果使人觉得美时，它本身一定具有上述种种美的条件。

美的条件未尝与美无关，但是它本身不就是美，犹如空气含水分是雨的条件，但空气中的水分却不就是雨。其次，就上述线形美实验看，美的条件也言人人殊；就论各种艺术技巧的书籍看，美的条件是数不清的。把美的本质问题改为美的条件问题，不但是离开本题，而且愈难从纷乱的议论中寻出一个合理的结论。具有美的条件的事物仍然不能使一切人都觉得美。知道了什么是美的条件，创作家不就因而能使他的作品美，欣赏家也不就因而能领略一切作品的美。从此可知美不能完全当作一种客观的事实，主观的价值也是美的一个重要的成因。这就是说，艺术美不就是自然美，研究美不能像研究红色一样，专门在物本身着眼，同时还要着重观赏者在所观赏物中所见到的价值。我们只问“物本身如何才是美”还不够，另外还要问“物如何才能使人觉到美”或是“人在何种情形之下才估定一件事物为美”？

二

以上所说的在物本身寻求美的条件，是把艺术美和自然美混为一事，把美看成一种纯粹的客观的事实。此外有些哲学家专从价值着眼。所谓“价值”都是由于物对于人的关系所发生出来的。比如说“善”（Good）是人从伦理学、经济学种种实用观点所定的价值，“真”（Truth）是人从科学和哲学观点所定的价值。“美”本来是人从艺术观点所定的价值，但是美学家们往往因为不能寻出美的特殊价值所在，便把它和“善”或“真”混为一事。

“善”的最浅近的意义是“用”（Useful）。凡是善，不是对于事物自身有实用，就是对于人生社会有实用。就广义说，美的嗜好是一种自然需要的满足，也还算是有用，也还是一种善。不过就狭义说，美并非实用生活所必需，与从实用观点所见到的“善”是两种不同的价值。许多人却把美看作一种从实用观点所见到的善。我们在第二章里所说的海边农夫以为门前海景不如屋后一园菜美，是以有用为美的最好的实例。在色诺芬（Xenophon）的《席上谈》里有一段关于苏格拉底的趣事。有一次希腊举行美男子竞赛，当大家设筵庆贺胜利者时，苏格拉底站起来说最美的男子应该是他自己，因为他的眼睛像金鱼一样突出，最便于视；他的鼻孔阔大朝天，最便于嗅；他的嘴宽大，最便于饮食和接吻。这段故事对于美学有两重意义：第一，它显示一般人心中所以为美的大半是指有用的；第二，它也证明以实用标准定事物的美丑，实在不是一种精确的办法，苏格拉底所自夸的突眼、朝天鼻孔和大嘴虽然有用，仍然不能使他在美男子竞赛中得头等奖。

我们在讨论文艺与道德时，也提到许多人想把“美的”和“道德的”混为一事，我们的结论是这两种属性虽有时相关而却不容相混。现在我们无须复述旧话，只作一句总结说：“美”和“有用的”“道德的”各种“善”都有分别。

有一派哲学家把“美”和“真”混为一事。艺术作品本来脱离不去“真”，所谓“全体一贯”“入情入理”诸原则都是“真”的别名。但是艺术的真理或“诗的真理”（Poetic truth）和科学的真理究竟是两回事。比如但丁的《神曲》或曹雪芹的《红楼梦》所表现的世界都全是想象的、虚构的，从科学观点看，都是不真实的。但是在这虚构的世界中，一切人物情境仍是入情入理，使人看到不觉其为虚构，这就是“诗的真理”。凡是艺术作品大半是虚构（Fiction），但同时也都是名学家所说的假然判断（Hypothetical judgment）。例如“泰山为人”本不真实，但是“若泰山为人，则泰山有死”则有真实。艺术的虚构大半也是如此，都可以归纳成“若甲为乙，则甲为丙”的形式，我们不应该从科学观点讨论甲是否实为乙，只应问在“甲为乙”的假定之下，甲是否有为丙的可能。柏拉图和亚理斯多德的争执即起于此种分别。柏拉图见到“甲为乙”是虚构，便说诗无真理；亚理斯多德见到“若甲为乙，则甲为丙”在名学上仍可成立，所以主张诗自有“诗的真理”。我们承认一切艺术都有“诗的真理”，因为假然判断仍有必然性与普遍性；但是否认“诗的真理”

就是科学的真理，因为假然判断的根据是虚构的。

我们所说的不分美与真的哲学家们所指的“真”，并非“诗的真理”而是科学或哲学的真理。多数唯心派哲学家都犯了这个毛病，尤其是黑格尔。据他说，“概念（Idea）从感官所接触的事物中照耀出来，于是有美”，换句话说，美就是个别事物所现出的“永恒的理性”。美的特质为“无限”（Infinitude）和“自由”（Freedom）。自然是有限的，受必然律支配的，所以在美的等差中位置最低。同是自然事物所表现的“无限”和“自由”也有程度的差别，无生物不如生物，生物之中植物不如动物，而一般动物又不如人，美也随这个等差逐渐增高。最无限、最自由的莫如心灵，所以最高的美都是心灵的表现。模仿自然，决不能产生最高的美，只有艺术里面有最高的美，因为艺术纯是心灵的表现。艺术与自然相反，它的目的就在超脱自然的限制而表现心灵的自由。它的位置高低就看它是否完全达到这个目的。诗纯是心灵的表现，受自然的限制最少，所以在艺术中位置最高；建筑受自然的限制最多，所以位置最低。

英国学者司特斯（Stace）在他的《美的意义》里附和黑格尔的学说而加以发挥。在他看，美也是概念的具体化。概念有三种。一种是“先经验的”（A priori concepts），即康德所说的“范畴”，如时间、空间、因果、偏全、肯否等，为一切知觉的基础，有它们才能有经验。一种是“后经验的知觉的概念”（Empirical perceptual concepts），如人、马、黑、长等。想到这种概念时，心里都要同时想到它们所代表的事物，所以不能脱离知觉。它们是知觉个别事物的基础，例如知觉马必用“马”的概念。另一种是“后经验的非知觉的概念”（Empiri -cal nonperceptual concepts），例如“自由”“进化”“文明”“秩序”“仁爱”“和平”等。我们想到这些概念时，心中不必同时想到它们所代表的事物，所以是“非知觉的”，游离不着实际的。这种“后经验的非知觉的概念”表现于可知觉的个别事物时，于是有美。无论是自然或是艺术，在可以拿“美”字来形容时，后面都写有一种理想。不过这种理想须与它的符号（即个别事物）融化成天衣无缝，不像在寓言中符号和意义可以分立。

哲学家讨论问题，往往离开事实，架空立论，使人如堕五里雾中。我们常人虽无方法辩驳他们，心里却很知道自己的实际经验，并不像他们所说的那么一回事。美感经验是最直接的，不假思索的。看罗丹的《思想者》雕像，听贝多芬的交响曲，或是读莎士比亚的悲剧，谁先想到“自由”“无限”种种概念和理想，然后才觉得它美呢？“概念”“理想”之类抽象的名词都是哲学家们的玩意儿，艺术家们并不在这些上面劳心焦思。

三

统观以上种种关于美的见解，可以粗略地分为两类。一类是信任常识者所坚持的，着重客观的事实，以为美全是物的一种属性，艺术美也还是一种自然美，物自身本来就有美，人不过是被动的鉴赏者。一类是唯心派哲学家所主张的，着重主观的价值，以为美是一种概念或理想，物表现这种概念或理想，才能算是美，像休谟在他的《论文集》第 22 篇中所说的：“美并非事物本身的属性，它只存在观赏者的心里。”我们已经说过，这两说都很难成立。如果美全在物，则物之美者人人应觉其为美，艺术上的趣味不应有很大的分歧；如果美全在心，则美成为一种抽象的概念，它何必附丽于物，固是问题，而且在实际上，我们审美并不想到任何抽象的概念。

我们介绍唯心派哲学家对于美的见解时，没有谈到康德，康德是同时顾到美的客观性与主观性两方面的，他的学说可以用两条原则概括起来：

一、美感判断与名理判断不同，名理判断以普泛的概念为基础，美感判断以个人的目前感觉为基础，所以前者是客观的，后者是主观的。

二、一般主观的感觉完全是个别的，随人随时而异。美感判断虽然是主观的，同时却像名理判断有普遍性和必然性。这种普遍性和必然性纯赖感官，不借助于概念。物使我觉其美时，我的心理机能（如想象、知解等）和谐地活动，所以发生不沾实用的快感。一人觉得美的，大家都觉得美（即所谓美感判断的必然性和普遍性），因为人类心理机能大半相同。

康德超出一般美学家，因为他抓住问题的难点，知道美感是主观的，凭借感觉而不假概念的；同时却又不完全是主观的，仍有普遍性和必然性。依他看，美必须借心才能感觉到，但物亦必须具有适合心理机能一个条件，才能使心感觉到美。不过康德对于美感经验中的心与物的关系似仍不甚了解。据他的解释，一个形象适合心理机能，与一种颜色适合生理机能，并无分别；心对美的形象，和视官对美的颜色一样，只处于感受的地位。这种感受是直接的，所以康德走到极端的形式主义，以为只有音乐与无意义的图案画之类，纯以形式直接地打动感官的东西才能有“纯粹的美”，至于带有实用联想的自然物和模仿自然的艺术都只能具“有依赖的美”。因为它们不是纯粹由感官直接感受而要借助于概念的。这种学说把诗、图画、雕刻、建筑一切含有意义或实用联想的艺术以及大部分自然都摈诸“纯粹的美”范围之外，显然不甚圆满。他所以走到极端的形式主义者，由于把美感经验中的心看作被动的感受者。

美不仅在物，亦不仅在心，它在心与物的关系上面；但这种关系并不如康德和一般人所想象的，在物为刺激，在心为感受；它是心借物的形象来表现情趣。世间并没有天生自在、俯拾即是的美，凡是美都要经过心灵的创造。我们在第一章已详细分析过，在美感经验中，我们须见到一个意象或形象，这种“见”就是直觉或创造；所见到的意象须恰好传出一种特殊的情趣，这种“传”就是表现或象征；见出意象恰好表现情趣，就是审美或欣赏。创造是表现情趣于意象，可以说是情趣的意象化；欣赏是因意象而见情趣，可以说是意象的情趣化。美就是情趣意象化或意象情趣化时心中所觉到的“恰好”的快感。“美”是一个形容词，它所形容的对象不是生来就是名词的“心”或“物”，而是由动词变成名词的“表现”或“创造”，这番话较笼统，现在我们把它的含义抽绎出来。

第一，我们这样地解释美的本质，不但可以打消美本在物及美全在心两个大误解，而且可以解决内容与形式的纠纷。从前学者有人主张美与内容有关，有人以为美全在形式，这问题闹得天昏地暗，到现在还是莫衷一是。“内容”“形式”两词的意义根本就很混沌，如果它们在艺术上有任何精确的意义，内容应该是情趣，形式应该是意象：前者为“被表现者”，后者为“表现媒介”。“未表现的”情趣和“无所表现的”意象都不是艺术，都不能算是美，所以“美在内容抑在形式”根本不成为问题。美既不在内容，也不在形式，而在它们的关系——表现——上面。

其次，我们这种见解看重美是创造出来的，它是艺术的特质，自然中无所谓美。在觉自然为美时，自然就已告成表现情趣的意象，就已经是艺术品。比如欣赏一棵古松，古松在成为欣赏对象时，决不是一堆无所表现的物质，它一定变成一种表现特殊情趣的意象或形象。这种形象并不是一件天生自在、一成不变的东西。如果它是这样，则无数欣赏者所见到的形象必定相同。但在实际上甲与乙同在欣赏古松，所见到的形象却甲是甲乙是乙，所以如果两个人同时把它画出，结果是两幅不同的图画。从此可知各人所欣赏到的古松的形象其实是各人所创造的艺术品。它有艺术品所常具的个性，因为它是各人临时临境的性格和情趣的表现。古松好比一部词典，各人在这部词典里选择一部分词出来，表现他所特有的情思，于是有诗，这诗就是各人所见的古松的形象。你和我都觉得这棵古松美，但是它何以美？你和我所见到的却各不相同。一切自然风景都可以作如是观。陶潜在“悠然见南山”时，杜甫在见到“造化钟神秀，阴阳割昏晓”时，李白在觉得“相看两不厌，只有敬亭山”时，辛弃疾在想到“我见青山多妩媚，青山见我应如是”时，都觉得山美，但是山在他们心中所引起的意象和所表现的情趣都是特殊的。阿米儿（Amiel）说：“一片自然风景就是一种心境”，只其如此，它也就是一件艺术品。

第三，离开传达问题而专言美感经验，我们的学说否认创造和欣赏有根本上的差异。创造之中都寓有欣赏，欣赏之中也都寓有创造。比如陶潜在写“采菊东篱下，悠然见南山”那首诗时，先在环境中领略到一种特殊情趣，心里所感的情趣与眼中所见的意象猝然相遇，默然相契。这种契合就是直觉、表现或创造。他觉得这种契合有趣，就是欣赏。唯其觉得有趣，所以他借文字为符号把它留下印痕来，传达给别人看。这首诗印在纸上时只是一些符号。我如果不认识这些符号，它对于我就不是诗，我就不能觉得它美。印在纸上的或是听到耳里的诗还是生糙的自然，我如果要觉得它美，一定要认识这些符号，从符号中见出意象和情趣，换句话说，我要回到陶潜当初写这首诗时的地位，把这首诗重新在心中“再造”出来，才能够说欣赏。陶潜由情趣而意象而符号，我由符号而意象而情趣，这种进行次第先后容有不同，但是情趣意象先后之分究竟不甚重要，因为它们在分立时艺术都还没有成就，艺术的成就在情趣意象契合融化为一整体时。无论是创造者或是欣赏者都必须见到情趣意象混化的整体（创造），同时也都必觉得它混化得恰好（欣赏）。

最后，我们的学说肯定美是艺术的特点。这是一般常识所赞助的结论，我们所以特别提出者，因为从托尔斯泰以后，有一派学者以为艺术与美毫无关系。托尔斯泰把艺术看成一种语言，是传达情感的媒介。这种见解与现代克罗齐、理查兹诸人的学说颇有不谋而合处。就“什么叫作艺术”这个问题的答案说，托尔斯泰实在具有特见。他的错误在没有懂得“什么叫作美”，他归纳许多19世纪哲学家所下的美的定义说：“美是一种特殊的快感。”他接受了这个错误的美的定义，看见它与“艺术是传达情感的媒介”这个定义不相容，便说艺术的目的不在美。近来美国学者杜卡斯（Ducasse）在他的《艺术哲学》里附和托尔斯泰，也陷于同样的错误。托尔斯泰和杜卡斯等人忘记情感是主观的，必客观化为意象，才可以传达出去。情趣和意象相契合混化，便是未传达以前的艺术，契合混化的恰当便是美。察觉到美寻常都伴着不沾实用的快感，但是这种快感是美的后效，并非美的本质。艺术的目的直接地在美，间接地在美所伴的快感。

四

如果“美”的性质不易明白，“丑”的定义更难下得精确。“美”

字的相反字是“不美”，“不美”却不一定就是“丑”。许多事物不能引起我们的好恶，我们对于它们只是漠不关心，它们对于我们也只是不美不丑。所以在美学中，“丑”不完全是消极的，应该有一种积极的意义。它的积极的意义是什么呢?

一般人所说的丑大半不外指第九章所说的“自然丑”的两种意义。它或是使人生无快感，如无规律的线形和嘈杂的声音；或是事物的变态，如人的残缺和树的臃肿。我们已经见过，这两种意义的“丑”与“艺术丑”之“丑”应该有分别，因为这些自然丑都可以化为艺术美。

此外“丑”对于一般人也许还另有一个意义，就是难了解欣赏的美。一位英国老太婆看见埃及的金字塔，很失望地说：“我向来没有见过比它更丑拙的东西！”一般人的艺术趣味大半是传统的，因袭的，他们对于艺术作品的反应，通常都沿着习惯养成的抵抗力最小的途径走。如果有一种艺术作品和他们的传统观念和习惯反应格格不入，那对于他们就是丑的。凡是新兴的艺术风格在初出世时都不免使人觉得丑，假古典派对于“哥特式”（Gothic）艺术的厌恶，以及许多其他史例，都是明证。但是这种意义的“丑”起于观赏者的弱点，并非艺术本身的“丑”。

我们所要明白的就是艺术本身的“丑”究竟是怎么一回事。这个问题为许多近代美学家所争辩过。据克罗齐说：美是“成功的表现”（Successful expression），丑是“不成功的表现”（Unsuccessful expression）。这两句结论中第一句是我们所承认的，但是第二句关于“丑”的话却有一个大难点。把“丑”和“美”都摆在美学范围里并论时，就是承认“丑”和“美”同样是一种美感的价值。但是“不成功的表现”就不算是艺术，就是美感经验以外的东西，那么，

“丑”（美感经验以外的价值）就不能和“美”（美感经验以内的价值）并列在同一个范围里面了。换句话说，是艺术就必定是美的，艺术范围之内不能有所谓“丑”。“艺术丑”这个名词就不能成立。如果我们全部接受克罗齐的美学，势必走到这种困境，因为克罗齐把美看成绝对的价值，不容有程度上的比较。

英国美学家鲍申葵在他的《美学三讲》里把这个困难说得最清楚：

> 情感表现于形象，于是有美。一件事物与美相冲突，或产生一种影响与美的影响恰相反者——这就是我们所谓的丑——它自身不是有表现性的形象，就是没有表现性的形象。如果它是没有表现性的形象，那么，就美感说，它就没有什么意义。如果它是有表现性的形象，那么，它就寓有一种情感，就落到美的范围以内了。

依鲍申葵说，丑的形象须同时似有表现性而实无表现性。它好像是表现一种情感，但是实在没有把它表现出来。它把想象引到一个方向去，同时又把想象的去路打断，好比闪烁很快的光，刚引起视觉活动，马上就强迫它停住，所以引起失望与不快感。有心要露出有表现性的样子，而实在空洞无所表现，于是有丑，所以丑只可以在虚伪的矫揉造作、貌似神非的艺术里发现。自然中不能有这种意义的丑，因为自然不能像人一样，有意地作表现的尝试。

依我们看，鲍申葵虽然明白“丑”的问题难点，他的答案却仍不甚圆满，因为他没有见到似有表现性而实无表现性的东西究竟还不是“表现”或艺术。既不是表现或艺术，它就要落到以讨论表现或艺术为职务的美学范围以外了。这种困难根本是从价值问题来的。如果承认美的价值是绝对的，那么，一个形象或有表现性，或无表现性。有表现性就是美，否则就只是“不美”，“丑”字在美学中便无地位。如果承认美的价值是有比较的，则表现在“恰到好处”这个理想之下可以有种种程度上的等差。离“恰到好处”的标准点愈远就愈近于丑。依这一说，“丑”“美”一样是美感范围以内的价值，它们的不同只是程度的而不是绝对的。我们相信这个解释是美丑问题难关的唯一出路。

把快感认为美感，把联想认为美感，是一般人的误解，此外还有一种误解是学者们所持有的，就是把考证和批评认为是欣赏。

慈慧殿三号

慈慧殿并没有殿，它只是后门里一个小胡同，因西口一座小庙得名。庙中供的是什么菩萨，我在此住了三年，始终没有去探头一看，虽然路过庙门时，心里总是要费一番揣测。慈慧殿三号和这座小庙隔着三四家居户，初次来访的朋友们都疑心它是庙，至少，它给他们的是一座古庙的印象，尤其是在树没有叶的时候；在北平，只有夏天才真是春天，所以慈慧殿三号像古庙的时候是很长的。它像庙，一则是因为它荒凉；二则是因为它冷清，但是最大的类似点恐怕在它的建筑，它孤零零地兀立在破墙荒垣之中，显然与一般民房不同。这三年来，我做了它的临时“住持”，到现在仍没有请书家题一个某某斋或某某馆之类的匾额来点缀，始终很固执地叫它“慈慧殿三号”，这正如有庙无佛，多一事不如省一事。

慈慧殿三号的左右邻家都有崭新的朱漆大门，它的破烂污秽的门楼居在中间，越发显得它是一个破落户的样子。一进门，右手是一个煤栈，是今年新搬来的，天晴时天井里右方隙地总是晒着煤球，有时门口停着运煤的大车以及它所应有的附属品——黑麻布袋、黑牲口、满面涂着黑煤灰的车夫。在北方居过的人会立刻联想到一种类型的龌龊场所。一沾上煤没有不黑不脏的，你想想德胜门外、门头沟车站或是旧工厂的锅炉房，你对于慈慧殿三号的门面就可以想象得一个大概。

和煤栈对面的——仍然在慈慧殿疆域以内——是一个车房，所谓“车房”就是停人力车和人力车夫居住的地方。无论是停车的或是住车夫的房子照例是只有三面墙，一面露天。房子对于他们的用处只是遮风雨；至于防贼、掩盖秘密，都全是另一个阶级的需要。慈慧殿三号的门楼左手只有两间这样的三面墙的房子，五六个车子占了一间；在其余的一间里，车夫、车夫的妻子和猫狗进行他们的一切活动：做饭，吃饭，睡觉，养儿子，会客谈天，等等。晚上回来，你总可以看见车夫和他的大肚子的妻子“举案齐眉”式的蹬（蹲）在地上用晚饭，房东的看门的老太婆捧着长烟杆，闭着眼睛，坐在旁边吸旱烟。有时他们围着那位精明强干的车夫听他演说时事或故事。虽无瓜架豆棚，却是乡村式的太平岁月。

这些都是在二道门以外。进二道门一直望进去是一座高大而空阔的四合房子。里面整年鸦雀无声，原因是唯一的男主人天天是夜出早归，白天里是他的高卧时间；其余尽是妇道之家，都挤在最后一进房子，让前面的房子空着。房子里面从“御赐”的屏风到四足不全的椅凳都已逐渐典卖干净，连这座空房子也已经抵押了超过卖价的债项。这里面七八口之家怎样撑持他们的槁木死灰的生命是谁也猜不出来的疑案。在三十年以前他们是声威煊赫的“皇带子”，杀人不用偿命的。我和他们整年无交涉，除非是他们的“大爷”偶尔拿一部《宋拓圣教序》或是一块端砚来向我换一点儿烟资，他们的小姐们每年照例到我的园子里来两次，春天来摘一次丁香花，秋天来打一次枣子。

煤栈，车房，破落户的旗人，北平的本地风光算是应有尽有了。我所住持的“庙”原来和这几家共一个大门出入，和他们共用“慈慧殿三号”的门牌，不过在事实上是和他们隔开来的。进二道门之后向右转，当头就是一道隔墙。进这隔墙的门才是我所特指的“慈慧殿三号”。本来这园子的几十丈左右长的围墙随处可以打一个孔，开一个独立的门户。有些朋友们嫌大门口太不像样子，常劝我这样办，但是我始终没有听从，因为我舍不得煤栈车房所给我的那一点儿劳动生活的景象，舍不得进门时那一点儿曲折和跨进园子时那一点儿突然的惊讶。如果自营一个独立门户，这几个美点就全毁了。

从煤栈车房转弯走进隔墙的门，你不能不感到一种突然的惊讶。如果是早晨的话，你会立刻想到“清晨入古寺，初日照高林。曲径通幽处，禅房花木深”几句诗恰好配用在这里的。百年以上的老树到处都可爱，尤其是在城市里成林；什么种类都可爱，尤其是松柏和楸。这里没有一棵松树，我有时不免埋怨百年以前经营这个园子的主人太疏忽。柏树也只有一棵大的，但是它确实是大，而且一走进隔墙门就是它，它的浓荫布满了一个小院子，还分润到三间厢房。柏树以外，最多的是枣树，最稀奇的是楸树。北平城里人家有三棵两棵楸树的便视为珍宝。这里的楸树一数就可以数上十来棵，沿后院东墙脚的一排七棵俨然形成一段天然的墙。我到北平以后才见识楸树，一见就欢喜它。它在树木中间是神仙中间的铁拐李，《庄子》所说的“大本臃肿而不中绳墨，小枝卷曲而不中规矩”，拿来形容楸树似乎比樗更恰当。最奇怪的是这臃肿卷曲的老树到春天来会开类似牵牛的白花，到夏天来会放类似桑榆的碧绿的嫩叶。这园子里树木本来就很杂乱，大的小的，高的低的，不伦不类地混在一起；但是这十来棵楸树在杂乱中辟出一个头绪来，替园子注定一个很明显的个性。

我不是能雇用园丁的阶级中人，要说自己动手拿锄头喷壶吧，一时兴到，容或暂以此为消遣，但是“一日曝之，十日寒之”，究竟无济于事，所以园子终年是荒着的。一到夏天来，狗尾草、蒿子、前几年枣核落下地所长生的小树，以及许多只有植物学家才能辨别的草都长得有腰深。偶尔栽几棵丝瓜、玉蜀黍，以及西红柿之类的蔬菜，到后来都没在草里看不见。我自己特别挖过一片地，种了几棵芍药，两年没有开过一朵花。所以园子里所有的草木花都是自生自长用不着人经营的。秋天栽菊花比较成功，因为那时节没有多少乱草和它做剧烈的“生存竞争”。这一年以来，厨子稍分余暇来做“开荒”的工作，但是乱草总是比他勤快，随拔随长，日夜不息。如果任我自己的脾胃，我觉得对于园子还是取绝对的放任主义较好。我的理由并不像浪漫时代诗人们所怀想的，并不是要找一个荒凉凄惨的境界来配合一种可笑的伤感。我欢喜一切生物和无生物尽量地维持它们的本来面目，我欢喜自然的粗率和芜乱，所以我始终不能真正地欣赏一个很整齐有秩序，路像棋盘、常青树剪成几何形体的园子，这正如我不喜欢赵子昂的字、仇英的画，或是一个中年妇女的油头粉面。我不要求房东把后院三间有顶无墙的破屋拆去或修理好，也是这个缘故。它要倒塌，就随它自己倒塌去；它一日不倒塌，我一日尊重它的生存权。

园子里没有什么家畜动物。三年前宗岱和我合住的时节，他在北海里捉得一只刺猬回来放在园子里养着。后来它在夜里常做怪声气，惹得老妈见神见鬼。近来它穿墙迁到邻家去了，朋友送一只小猫来，算是补了它的缺。鸟雀儿北方本来就不多，但是因为几十棵老树的招邀，北方所有的雀儿这里也算应有尽有。长年的顾客要算老鸹。它大概是鸦的别名，不过我没有下过考证。在南方它是不祥之鸟，在北方听说它有什么神话传说保护它，所以它虽然那样的“语言无谓，面目可憎”，却没有人肯剿灭它。它在鸟类中大概是最爱叫苦爱吵嘴的。你整年都听它在叫，但是永远听不出一点儿叫声是表现它对于生命的欣悦。在天要亮未亮的时候，它叫得特别起劲，它仿佛拼命地不让你享受香甜的晨睡，你不醒，它也引你做惊惧梦。我初来时曾买了弓弹去射它，后来弓坏了，弹完了，也就只得向它投降。反正披衣冒冷风起来驱逐它，你也还是不能睡早觉。老鸹之外，麻雀甚多，无可记载。秋冬之季常有一种颜色极漂亮的鸟雀成群飞来，形状很类似画眉，不过不会歌唱。宗岱在此时硬说它来有喜兆，相信它和他请铁板神算家所批的八字都预兆他的婚姻恋爱的成功，但是他的讼事终于是败诉，他所追求的人终于是高飞远扬。他搬走以后，这奇怪的鸟雀到了节令仍旧成群飞来。鉴于往事，我也就不肯多存奢望了。

有一位朋友的太太说慈慧殿三号颇类似《聊斋志异》中所常见的故家第宅，“旷废无居人，久之蓬蒿渐满，双扉常闭，白昼亦无敢入者……”，但是如果有一位好奇的书生在月夜里探头进去一看，会瞟见一位散花天女，嫣然微笑，叫他“不觉神摇意夺”，如此等情……我本凡胎，无此缘分，但有一件“异”事也颇堪一“志”。有一天晚上，我躺在沙发上看书，凌坐在对面的沙发上共着一盏灯做针线，一切都沉在寂静里，猛然间听见一位穿革履的女人滴滴答答地从外面走廊的砖地上一步一步地走进来。我听见了，她也听见了，都猜着这是沉樱来了——她有时踏这种步声走进来。我走到门前掀帘子去迎她，声音却没有了，什么也没有看见。后来再四推测所得的解释是街上行人的步声，因为夜静，虽然是很远，听起来就好像近在咫尺。这究竟很奇怪，因为我们坐的地方是在一个很空旷的园子里，离街很远，平时在房子里绝对听不见街上行人的步声，而且那次听见步声分明是在走廊的砖地上。这件事常存在我的心里，我仿佛得到一种启示，觉得我在这城市中所听到的一切声音都像那一夜所听到的走声，听起来那么近，而实在却又那么远。

两种美

自然界事事物物都是理式的象征，都是共相的殊相，像柏拉图所比拟的，都是背后堤上的行人射在面前墙壁上的幻影。科学家、哲学家和美术家都想揭开自然之秘，在殊相中见出共相。但是他们的出发点不同，目的不同，因而在同一殊相中所见得的共相也不一致。

比如走进一个园子里，你抬头看见一只老鹰坐在苍劲的古松上向你瞪着雄赳赳的眼，回头又看见池边旖旎的柳枝上有一只娇滴滴的黄莺在那儿临风弄舌，这些不同的物件在你胸中所引起的情感是什么样的呢？依科学家看，松和柳同具“树”的共相，鹰和莺同具“鸟”的共相，然而在情感方面，老鹰却和古松同调，娇莺却和嫩柳同调；借用名学的术语在美术上来说，鹰和松同具一个美的共相，莺和柳又同具一个美的共相，它们所象征的全然不同。倘若莺飞上松顶，鹰栖在柳枝，你登时就会发生不调和的感觉，虽然为变化出奇起见，这种不伦不类的配合有时也为美术家所许可的。

自然界有两种美：老鹰古松是一种，娇莺嫩柳又是一种。倘若你细心体会，凡是配用“美”字形容的事物，不属于老鹰古松的一类，就属于娇莺嫩柳的一类，否则就是两类的混合。从前人有两句六言诗说：“骏马秋风冀北，杏花春雨江南。”这两句诗每句都只提起三个殊相，然而可象征一切美。你遇到任何美的事物，都可以拿它们做标准来分类。比如说峻崖、悬瀑、狂风、暴雨，沉寂的夜或是无垠的沙漠，垓下哀歌的项羽或是床头捉刀的曹操，你可以说这是“骏马秋风冀北”的美；比如说清风、皓月、暗香、疏影，青螺似的山光，媚眼似的湖水，葬花的林黛玉或是“侧帽饮水”的纳兰，你可以说这是“杏花春雨江南”的美。因为这两句诗每句都象征一种美的共相。

这两种美的共相是什么呢？定义正名向来是难事，但是形容词是容易找的。我说“骏马秋风冀北”时，你会想到“雄浑”“劲健”，我说“杏花春雨江南”时，你会想到“秀丽”“纤浓”；前者是“气概”，后者是“神韵”；前者是刚性美，后者是柔性美。

刚性美是动的，柔性美是静的。动如醉，静如梦。尼采在《悲剧之起源》里说艺术有两种：一种是醉的产品，音乐和跳舞是最显著的例；一种是梦的产品，一切造型的艺术如诗如雕刻都属这一类。他拿光神阿波罗和酒神狄俄倪索斯来象征这两种艺术。你看阿波罗的光辉那样热烈吗？其实他的面孔比渴睡汉还更恬静，世界一切色相得他的光才呈现，所以都是他在那儿梦出来的。诗人和雕刻家的任务也和阿波罗一样，全是在造色相，换句话说，全是在做梦。狄俄倪索斯就完全相反。他要图刹那间的尽量的欢乐。在青葱茂密的葡萄丛里，看蝶在翩翩地飞，蜂在嗡嗡地响，他不由自主地把自己投在生命的狂澜里，放着嗓子狂歌，提着足尖乱舞。他固然没有造出阿波罗所造的那些恬静幽美的幻梦，那些光怪陆离的色相，可是他的歌和天地间生气相出息，他的舞和大自然有脉搏共起落，也是发泄，也是表现，总而言之，也是人生不可少的一种艺术。在尼采看，这两种相反的美熔于一炉，才产出希腊的悲剧。

尼采所谓狄俄倪索斯的艺术是刚性的，阿波罗的艺术是柔性的，其实在同一种艺术之中也有刚柔之别。比如说音乐，贝多芬的第三合奏曲和《热情曲》固然像狂风暴雨，极沉雄悲壮之致，而《月光曲》和第六合奏曲则温柔委婉，如悲如诉，与其谓为“醉”，不如谓为“梦”了。

艺术是自然和人生的返照，创作家往往因性格的偏向，而作品也因而畸刚或畸柔。米开朗琪罗在性格上和艺术上都是刚性美的极端的代表。你看他的《摩西》！火焰有比他的目光更烈的么？钢铁有比他的须髯更硬的么？你看他的《大卫》！他那副脑里怕藏着比亚力山大的更惊心动魄的雄图吧？他那只庞大的右臂迟一会儿怕要拔起喜马拉雅山去撞碎哪一个星球吧？亚当是上帝首创的人，可是要结识世界第一个理想的伟男子，你须得到罗马西斯丁教寺的顶壁上去物色，这一幅大气磅礴的创世纪记，没有一个面孔不露着超人的意志，没有一条筋肉不鼓出海格立斯的气力。对这些原始时代的巨人，我们这些退化的侏儒只得自惭形秽，吐舌惊赞。可是凡是娘养的儿子也都不免感到一件缺憾——你看除《德尔斐仙》

（Delphic Shbyl）以外，简直没有一个人像女子！你说那位是夏娃么？那位是马妥娜么？假如世界女子们都像那样犷悍，除着独身终身的米开朗琪罗以外的男子们还得把头擎低些啊！

莱奥纳多·达·芬奇恰好替米开朗琪罗做一个反衬。假如“亚当”是男性美的象征，女性美的象征从“密罗斯爱神”以后，就不得不推《蒙娜丽莎》了。那庄重中寓着妩媚的眼，那轻盈而神秘的笑，那丰润而灵活的手，艺术家们已摸索了不知几许年代，到达·芬奇才算寻出，这是多么大的一个成功！米开朗琪罗画“夏娃”和“圣母”，像他画“亚当”一样，都是用他雕“大卫”和“摩西”的那一副手腕，始终脱不去那种峥嵘巍峨的气象。达·芬奇的天才是比较的多方面的，他的世界中固然也有些魁梧奇伟的男子，可是他的特长确为佩特所说的，全在“能勾魂”（fascinating），而他所以“能勾魂”，则全在能摄取女性中最令人留恋的特质表现在幕布上。藏在日内瓦的那幅《圣约翰授洗者》活像女子化身固不用说，连藏在卢佛尔宫的那幅《酒神》也只是一位带醉的《蒙娜丽莎》。再看《最后的晚餐》中的耶稣！他披着发，低着眉，在慈祥的面孔中现出悲哀和恻隐，而同时又毫无失望的神采，除着抚慰病儿的慈母以外，你在哪里能寻出他的“模特儿”呢？

中国古代哲人观察宇宙似乎全都从美术家的观点出发，所以他们在万殊中所见得的共相为“阴”与“阳”。《易经》和后来讳学家把万事万物都归原到两仪四象，其所用标准，就是我们把老鹰配古松、娇莺配嫩柳所用的标准，这种观念在一般人脑里印得很深，所以历来艺术家对于刚柔两种美分得很严。在诗方面有李、杜与王、韦之别，在词方面有苏、辛与温、李之别，在画方面有石涛、八大与六如、十洲之别，在书法方面有颜、柳与褚、赵之列。这种分别常与地域有关系，大约北人偏刚、南人偏柔，所以艺术上的南北派已成为柔性派与刚性派的别名。清朝阳湖派和桐城派对于文章的争执也就在对于刚柔的嗜好不同。姚姬传《复鲁絜非书》是讨论刚柔两种美的文字中最好的一篇，他说：

> 自诸子而降，其为文无有弗偏者。其得于阳与刚之美者，则其文如霆如电，如长风之出谷，如崇山峻崖，如决大河，如奔骐骥；其光也如杲日，如火，如金镠铁，其于人也如凭高视远，如君而朝万众，如鼓万勇士而战之。其得于阴与柔之美者，则其文如升初日，如清风，如云，如霞，如烟，如幽林曲涧，如沦，如漾，如珠玉之辉，如鸿鹄之鸣而入寥阔；其于人也漻乎其如叹，邈乎其如有思，暖乎其如喜，愀乎其如悲。观其文，讽其音，则为文者之性情形状举以殊焉。

统观全局，中国的艺术是偏于柔性美的。中国诗人的理想境界大半是清风、皓月、疏林、幽谷之类。环境越静越好，生活也越闲越好。他们很少肯跳出那“方宅十余亩，草屋八九间”的宇宙，而凭视八荒，遥听诸星奏乐者。他们以“乐天安命”为极大智慧，随贝雅特里奇上窥华严世界，已嫌多事，至于为着毕尝人生欢娱，穷探地狱秘奥，不惜同恶魔定卖魂约，更忒不安分守己了。因此，他们的诗也大半是微风般的荡漾、轻燕般的呢喃。过激烈的颜色，过激烈的声音，和过激烈的情感都是使他们畏避的。他们描写月的时候百倍于描写日；纵使描写日，也只能烘染朝曦九照，遇着盛夏正午烈火似的太阳，可就要逃到北窗下高卧，做他的羲皇上人了。司空图《二十四诗品》中只有“雄浑”“劲健”“豪放”“悲慨”四品算是刚性美，其余二十品都偏于阴柔。我读《旧约·约伯记》、莎士比亚的《哈雷姆特》、弥尔顿的《失乐园》诸作，才懂得西方批评学者所谓“宇宙的情感”（cosmic emotion）。回头在中国文学中寻实例，除着《逍遥游》《齐物论》《论语·子在川上》章，陈子昂《幽州台怀古》，李白《日出东方隈》诸作以外，简直想不出其他具有“宇宙的情感”的文字。西方批评学者向以 sublime 为最上品的刚性美，而这个字不特很难应用来说中国诗，连一个恰当的译词也不易得。“雄浑”“劲健”“庄严”诸词都只能得其片面的意义。中国艺术缺乏刚性美在音乐方面尤易见出，比如弹七弦琴，尽管你意在高山、意在流水，它都是一样单调。

抽象立论时，常容易把分别说得过于清楚。刚柔虽是两种相反的美，有时也可以混合调和，在实际上，老鹰有栖柳枝的时候，娇莺有栖古松的时候，也犹如男子中之有杨六郎，女子中之有麦克白夫人，西子湖滨之有两高峰，西伯利亚荒原之有明媚的贝加尔。说李太白专以雄奇擅长么？他的《闺怨》《长相思》《清平调》诸作之艳丽委婉，亦何减于《金筌》《浣花》？说陶渊明专从朴茂清幽入胜么？“纵浪大化中，不喜亦不惧”，又是何等气概？西方古典主义的理想向重和谐匀称，庄严中寓纤丽，才称上乘，到浪漫派才肯畸刚畸柔，中国向来论文的人也赞扬“柔亦不茹，刚亦不吐”，所以姚姬传说，“唯圣人之言统二气之会而弗偏”。比如书法，汉魏六朝人的最上作品如《夏承碑》《瘗鹤铭》《石门铭》诸碑，都能于气势中寓姿韵，亦雄浑，亦秀逸，后来偏刚者为柳公权之脱皮露骨，偏柔者如赵孟頫之弄态作媚，已渐流入下乘了。

读书并不在多，最重要的是选得精，读得彻底，与其读十部无关轻重的书，不如以读十部书的时间和精力去读一部真正值得读的书。与其十部都只能泛览一遍，不如一部书精读十遍。

后门大街

人生第一乐趣是朋友的契合。假如你有一个情趣相投的朋友居在邻近，风晨雨夕，彼此用不着走许多路就可以见面，一见面就可以毫无拘束地闲谈，而且一谈就可以谈出心事来，你不嫌他有一点儿怪脾气，他也不嫌你迟钝迂腐，像约翰逊和包斯威尔在一块儿似的，那你就没有理由埋怨你的星宿。这种幸福永远使我可望而不可攀。第一，我生性不会谈话，和一个朋友在一块儿坐不到半点钟，就有些心虚胆怯，刻刻意识到我的呆板干枯叫对方感到乏味。谁高兴向一个只会说“是的”“那也未见得”之类无谓语的人溜嗓子呢？其次，真正亲切的朋友都要结在幼年，人过三十，都不免不由自主地染上一些世故气，很难结交真正情趣相投的朋友。“相识满天下，知心能几人？”虽是两句平凡语，却是慨乎言之。因此，我唯一的解闷的方法就只有逛后门大街。

居过北平的人都知道北平的街道像棋盘线似的依照对称原则排列。有东四牌楼就有西四牌楼，有天安门大街就有地安门大街。

北平的精华可以说全在天安门大街。它的宽大、整洁、辉煌，立刻就会使你觉到它象征一个古国古城的伟大雍容的气象。地安门（后门）大街恰好给它做一个强烈的反衬。它偏僻、阴暗、湫隘、局促，没有一点儿可以叫一个初来的游人留恋。我住在地安门里的慈慧殿，要出去闲逛，就只有这条街最就便。我无论是阴晴冷热，无日不出门闲逛，一出门就很机械地走到后门大街。它对于我好比一个朋友，虽是平凡无奇，因为天天见面，很熟悉，也就变成很亲切了。

从慈慧殿到北海后门比到后门大街也只远几百步路。出后门，一直向北走就是后门大街，向西转稍走几百步路就是北海。后门大街我无日不走，北海则从老友徐中舒随中央研究院南迁以后（他原先住在北海），我每周至多只去一次。这并非北海对于我没有意味，我相信北海比我所见过的一切园子都好，但是北海对于我终是一种奢侈，好比乡下姑娘的唯一一件的漂亮衣，不轻易从箱底翻出来穿一穿的。有时我本预备去北海，但是一走到后门，就变了心眼，一直朝北去走大街，不向西转那一个弯。到北海要买门票，花二十枚铜子是小事，免不着那一层手续，究竟是一种麻烦；走后门大街可以长驱直入，没有站岗的向你伸手索票，打断你的幻想。这是第一个分别。在北海逛的是时髦人物，个个是衣裳楚楚、油头滑面的。你头发没有梳、胡子没有光，鞋子也没有换一双干净的，“囚首垢面而谈诗书”，已经是大不韪，何况逛公园？后门大街上走的尽是贩夫走卒，没有人嫌你怪相，你可以彻底地“随便”。这是第二个分别。逛北海，走到“仿膳”或是“漪澜堂”的门前，你不免想抬头看看那些喝茶的中间有你的熟人没有，但是你又怕打招呼，怕那里有你的熟人，故意低着头匆匆地走过去，像做了什么坏事似的。在后门大街上你准碰不见一个熟人，虽然常见到彼此未通过姓名的熟面孔，也各行其便，用不着打无味的招呼。你可以尽量地饱尝着“匿名者”（incognito）的心中一点自由而诡秘的意味。这是第三个分别。因为这些，我老是牺牲北海的朱梁画栋和香荷绿柳而独行踽踽于后门大街。

到后门大街我很少空手回来。它虽然是破烂，虽然没有半里路长，却有十几家古玩铺，一家旧书店。这一点儿点缀可以见出后门大街也曾经过一个繁华时代，阅历过一些沧桑岁月，后门旧为旗人区域，旗人破落了，后门也就随之破落。但是那些破落户的破铜破铁还不断地送到后门的古玩铺和荒货摊。这些东西本来没有多少值得收藏的，但是偶尔遇到一两件，实在比隆福寺和厂甸的便宜。我花过四块钱买了一部明初拓本《史晨碑》，六块钱买了二十几锭乾隆御墨，两块钱买了两把七星双刀，有时候花几毛钱买一个瓷瓶、一张旧纸，或是一个香炉。这些小东西本无足贵，但是到手时那一阵高兴实在是很值得追求。我从前在乡下时学过钓鱼，常蹲半天看不见浮标晃影子，偶然钓起来一个寸长的小鱼，虽明知其不满一咽，心里却非常愉快，我究竟是钓得了，没有落空。我在后门大街逛古董铺和荒货摊，心情正如钓鱼。鱼是小事，钓着和期待着有趣，钓得到什么，自然更是有趣。许多古玩铺和旧书店的老板都和我由熟识而成好朋友。过他们的门前，我的脚不由自主地踏进去。进去了，看了半天，件件东西都还是昨天所见过的。我自己觉得翻了半天还是空手走，有些对不起主人；主人也觉得没有什么新东西可以卖给我，心里有些歉然。但是这一点儿不尴尬，并不能妨碍我和主人的好感，到明天，我的脚还是照旧地不由自主地踏进他的门，他也依旧打起那副笑面孔接待我。

后门大街龌龊，是毋庸讳言的。就目前说，它虽不是贫民窟，一切却是十足的平民化。平民最基本的需要是吃，后门大街上许多活动都是根据这个基本需要而在那里川流不息地进行。假如你是一个外来人，在后门大街走过一趟之后，坐下来搜求你的心影，除着破铜破铁破衣破鞋之外，就只有青葱大蒜、油条烧饼和卤肉肥肠，一些油腻腻灰灰土土的七三八四和苍蝇骆驼混在一堆在你的昏眩的眼帘前晃影子。如果你回想你所见到的行人，他不是站在锅炉边嚼烧饼的洋车夫，就是坐在扁担上看守大蒜咸鱼的小贩。那里所有的颜色和气味都是很强烈的。这些混乱而又秽浊的景象有如陈年牛酪和臭豆腐乳，在初次接触时自然不免惹起你的嫌恶；但是如果你尝惯了它的滋味，它对于你却有一种不可抵御的引诱。

别说后门大街平凡，它有的是生命和变化！只要你有好奇心，肯乱窜，在这不满半里路长的街上和附近，你准可以不断地发现新世界。我逛过一年以上，才发现路西一个夹道里有一家茶馆。花三大枚的水钱，你可以在那儿坐一晚，听一部《济公传》或是《长坂坡》。至于火神庙里那位老拳师变成我的师傅，还是最近的事。你如果有幽默的癖性，随时可以在那里寻到有趣的消遣。有一天晚上我坐在一家旧书铺里，从外面进来一个跛子，向店主人说了关于他的生平一篇可怜的故事，讨了一个铜子出去。我觉得这人奇怪，就起来跟在他后面走，看他跛进了十几家店铺之后，腿子猛然直起来，踏着很平稳安闲的大步，唱“我好比南来雁”，沉没到一个阴暗的夹道里去了。在这个世界里的人们，无论他们的生活是复杂或简单，关于谁你能够说“我真正明白他的底细”呢？

一到了上灯时候，尤其在夏天，后门大街就在它的古老躯干之上尽量地炫耀近代文明。理发馆和航空奖券经理所的门前悬着一排又一排的百支烛光的电灯，照相馆的玻璃窗里所陈设的时装少女和京戏名角的照片也越发显得光彩夺目。家家洋货铺门上都张着无线电的大口喇叭，放送京戏鼓书相声和说不尽的许多其他热闹玩意儿。这时候后门大街就变成人山人海，左也是人，右也是人，各种各样的人。少奶奶牵着她的花簇簇的小儿女，羊肉店的老板扑着他的芭蕉叶，白衫黑裙和翻领卷袖的学生们抱着膀子或是靠着电线杆，泥瓦匠坐在阶石上敲去旱烟筒里的灰，大家都一齐心领神会似的在听、在看、在发呆。在这种时候，后门大街上准有我；在这种时候，我丢开几十年教育和几千年文化在我身上所加的重压，自自在在地沉没在贤愚一体、皂白不分的人群中，尽量地满足牛要跟牛在一块儿，蚂蚁要跟蚂蚁在一块儿那一种原始的要求。我觉得自己是这一大群人中的一个人，我在我自己的心腔血管中感觉到这一大群人的脉搏的跳动。

后门大街，对于一个怕周旋而又不甘寂寞的人，你是多么亲切的一个朋友！

“当局者迷，旁观者清”

——艺术和实际人生的距离

有几件事实我觉得很有趣味，不知道你有同感没有？

我的寓所后面有一条小河通莱茵河。我在晚间常到那里散步一次，走成了习惯，总是沿东岸去，过桥沿西岸回来。走东岸时我觉得西岸的景物比东岸的美；走西岸时适得其反，觉得东岸的景物又比西岸的美。对岸的草木房屋固然比这边的美，但是它们又不如河里的倒影。同是一棵树，看它的正身本极平凡，看它的倒影却带有几分另一世界的色彩。我平时又欢喜看烟雾朦胧的远树，大雪笼盖的世界和更深夜静的月景。本来是习见不以为奇的东西，让雾、雪、月盖上一层白纱，便见得很美丽。

北方人初看到西湖，平原人初看到峨眉，虽然审美力薄弱的村夫，也惊讶它们的奇景；但生长在西湖或峨眉的人除了以居近名胜自豪以外，心里往往觉得西湖和峨眉实在也不过如此。新奇的地方都比熟悉的地方美，东方人初到西方，或是西方人初到东方，都往往觉得面前景物件件值得玩味。本地人自以为不合时尚的服装和举动，在外方人看，却往往有一种美的意味。

古董癖也是很奇怪的。一个周朝的铜鼎或是一个汉朝的瓦瓶在当时也不过是盛酒盛肉的日常用具，在现在却变成很稀有的艺术品。固然有些好古董的人是贪它值钱，但是觉得古董实在可玩味的人却不少。我到外国人家去时，主人常欢喜拿一点儿中国东西给我看。这总不外瓷罗汉、蟒袍、渔樵耕读图之类的装饰品，我看到每每觉得羞涩，而主人却诚心诚意地夸奖它们好看。

种田人常羡慕读书人，读书人也常羡慕种田人。竹篱瓜架旁的黄粱浊酒和朱门大厦中的山珍海鲜，在旁观者所看出来的滋味都比当局者亲口尝出来的好。读陶渊明的诗，我们常觉到农人的生活真是理想的生活，可是农人自己在烈日寒风之中耕作时所尝到的况味，绝不似陶渊明所描写的那样闲逸。

人常是不满意自己的境遇而羡慕他人的境遇，所以俗语说："家花不比野花香。"人对于现在和过去的态度也有同样的分别。本来是很酸辛的遭遇到后来往往变成很甜美的回忆。我小时在乡下住，早晨看到的是那几座茅屋、几畦田、几排青山，晚上看到的也还是那几座茅屋、几畦田、几排青山，觉得它们真是单调无味，现在回忆起来，却不免有些留恋。

这些经验你一定也注意到的。它们是什么缘故呢？

这全是观点和态度的差别。看倒影，看过去，看旁人的境遇，看稀奇的景物，都好比站在陆地上远看海雾，不受实际的切身的利害牵绊，能安闲自在地玩味目前美妙的景致。看正身，看现在，看自己的境遇，看习见的景物，都好比乘海船遇着海雾，只知它妨碍呼吸，只嫌它耽误程期，预兆危险，没有心思去玩味它的美妙。持实用的态度看事物，它们都只是实际生活的工具或障碍物，都只能引起欲念或嫌恶。要见出事物本身的美，我们一定要从实用世界跳开，以“无所为而为”的精神欣赏它们本身的形象。总而言之，美和实际人生有一个距离，要见出事物本身的美，须把它摆在适当的距离之外去看。

再就上面的实例说，树的倒影何以比正身美呢？它的正身是实用世界中的一片段，它和人发生过许多实用的关系。人一看见它，不免想到它在实用上的意义，发生许多实际生活的联想。它是避风息凉的或是架屋烧火的东西。在散步时我们没有这些需要，所以就觉得它没有趣味。倒影是隔着一个世界的，是幻境的，是与实际人生无直接关联的。我们一看到它，就立刻注意到它的轮廓线纹和颜色，好比看一幅图画一样。这是形象的直觉，所以是美感的经验。总而言之，正身和实际人生没有距离，倒影和实际人生有距离，美的差别即起于此。

同理，游历新境时最容易见出事物的美。习见的环境都已变成实用的工具。比如我久住在一个城市里面，出门看见一条街就想到朝某方向走是某家酒店，朝某方向走是某家银行；看见了一座房子就想到它是某个朋友的住宅，或是某个总长的衙门。这样的“由盘而之钟”，我的注意力就迁到旁的事物上去，不能专心致志地看这条街或是这座房子究竟像个什么样子。在崭新的环境中，我还没有认识事物的实用的意义，事物还没有变成实用的工具，一条街还只是一条街而不是到某银行或某酒店的指路标，一座房子还只是某颜色某线形的组合而不是私家住宅或是总长衙门，所以我能见出它们本身的美。

一件本来惹人嫌恶的事情，如果你把它推远一点儿看，往往可以成为很美的意象。卓文君不守寡，私奔司马相如，陪他当垆卖酒。我们现在把这段情史传为佳话。我们读李长吉的“长卿怀茂陵，绿草垂石井。弹琴看文君，春风吹鬓影”几句诗，觉得它是多么幽美的一幅画！但是在当时人看，卓文君失节却是一件秽行丑迹。袁子才尝刻一方“钱塘苏小是乡亲”的印，看他的口吻是多么自豪！但是钱塘苏小究竟是怎样的一个伟人？她原来不过是南朝的一个妓女。和这个妓女同时的人谁肯攀她做“乡亲”呢？当时的人受实际问题的牵绊，不能把这些人物的行为从极繁复的社会信仰和利害观念的圈套中划出来，当作美丽的意象来观赏。我们在时过境迁之后，不受当时的实际问题的牵绊，所以能把它们当作有趣的故事来谈。它们在当时和实际人生的距离太近，到现在则和实际人生距离较远了，好比经过一些年代的老酒，已失去它的原来的辣性，只留下纯淡的滋味。

一般人迫于实际生活的需要，都把利害认得太真，不能站在适当的距离之外去看人生世相，于是这丰富华严的世界，除了可效用于饮食男女的营求之外，便无其他意义。他们一看到瓜就想它是可以摘来吃的，一看到漂亮的女子就起性欲的冲动。他们完全是占有欲的奴隶。花长在园里何尝不可以供欣赏？他们却欢喜把它摘下来挂在自己的襟上或是插在自己的瓶里。一个海边的农夫逢人称赞他的门前海景时，便很羞涩地回过头来指着屋后的一园菜说："门前虽没有什么可看的，屋后的一园菜却还不差。"许多人如果不知道周鼎汉瓶是很值钱的古董，我相信他们宁愿要一个不易打烂的铁锅或瓷罐，不愿要那些不能煮饭藏菜的破铜破铁。这些人都是不能在艺术品或自然美和实际人生之中维持一种适当的距离。

艺术家和审美者的本领就在能不让屋后的一园菜压倒门前的海景，不拿盛酒盛菜的标准去估定周鼎汉瓶的价值，不把一条街当作到某酒店和某银行去的指路标。他们能跳开利害的圈套，只聚精会神地观赏事物本身的形象。他们知道在美的事物和实际人生之中维持一种适当的距离。

我说"距离"时总不忘冠上"适当的"三个字，这是要注意的。"距离"可以太过，可以不及。艺术一方面要能使人从实际生活牵绊中解放出来，一方面也要使人能了解、能欣赏，"距离"不及，容易使人回到实用世界，距离太远，又容易使人无法了解欣赏。这个道理可以拿一个浅例来说明。

王渔洋的《秋柳诗》中有两句说："相逢南雁皆愁侣，好语西乌莫夜飞。"在不知这诗的历史的人看来，这两句诗是漫无意义的，这就是说，它的距离太远，读者不能了解它，所以无法欣赏它。《秋柳诗》原来是悼明亡的，"南雁"是指国亡无所依附的故旧大臣，"西乌"是指有意屈节降清的人物。假使读这两句诗的人自己也是一个

"遗老"，他对于这两句诗的情感一定比旁人较能了解。但是他不一定能取欣赏的态度，因为他容易看这两句诗而自伤身世，想到种种实际人生问题上面去，不能把注意力专注在诗的意象上面，这就是说，《秋柳诗》对于他的实际生活距离太近了，容易把他由美感的世界引回到实用的世界。

许多人欢喜从道德的观点来谈文艺，从韩昌黎的"文以载道"说起，一直到现代"革命文学"以文学为宣传的工具止，都是把艺术硬拉回到实用的世界里去。一个乡下人看戏，看见演曹操的角色扮老奸巨猾的样子惟妙惟肖，不觉义愤填胸，提刀跳上舞台，把他杀了。从道德的观点评艺术的人们都有些类似这位杀曹操的乡下佬，义气虽然是义气，无奈是不得其时、不得其地。他们不知道道德是实际人生的规范，而艺术是与实际人生有距离的。

艺术须与实际人生有距离，所以艺术与极端的写实主义不相容。写实主义的理想在妙肖人生和自然，但是艺术如果真正做到妙肖人生和自然的境界，总不免把观者引回到实际人生，使他的注意力旁迁于种种无关美感的问题，不能专心致志地欣赏形象本身的美，比如裸体女子的照片常不免容易刺激性欲，而裸体雕像如《密罗斯爱神》，裸体画像如法国安格尔的《汲泉女》，都只能令人肃然起敬。这是什么缘故呢？这就是因为照片太逼肖自然，容易像实物一样引起人的实用的态度；雕刻和图画都带有若干形式化和理想化，都有几分不自然，所以不易被人误认为实际人生中的一片段。

艺术上有许多地方，乍看起来，似乎不近情理。古希腊和中国旧戏的角色往往戴面具、穿高底鞋，表演时用歌唱的声调，不像平常说话。埃及雕刻对于人体加以抽象化，往往千篇一律。波斯图案画把人物的肢体加以不自然的扭屈，中世纪“哥特式”诸大教寺的雕像把人物的肢体加以不自然的延长。中国和西方古代的画都不用远近阴影。这种艺术上的形式化往往遭浅人唾骂，它固然时有流弊，其实也含有至理。这些风格的创始者都未尝不知道它不自然，但是他们的目的正在使艺术和自然之中有一种距离。说话不押韵，不论平仄，作诗却要押韵，要论平仄，道理也是如此。艺术本来是弥补人生和自然缺陷的。如果艺术的最高目的仅在妙肖人生和自然，我们既已有人生和自然了，又何取乎艺术呢？

艺术都是主观的，都是作者情感的流露，但是它一定要经过几分客观化。艺术都要有情感，但是只有情感不一定就是艺术。许多人本来是笨伯而自信是可能的诗人或艺术家。他们常埋怨道：“可惜我不是一个文学家，否则我的生平可以写成一部很好的小说。”富于艺术材料的生活何以不能产生艺术呢？艺术所用的情感并不是生糙的而是经过反省的。蔡琰在丢开亲生子回国时绝写不出《悲愤诗》，杜甫在“入门闻号咷，幼子饥已卒”时绝写不出《自京赴奉先咏怀五百字》。这两首诗都是“痛定思痛”的结果。艺术家在写切身的情感时，都不能同时在这种情感中过活，必定把它加以客观化，必定由站在主位的尝受者退为站在客位的观赏者。一般人不能把切身的经验放在一种距离以外去看，所以情感尽管深刻、经验尽管丰富，终不能创造艺术。

文学与人生

文学是以语言文字为媒介的艺术。就其为艺术而言，它与音乐、图画、雕刻及一切号称艺术的制作有共同性：作者对于人生世相都必有一种独到的新鲜的观感，而这种观感都必有一种独到的新鲜的表现；这观感与表现即内容与形式，必须打成一片，融合无间，成为一种有生命的和谐的整体，能使观者由玩索而生欣喜。达到这种境界，作品才算是“美”。美是文学与其他艺术所必具的特质。就其以语言文字为媒介而言，文学所用的工具就是我们日常运思说话所用的工具，无待外求，不像形色之于图画雕刻，乐声之于音乐。每个人不都能运用形色或音调，可是每个人只要能说话就能运用语言，只要能识字就能运用文字。语言文字是每个人表现情感思想的一套随身法宝，它与情感思想有最直接的关系。因为这个缘故，文学是一般人接近艺术的一条最直接简便的路；也因为这个缘故，文学是一种与人生最密切相关的艺术。

我们把语言文字联在一起说，是就文化现阶段的实况而言，其实在演化程序上，先有口说的语言而后有手写的文字，写的文字与说的语言在时间上的距离可以有数千年乃至数万年之久，到现在世间还有许多民族只有语言而无文字。远在文字未产生以前，人类就有语言，有了语言就有文学。文学是最原始的也是最普遍的一种艺术。在原始民族中，人人都欢喜唱歌，都欢喜讲故事，都欢喜戏拟人物的动作和姿态。这就是诗歌、小说和戏剧的起源。于今仍在世间流传的许多古代名著，像中国的《诗经》，希腊的荷马史诗，欧洲中世纪的民歌和英雄传说，原先都由口头传诵，后来才被人用文字写下来。在口头传诵的时期，文学大半是全民众的集体创作。一首歌或是一篇故事先由一部分人倡始，一部分人随和，后来一传十，十传百，辗转相传，每个传播的人都贡献一点儿心裁把原文加以润色或增损。我们可以说，文学作品在原始社会中没有固定的著作权，它是流动的，生生不息的，集腋成裘的。它的传播期就是它的生长期，它的欣赏者也就是它的创作者。这种文学作品最能表现一个全社会的人生观感，所以从前关心政教的人要在民俗歌谣中窥探民风国运，采风观乐在春秋时还是一个重要的政典。我们还可以进一步说，原始社会的文学就几乎等于它的文化；它的历史、政治、宗教、哲学等等都反映在它的诗歌、神话和传说里面。希腊的神话史诗，中世纪的民歌传说以及近代中国边疆民族的歌谣、神话和民间的故事都可以为证。

口传的文学变成文字写定的文学，从一方面看，这是一个大进步，因为作品可以不纯由记忆保存，也不纯由口诵流传，它的影响可以扩充到更久更远。但从另一方面看，这种变迁也是文学的一个厄运，因为识字另需一番教育，文学既由文字保存和流传，文字便成为一种障碍，不识字的人便无从创造或欣赏文学，文学便变成一个特殊阶级的专利品。文人成了一个特殊阶级，而这阶级化又随社会演进而日趋尖锐，文学就逐渐和全民众疏远。这种变迁的坏影响很多，第一，文学既与全民众疏远，就不能表现全民众的精神和意识，也就不能从全民众的生活中吸收力量与滋养，它就不免由窄狭化而传统化、形式化、僵硬化。其次，它既成为一个特殊阶级的兴趣，它的影响也就限于那个特殊阶级，不能普及于一般人，与一般人的生活不发生密切关系，于是一般人就把它认为无足轻重。文学在文化现阶段中已成为一种奢侈，而不是生活的必需。在最初，凡是能运用语言的人都爱好文学；后来文字产生，只有识字的人才能爱好文学；现在连识字的人也大半不能爱好文学，甚至有一部分鄙视或仇视文学，说它的影响不健康或根本无用。在这种情形之下，一个人要郑重其事地来谈文学，难免有几分心虚胆怯，他至少须说出一点理由来辩护他的不合时宜的举动。这篇开场白就是替以后陆续发表的十几篇谈文学的文章作一个辩护。

先谈文学有用无用问题。一般人嫌文学无用，近代有一批主张“为文艺而文艺”的人却以为文学的妙处正在它无用。它和其他艺术一样，是人类超脱自然需要的束缚而发出的自由活动。比如说，茶壶有用，因能盛茶，是壶就可以盛茶，不管它是泥的、瓦的、扁的、圆的，自然需要止于此。但是人不以此为满足，制壶不但要能盛茶，还要能娱目赏心，于是在质料、式样、颜色上费尽机巧以求美观。就浅狭的功利主义看，这种功夫是多余的，无用的；但是超出功利观点来看，它是人自作主宰的活动。人不惮烦要作这种无用的自由活动，才显得人是自家的主宰，有他的尊严，不只是受自然驱遣的奴隶；也才显得他有一片高尚的向上心。要胜过自然，要弥补自然的缺陷，使不完美的成为完美。文学也是如此。它起于实用，要把自己所知所感的说给旁人知道；但是它超过实用，要找好话说，要把话说得好，使旁人在话的内容和形式上同时得到愉快。文学所以高贵，值得我们费力探讨，也就在此。

这种“为文艺而文艺”的看法确有一番正当道理，我们不应该以浅狭的功利主义去估定文学的身价。但是我以为我们纵然退一步想，文学也不能说是完全无用。人之所以为人，不只因为他有情感思想，尤在他能以语言文字表现情感思想。试假想人类根本没有语言文字，像牛羊犬马一样，人类能否有那样灿烂的文化？文化可以说大半是语言文字的产品。有了语言文字，许多崇高的思想，许多微妙的情境，许多可歌可泣的事迹才能那样流传广播，由一个心灵出发，去感动无数的心灵，去启发无数心灵的创造。这感动和启发的力量大小与久暂，就看语言文字运用得好坏。在数千载之下，《左传》《史记》所写的人物事迹还能活现在我们眼前，若没有左丘明、司马迁的那种生动的文笔，这事如何能做到？这数千载之下，柏拉图的《对话集》所表现的思想对于我们还是那么亲切有趣，若没有柏拉图的那种深入而浅出的文笔，这事又如何能做到？从前也许有许多值得流传的思想与行迹，因为没有遇到文人的点染，就湮没无闻了。我们自己不时常感觉到心里有话要说而说不出的苦楚吗？孔子说得好：“言之无文，行之不远。”单是“行远”这一个功用就深广不可思议。

柏拉图、卢梭、托尔斯泰和程伊川都曾怀疑到文学的影响，以为它是不道德的或是不健康的。世间有一部分文学作品确有这种毛病，本无可讳言，但是因噎不能废食，我们只能归咎于作品不完美，不能断定文学本身必有罪过。从纯文艺观点看，在创作与欣赏的聚精会神的状态中，心无旁涉，道德的问题自无从闯入意识阈。纵然离开美感态度来估定文学在实际人生中的价值，文艺的影响也决不会是不道德的，而且一个人如果有纯正的文艺修养，他在文艺方面所受的道德影响可以比任何其他体验与教训的影响更为深广。“道德的”与“健全的”原无二义。健全的人生理想是人性的多方面的谐和的发展，没有残废也没有臃肿。譬如草木，在风调雨顺的环境之下，它的一般生机总是欣欣向荣，长得枝条茂畅，花叶扶疏。情感思想便是人的生机，生来就需要宣泄生长，发芽开花。有情感思想而不能表现，生机便遭窒塞残损，好比一株发育不完全而呈病态的花草。文艺是情感思想的表现，也就是生机的发展，所以要完全实现人生，离开文艺决不成。世间有许多对文艺不感兴趣的人干枯浊俗，生趣索然，其实都是一些精神方面的残废人，或是本来生机就不畅旺，或是有畅旺的生机因为窒塞而受摧残。如果一种道德观要养成精神上的残废人，它的本身就是不道德的。

表现在人生中不是奢侈而是需要，有表现才能有生展，文艺表现情感思想，同时也就滋养情感思想使它生展。人都知道文艺是“怡情养性”的。请仔细玩索“怡养”两字的意味！性情在怡养的状态中，它必是健旺的，生发的，快乐的。这“怡养”两字却不容易做到，在这纷纭扰攘的世界中，我们大部分时间与精力都费在解决实际生活问题，奔波劳碌，很机械地随着疾行车流转，一日之中能有几许时刻回想到自己有性情？遑论怡养！凡是文艺都是根据现实世界而铸成另一超现实的意象世界，所以它一方面是现实人生的反照，一方面也是现实人生的超脱。在让性情怡养在文艺的甘泉中时，我们霎时间脱去尘劳，得到精神的解放，心灵如鱼得水地徜徉自乐；或是用另一个比喻来说，在干燥闷热的沙漠里走得很疲劳之后，在清泉里洗一个澡，绿树荫下歇一会儿凉。世间许多人在劳苦里打翻转，在罪孽里打翻转，俗不可耐，苦不可耐，原因只在洗澡歇凉的机会太少。

从前中国文人有“文以载道”的说法，后来有人嫌这看法的道学气太重，把“诗言志”一句老话抬出来，以为文学的功用只在言志；释志为“心之所之”，因此言志包含表现一切心灵活动在内。文学理论家于是分文学为“载道”“言志”两派，仿佛以为这两派是两极端，绝不相容——“载道”是“为道德教训而文艺”，“言志”是“为文艺而文艺”。其实这个问题的关键全在“道”字如何解释。如果释“道”为狭义的道德教训，载道显然就小看了文学。文学没有义务要变成劝世文或是修身科的高头讲章。如果释“道”为人生世相的道理，文学就决不能离开“道”，“道”就是文学的真实性。志为心之所之，也就要合乎“道”，情感思想的真实本身就是“道”，所以“言志”即“载道”，根本不是两回事，哲学科学所谈的是“道”，文艺所谈的仍是“道”，所不同者哲学科学的道理是抽象的，是从人生世相中抽绎出来的，好比从盐水中提出来的盐；文艺的道是具体的，是含蕴在人生世相中的，好比盐溶于水，饮者知咸，却不辨何者为盐，何者为水。用另一个比喻来说，哲学科学的道是客观的、冷的、有精气而无血肉的；文艺的道是主观的、热的，通过作者的情感与人格的渗沥，精气与血肉凝成完整生命的。换句话说，文艺的“道”与作者的“志”融为一体。

我常感觉到，与其说“文以载道”，不如说“因文证道”。《楞严经》记载佛有一次问他的门徒从何种方便之门，发菩提心，证圆通道。几十个菩萨罗汉轮次起答，有人说从声音，有人说从颜色，有人说从香味，大家共说出 25 个法门（六根、六尘、六识、七大，每一项都可成为证道之门）。读到这段文章，我心里起了一个幻想，假如我当时在座，轮到我起立作答时，我一定说我的方便之门是文艺。我不敢说我证了道，可是从文艺的玩索，我窥见了道的一斑。文艺到了最高的境界，从理智方面说，对于人生世相必有深广的观照与彻底的了解，如阿波罗凭高远眺，华严世界尽成明镜里的光影，大有佛家所谓万法皆空，空而不空的景象；从情感方面说，对于人世悲欢好丑必有平等的真挚的同情，冲突化除后的谐和，不沾小我利害的超脱，高等的幽默与高度的严肃，成为相反者之同一。博格森说世界时时刻刻在创化中，这好比一个无始无终的河流，孔子所看到的“逝者如斯夫，不舍昼夜”，希腊哲人所看到的“濯足清流，抽足再入，已非前水”，所以时时刻刻有它的无穷的兴趣。抓住某一时刻的新鲜景象与兴趣而给以永恒的表现，这是文艺。一个对于文艺有修养的人决不感觉到世界的干枯与人生的苦闷。他自己有表现的能力固然很好，纵然不能，他也有一双慧眼看世界，整个世界的动态便成为他的诗，他的图画，他的戏剧，让他的性情在其中“怡养”。到了这种境界，人生便经过了艺术化，而身历其境的人，在我想，可以算得一个有“道”之士。从事于文艺的人不一定都能达到这个境界，但是它究竟不失为一个崇高的理想，值得追求，而且在努力修养之后，可以追求得到。

第二辑

慢慢走啊，去过美的人生

美的欣赏也是如此，也是把自然加以艺术化。所谓艺术化，就是人情化和理想化。不过美的欣赏和寻常恋爱有一个重要的异点。寻常恋爱都带有很强烈的占有欲，你既恋爱一个女子，就有意无意地存有“欲得之而甘心”的态度。

“情人眼底出西施”

——美与自然

我们关于美感的讨论，到这里可以告一段落了，现在最好把上文所说的话回顾一番，看我们已经占住了多少领土。美感是什么呢？从积极方面说，我们已经明白美感起于形象的直觉，而这种形象是孤立自足的，和实际人生有一种距离；我们已经见出美感经验中我和物的关系，知道我的情趣和物的姿态交感共鸣，才见出美的形象。从消极方面说，我们已经明白美感一不带意志欲念，有异于实用态度，二不带抽象思考，有异于科学态度；我们已经知道一般人把寻常快感、联想以及考据与批评认为美感的经验是一种大误解。

美生于美感经验，我们既然明白美感经验的性质，就可以进一步讨论美的本身了。

什么叫作美呢？

在一般人看，美是物所固有的。有些人物生来就美，有些人物生来就丑。比如称赞一个美人，你说她像一朵鲜花、像一颗明星、像一只轻燕，你绝不说她像一个布袋、像一头犀牛或是像一只癞蛤蟆。这就分明承认鲜花、明星和轻燕一类事物原来是美的，布袋、犀牛和癞蛤蟆一类事物原来是丑的。说美人是美的，也犹如说她是高是矮是肥是瘦一样，她的高矮肥瘦是她的星宿定的，是她从娘胎带来的，她的美也是如此，和你看者无关。这种见解并不限于一般人，许多哲学家和科学家也是如此想。所以他们费许多心力去实验最美的颜色是红色还是蓝色，最美的形体是曲线还是直线，最美的音调是 G 调还是 F 调。

但是这种普遍的见解显然有很大的难点，如果美本来是物的属性，则凡是长眼睛的人们应该都可以看到，应该都承认它美，好比一个人的高矮，有尺可量，是高大家就都要说高，是矮大家就都要说矮。但是美的估定就没有一个公认的标准。假如你说一个人美，我说她不美，你用什么方法可以说服我呢？有些人欢喜辛稼轩而讨厌温飞卿，有些人欢喜温飞卿而讨厌辛稼轩，这究竟谁是谁非呢？同是一个对象，有人说美，有人说丑，从此可知美本在物之说有些不妥了。

因此，有一派哲学家说美是心的产品。美如何是心的产品，他们的说法却不一致。康德以为美感判断是主观的而却有普遍性，因为人心的构造彼此相同。黑格尔以为美是在个别事物上见出“概念”或理想。比如你觉得峨眉山美，是由于它表现“庄严”“厚重”的概念。你觉得《孔雀东南飞》美，是由于它表现“爱”与“孝”两种理想的冲突。托尔斯泰以为美的事物都含有宗教和道德的教训。此外还有许多其他的说法。说法既不一致，就只有都是错误的可能而没有都是不错的可能，好比一个数学题生出许多不同的答数一样。大约哲学家们都犯过信理智的毛病，艺术的欣赏大半是情感的而不是理智的。在觉得一件事物美时，我们纯凭直觉，并不是在下判断，如康德所说的，也不是在从个别事物中见出普遍原理，如黑格尔、托尔斯泰一般人所说的；因为这些都是科学的或实用的活动，而美感并不是科学的或实用的活动。还不仅此。美虽不完全在物却亦非与物无关。你看到峨眉山才觉得庄严、厚重，看到一个小土墩却不能觉得庄严、厚重。从此可知物须先有使人觉得美的可能性，人不能完全凭心灵创造出美来。

依我们看，美不完全在外物，也不完全在人心，它是心物婚媾后所产生的婴儿。美感起于形象的直觉。形象属物而却不完全属于物，因为无我即无由见出形象；直觉属我却又不完全属于我，因为无物则直觉无从活动。美之中要有人情也要有物理，二者缺一都不能见出美。再拿欣赏古松的例子来说，松的苍翠劲直是物理，松的清风亮节是人情。从"我"的方面说，古松的形象并非天生自在的，同是一棵古松，千万人所见到的形象就有千万不同，所以每个形象都是每个人凭着人情创造出来的，每个人所见到的古松的形象就是每个人所创造的艺术品，它有艺术品通常所具的个性，它能表现各个人的性分和情趣。从"物"的方面说，创造都要有创造者和所创造物，所创造物并非从无中生有，也要有若干材料，这材料也要有创造成美的可能性。松所生的意象和柳所生的意象不同，和癞蛤蟆所生的意象更不同。所以松的形象这一个艺术品的成功，一半是我的贡献，一半是松的贡献。

这里我们要进一步研究我与物如何相关了。何以有些事物使我觉得美，有些事物使我觉得丑呢？我们最好用一个浅例来说明这个道理。比如我们看下列六条垂直线，往往把它们看成三个柱子，觉得这三个柱子所围的空间（即 A 与 B、C 与 D 和 E 与 F 所围的空间）离我们较近，而 B 与 C 以及 D 与 E 所围的空间则看成背景，离我们较远。还不仅此。我们把这六条垂直线摆在一块儿看，它们仿佛自成一个谐和的整体；至于 G 与 H 两条没有规律的线则仿佛是这整体以外的东西，如果勉强把它搭上前面的六条线一块儿看，就觉得它不和谐。

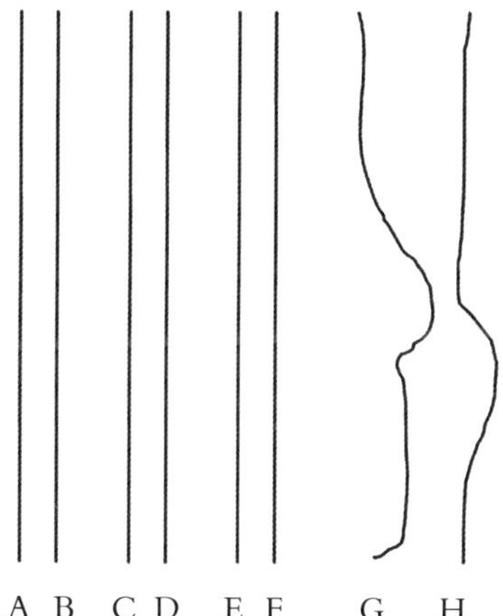

（1）A 与 B、C 与 D、E 与 F 距离都相等。

（2）B 与 C、D 与 E 距离相等，略大于 A 与 B 的距离。

（3）F 与 C 的距离较 B 与 C 的距离大。

（4）A、B、C、D、E、F 为六条平行垂直线，G 与 H 为两条没有规律的线。

从这个有趣的事实，我们可以看出两个很重要的道理：

一、最简单的形象的直觉都带有创造性。把六条垂直线看成三个柱子，就是直觉到一种形象。它们本来同是垂直线，我们把 A 和 B 选在一块儿看，却不把 B 和 C 选在一块儿看；同是直线所围的空间，本来没有远近的分别，我们却把 A、B 中空间看得近，把 B、C 中空间看得远。从此可知在外物者原来是散漫混乱，经过知觉的综合作用，才现出形象来。形象是心灵从混乱的自然中所创造成的整体。

二、心灵把混乱的事物综合成整体的倾向却有一个限制，事物也要本来就有可综合为整体的可能性。A 至 F 六条线可以看成一个整体，G 与 H 两条线何以不能纳入这个整体里面去呢？这里我们很可以见出在觉美觉丑时心和物的关系。我们从左看到右时，看出 CD 和 AB 相似，DE 又和 BC 相似。这两种相似的感觉便在心中形成一个有规律的节奏，使我们预料此后都可由此例推，右边所有的线都顺着左边诸线的节奏。视线移到 EF 两线时，所预料的果然出现，EF 果然与 CD 也相似。预料而中，自然发生一种快感。但是我们再向右看，看到 G 与 H 两线时，就猛觉与前不同，不但 G 和 F 的距离猛然变大，原来是像柱子的平行垂直线，现在却是两条毫无规律的线。这是预料不中，所以引起不快感。因此 G 与 H 两线不但在物理方面和其他六条线不同，在情感上也和它们不能谐和，所以被就摈于整体之外。

这里所谓“预料”自然不是有意的，好比深夜下楼一样，步步都踏着一步梯，就无意中预料以下都是如此，倘若猛然遇到较大的距离，或是踏到平地，才觉得这是出于意料。许多艺术都应用规律和节奏，而规律和节奏所生的心理影响都以这种无意的预料为基础。

懂得这两层道理，我们就可以进一步来研究美与自然的关系了。一般人常欢喜说“自然美”，好像以为自然中已有美，纵使没有人去领略它，美也还是在那里。这种见解就是我们在上文已经驳过的美本在物的说法。其实“自然美”三个字，从美学观点看，是自相矛盾的，是“美”就不“自然”，只是“自然”就还没有成为“美”。说“自然美”就好比说上文六条垂直线已有三个柱子的形象一样。如果你觉得自然美，自然就已经过艺术化，成为你的作品，不复是生糙的自然了。比如你欣赏一棵古松、一座高山，或是一湾清水，你所见到的形象已经不是松、山、水的本色，而是经过人情化的。各人的情趣不同，所以各人所得于松、山、水的也不一致。

流行语中有一句话说得极好：“情人眼底出西施。”美的欣赏极似“柏拉图式的恋爱”。你在初尝恋爱的滋味时，本来也是寻常血肉做的女子却变成你的仙子。你所理想的女子的美点她都应有尽有。在这个时候，你眼中的她也不复是她自己原身而是经你理想化过的变形。你在理想中先酝酿成一个尽美尽善的女子，然后把她外射到你的爱人身上去，所以你的爱人其实不过是寄托精灵的躯骸。你只见到精灵，所以觉得无瑕可指；旁人冷眼旁观，只见到躯骸，所以往往诧异道：“他爱上她，真是有些奇怪。”一言以蔽之，恋爱中的对象是已经艺术化过的自然。

美的欣赏也是如此，也是把自然加以艺术化。所谓艺术化，就是人情化和理想化。不过美的欣赏和寻常恋爱有一个重要的异点。寻常恋爱都带有很强烈的占有欲，你既恋爱一个女子，就有意无意地存有“欲得之而甘心”的态度。美感的态度则丝毫不带占有欲。一朵花无论是生在邻家的园子里或是插在你自己的瓶子里，你只要能欣赏，它都是一样美。老子所说的“为而不有，功成而不居”，可以说是美感态度的定义。古董商和书画金石收藏家大半都抱有“奇货可居”的态度，很少有能真正欣赏艺术的。我在上文说过，美的欣赏极似“柏拉图式的恋爱”，所谓“柏拉图式的恋爱”对于所爱者也只是无所为而为的欣赏，不带占有欲。这种恋爱是否可能，颇有人置疑，但是历史上有多少著例，凡是到极浓度的初恋者也往往可以达到胸无纤尘的境界。

志气太大，理想过多，事实迎不上头来，结果自然是失望烦闷；志气太小，因循苟且，麻木消沉，结果就必至于堕落。

谈十字街头

朋友：

岁暮天寒，得暇便围炉嘘烟遐想。今日偶然想到日本厨川白村的《出了象牙之塔》和《走向十字街头》两部书，觉得命名大可玩味。玩味之余，不觉发生一种反感。

所谓《走向十字街头》有两种解释。从前学士大夫好以清高名贵相尚，所以力求与世绝缘，冥心孤往。但是闭户读书的成就总难免空疏虚伪。近代哲学与文艺都逐渐趋向唯实，于是大家都极力提倡与现实生活接触。世传苏格拉底把哲学从天上搬到地下，这是“走向十字街头”的一种意义。

学术思想是天下公物，须得流布人间，以求雅俗共赏。威廉·莫里斯和托尔斯泰所主张的艺术民众化，叔琴先生在《一般》诞生号中所主张的特殊的一般化，爱迪生所谓把哲学从课室图书馆搬到茶寮客座，这是“走向十字街头”的另一意义。

这两种意义都含有极大的真理。可是在这“德谟克拉西”呼声极高的时代，人家总不免忘记关于十字街头的另一面真理。

十字街头的空气中究竟含有许多腐败剂，学术思想出了象牙之塔到了十字街头以后，一般化的结果常不免流为俗化（vulgarized）。昨日的殉道者，今日或成为市场偶像，而真纯面目便不免因之污损了。到市场而不成为偶像，成偶像而不至于破落，都是很难的事。老学经过流俗化以后，其结果乃为白云观以静坐骗铜子的道士。易学经过流俗化以后，其结果乃为街头摆摊卖卜的江湖客。佛学经过流俗化以后，其结果乃为祈财求子的三姑六婆和秃头肥脑的蠢和尚。这都是世人所共见周知的。不必远说，且看西方科学、哲学和文学落到时下一般打学者冒牌的人手里，弄得成何体统！

寂居文艺之宫，固然会像不流通的清水，终久要变成污浊恶臭的。可是十字街头的叫嚣，十字街头的尘粪，十字街头的挤眉弄眼，都处处引诱你汩没自我。臣门如市，臣心就决不能如水。名利、声势、虚伪、刻薄、肤浅、欺侮等字样，听起来多么刺耳朵，实际上谁能摆脱得净尽？所以站在十字街头的人们——尤其是你我青年——要时时戒备十字街头的危险，要时时回首瞻顾象牙之塔。

十字街头上握有最大威权的是习俗。习俗有两种，一为传说（Tradition），一为时尚（Fashion）。儒家的礼教，五芳斋的馄饨，是传说；新文化运动，四马路的新装，是时尚。传说尊旧，时尚趋新，新旧虽不同，而盲从附和，不假思索，则根本无二致。社会是专制的，是压迫的，是不容自我伸张的。比方九十九个人守贞节，你一个人偏要不贞，你固然是伤风败俗，大逆不道；可是如果九十九个人都是娼妓，你一个人偏要守贞节，你也会成为社会公敌，被人唾弃的。因此，苏格拉底所以饮鸩，格里利阿所以被教会加罪，罗曼罗兰、克罗齐、罗素所以在欧战期中被人谩骂。

本来风化习俗这件东西，孽虽造得不少，而为维持社会安宁计，却亦不能尽废。人与人相接触，问题就会发生。如果世界只有我，法律固为虚文，而道德也便无意义。人类须有法律道德维持，固足证其顽劣；然而人类既顽劣，道德法律也就不能勾销。所以老庄上德不德、绝圣弃智的主张，理想虽高，而究不适于顽劣的人类社会。

习俗对于维持社会安宁，自有相当价值，我们是不能否认的。可是以维持安宁为社会唯一目的，则未免大错特错。习俗是守旧的，而社会则须时时翻新，才能增长滋大，所以习俗有时时打破的必要。人是一种贱动物，只好模仿因袭，不乐改革创造。所以维持固有的风化，用不着你费力。你让它去，世间自有一般庸人懒人去担心。可是要打破一种习俗，却不是一件易事。物理学上仿佛有一条定律说，凡物既静，不加力不动。而所加的力必比静物的惰力大，才能使它动。打破习俗，你须以一二人之力，抵抗千万人之惰力，所以非有雷霆万钧的力量不可。因此，习俗的背叛者比习俗的顺从者较为难能可贵，从历史看社会进化，都是靠着几个站在十字街头而能向十字街头宣战的人。这般人的报酬往往不是十字架，就是断头台。可是世间只有他们才是不朽，倘若世界没有他们这些殉道者，人类早已为乌烟瘴气闷死了。

一种社会所最可怕的不是民众浮浅顽劣，因为民众通常都是浮浅顽劣的；它所最可怕的是没有在浮浅卑劣的环境中而能不浮浅不卑劣的人。比方英国民众就是很沉滞顽劣的，然而在这种沉滞顽劣的社会中，偶尔跳出一二个性坚强的人，如雪莱、卡莱尔、罗素等，其特立独行的胆与识，却非其他民族所可多得。这是英国人力量所在的地方。路易·笛锃生尝批评日本，说她是一个没有柏拉图和亚理斯多德的希腊，所以不能造伟大的境界。据生物学家说，物竞天择的结果不能产生新种，要产生新种须经突变（sports）。所谓突变，是指不像同种的新裔。社会也是如此，它能否生长滋大，就看它有无突变式的分子；换句话说，就看十字街头的矮人群中有没有几个大汉。

说到这点，我不能不替我们中国人汗颜了。处人胯下的印度还有一位泰戈尔和一位甘地，而中国满街只是一些打冒牌的学者和打冒牌的社会运动家。强者皇然叫嚣，弱者随声附和；旧者盲从传说，新者盲从时尚。相习成风，每况愈下，而社会之浮浅顽劣虚伪酷毒，乃日不可收拾。在这个当儿，站在十字街头的我们青年怎能免彷徨失措？朋友，昔人临歧而哭，假如你看清你面前的险径，你会心寒胆裂哟！围着你的全是浮浅顽劣虚伪酷毒，你只有两种应付方法：你只有和它冲突，要不然，就和它妥洽。在现时这种状况之下，冲突就是烦恼，妥洽就是堕落。无论走哪一条路，结果都是悲剧。

但是，朋友，你我正不必因此颓丧！假如我们的力量够，冲突结果，也许是战胜。让我们相信世界达真理之路只有自由思想，让我们时时记着十字街头浮浅虚伪的传说和时尚都是真理路上的障碍，让我们本着少年的勇气把一切市场偶像打得粉碎！

最后，打破偶像，也并非鲁莽叫嚣所可了事。鲁莽叫嚣还是十字街头的特色，是浮浅卑劣的表征。我们要能于叫嚣扰攘中：以冷静态度，灼见世弊；以深沉思考，规划方略；以坚强意志，征服障碍。总而言之，我们要自由伸张自我，不要汩没在十字街头的影响里去。

朋友，让我们一齐努力罢！

你的同志，光潜。

最简单的形象的直觉都带有创造性。

谈理想与事实

我常想，老年人难得的美德是尊重理想，青年人难得的美德是尊重事实。

朋友：

前几天有一位师范大学朱君来访，闲谈中他向我提出一个很严重的问题："现代社会恶浊，青年人所见到的事实和他自己所抱的理想常相冲突，比如毕业后做事就是一个大难关。如果要依照理想，廉洁自矢，守正不阿，则各机关大半是坏人把持住，你就根本不能插足进去，改造社会自然是谈不到。如果不择手段，依照中国人谋事的习惯法，奔走逢迎，献媚权贵，则你还没有改造社会，就已被社会腐化。我自己也很想将来替社会做一点儿事，但是又不愿同流合污，想到这一层，心里就万分烦恼。先生以为我们青年人处在这种两难的地位，究竟应该持什么一种态度呢？"

朱君所提出的只是理想与事实的冲突的一端。其实现在中国社会各方面，从家庭、婚姻、教育、内政、外交，以至于整个的社会组织，都处处使人感到事实与理想的冲突。每一个稍有良心的人从少到老都不免在这种冲突中挣扎奋斗，尤其是青年有志之士对于这种冲突特别感到苦恼。大半每个人在年轻时代都是理想主义者，欢喜闭着眼睛，在想象中造成一座堂华美丽的空中楼阁。后来入世渐深，理想到处碰事实的钉子，便不免逐渐牺牲理想而迁就事实。一到老年，事实就变成万能，理想就全置之度外。聪敏者唯唯否否，圆滑不露棱角；奸猾者则钻营竞逐，窃禄取宠，行为肮脏而话却说得堂皇漂亮。我们略放眼一看，就可以见出许多“优秀分子”的生命都形成这么一种三部曲的悲剧。

我常想，老年人难得的美德是尊重理想，青年人难得的美德是尊重事实。老年人我们姑且不去管他们，死在等待他们，他们纵然是改进社会的一个大累，不久也就要完事了。“既往不咎，来者可追。”我们这个时代的中国青年所负的责任特别繁重，中国事有救与无救，就全要看这一代人的成功与失败。一发千钧，稍纵即逝。这个时代的中国青年应该认清他们的责任，认清目前的特殊事实，以冷静而沉着的态度去解决事实所给的困难。最误事的是不顾事实而空谈理想。

我还记得那一次我回答朱君的话。我说：什么叫作“理想”？它不外有两种意义：一种是“可望而不可攀，可幻想而不可实现的完美”。比如说，在许多宗教中，理解的幸福是长生不老；它成为理想，就因为实际上没有人能长生不老。另一种是“一个问题的最完美的答案”或是“可能范围以内的最圆满的办法”。比如说，长生不老虽非人力所能达到，强健却是人力所能达到的。就人所能谋的幸福说，强健是一个合理的理想。这两种理想的分别在一个蔑视事实条件，一个顾到事实条件；一个渺茫空洞，一个有方法步骤可循。

第一种理想是心理学家所谓想象中的欲望的满足，在宗教与文艺中自有它的重要，可是绝不能适用于实际人生。在实际人生中，理想都应该是解决事实困难的最合理的答案。一个理想如果不能解决事实困难，永远与事实困难相冲突，那就可以证明那个理想本身有毛病，或者可以说，它简直不成其为理想。现代青年每遇心里怀着一个“理想”时，应该自己反省一遍，看它是属于我们所说的两种理想中的哪一种。如果它属于前一种，而他要实现它，那么，他就是迂诞、狂妄、浮躁、糊涂，没有别的话。如果它属于后一种，他就应该有决心毅力，有方法程次，按部就班地去使它实现。他就不应该因为理想与事实冲突而生苦恼或怨天尤人。

比如就青年说，有两个问题最切要：第一是怎样去学一点儿切实的学问？第二是学成之后，怎样找机会去做事？一般青年对于求学问题所感到的困难不外两种。一种是经济困难。在现在经济破产状况之下，十个人就有九个人觉到由小学而中学、由中学而大学这一笔费用不易筹措。天灾人祸，常出意外，多数青年学生都时时有被逼辍学的可能。另一种是学力问题。学校少而应试者多。比如几个稍好的大学每年都有四五千人应试，而录取额最多只有四五百名。十人之中就有九人势须向隅。这两种事实都是与青年学生理想相冲突的。一般青年似乎都以为读书必进大学，甚至于必进某某大学；如果因为经济或学力的欠缺，不能如自己所愿望，便以为学问之途对于自己是断绝了。我以为读书而悬进大学或出洋为最高标准，根本还是深中科举资格观念的余毒。做学问的机会甚多，如果一个人真是一个做学问的材料，他终究总可以打出一条路来。如果不是这种材料，天下事可做的甚多，又何必贪读书的虚荣？就是读书，一个人也只能在自己的特殊经济情形和资禀学力范围之内，选择最适宜的路径。种田、做匠人、当兵、做买卖，以至于更卑微的职业也都要有人去干；干哪一行职业，也都可以得到若干经验学问。哲学家斯宾诺莎不肯当大学教授而宁愿操磨镜的微业以谋生活。这种精神是最值得佩服的。现在中国青年大半仍鄙视普通职业，都希望进大学、出洋、当学者、做官，过舒适的生活。这种风气显然仍是旧日科举时代所流传下来的。学者和官僚愈多，物质消耗愈大。权利竞争愈烈，平民受剥削愈盛，社会也就愈不安宁。我们试平心而论，这是不是目前中国的实在情形？

如果一般青年能了解这番道理，对于择校选科，只求在自己的特殊情形之下，如何学得一副当有用的公民的本领，不一定要勉强预备做学者或官僚，我相信上文所说的第二个问题——做事问题——就不至于像现时那么严重。在中国现在百废待举，一个中学生或大学生何至没有事可做？一个不识字的人还可以种田做买卖，难道一个受教育的人反不如乡下愚夫愚妇？事是很多的，只是受过教育的人不屑于做小事。事没有人做，结果才闹成人没有事做。

我劝青年们多去俯就有益社会的小事，并非劝他们一定不要插足于政治教育以及其他较被优待的职业。这些事也要有人去做，而且应该有纯洁而能干的人去做，现在各种优遇位置大半被一般有势力而无能力的人们把持，新进者不易插足进去。这确是事实，但不是不可变动的事实。恶势力之所以成为势力，大半是靠团结。要打破一种恶势力，一个人孤掌难鸣，也一定要有团结才行。中国青年的毛病在洁身自好者不能团结，能团结者又不免同流合污，所以结果龌龊者胜而纯洁者败。谈到究竟，恶势力在一个社会里能够存在，还要归咎于纯洁分子的惰性太深，抵抗力太小。要挽救目前中国社会种种积弊，有志的纯洁青年们应该团结起来，努力和恶势力奋斗。

比如说一乡一县的事业被土豪劣绅把持，当地的优秀青年如果真正能团结奋斗，决不难把事权夺过来。推之一省一国，也是如此。结党、造势力、争权位都不是坏事；坏事是结党而营私，争权位而分赃失职。只要势力造成权位争得以后，自己能光明正大地为社会谋福利，终究总可以博得社会的同情，打倒坏人所造成的恶势力。社会的同情总是站在善人方面。“人之好善，谁不如我？”现在许多人都见到社会上种种积弊和补救的方法，只是每个人都觉得自己力量孤单，见到而做不到。其实这里问题很简单，大家团结起来就行了。在任何社会，有一分能力总可以做一分事，做不出事来，那是自己没有能力，用不着怨天尤人。

理想不应与事实冲突，不但在求学谋事两方面是如此，其他一切也莫不然。比如说政治，现在一般青年都仿佛以为一经“革命”，地狱就可以立刻变成天国。被“革命”的是什么？革命后拿什么来代替？怎样去革命？第一步怎样做？第二步怎样做？遇到难关又怎样去克服？这些问题他们似乎都不曾仔细想过，只是天天在摇旗呐喊。我们天天都听到“革命”的新口号，却没有看见一件真正“革了命”的事迹。关于这一点，目前知识界的“领袖”们似乎说不清他们的罪过，他们教一般青年误认喊革命口号为做革命工作，误认革命为一件无须学识与技能的事业。“革命”两个字在青年心中已变成一种最空洞不过的“理想”，像道家所说的“太极”，有神秘的面貌而无内容，它和事实毫不接头，自然更谈不到冲突。

政治理想是随时代环境变迁的。我们不要古人为我们打算盘，也大可不必去替后人打算盘。每一个国家的最好的政治理想应该是当时当境的最圆满的应付事实的方法。目前中国所有的是什么样的事实？民穷国敝，外患纷乘，稍不振作，即归毁灭。这种事实应该使每个有头脑的中国人觉悟到：在今日谈中国政治，“图存”是第一要义。中国是一个“久病之夫”，一切摧残元气的举动，一切聊快一时的毁坏，都与“图存”这个基本要义不相容。“社会革命”“打倒帝国主义”“永久平等”“大同平等”，种种方剂都要牵涉全世界的制度组织。在加入这个全世界的大战线以前，中国人首先须要把自己训练到能荷枪执戟，才可以有资格。

这番话对于现代青年是很苦辣不适口的。我只能向他们说：高调谁也会唱，但是我的良心不容许我唱高调，因为我亲眼看见，调愈唱得高，事愈做得坏，小百姓受苦愈大，而青年也愈感徬徨怅惘。

（原题为《谈理想与事实——给〈申报周刊〉的青年读者（五）》，
载《申报周刊》第 1 卷第 44 期，1936 年 11 月）

极平常的知觉都带有几分创造性；

极客观的东西之中都有几分主观的成分。

学业·职业·事业

每个有志气的人，在他的生平都不免为三件事操心。在学校时代，他关心学业；离开学校，他关心职业；有了职业，他关心事业。这自然只是一种粗略的分期，也有许多人始终就专在学业、职业或事业上打计算。总之，这三个名词的意义对于一般人大半不成为问题，不过从逻辑的眼光来分析，我们不能说它是三件互不相同的事。它们的关系还须待确定。

先说“业”。《说文》所定的这个字的原始意义是钟架上一块木板，与我们所谈的没有多大关系。就“业”字所常用在的语句看（如“进德修业”“业精于勤”“以农为业”“成大业”“创业守成”等），我们可以看出两点：第一是学业、职业和事业都可以叫作业，第二是这个“业”字含有相当指流行语“工作”一词的意义。佛典常用“业”字，和“行”字同义，凡人为造作通可叫作“业”，例如思想、言语、行为，都可是一种“业”，“业”简直就相当于流行语的“活动”。我们可以说，“业”是人运用他的力量做一种工作或活动，所进行的工作或活动叫作“业”，工作或活动所成就的结果也可以叫作“业”。

依这种解释看，学业就是学问的工作或活动，职业就是职分所在的工作或活动。工作或活动就是“事”，所以“事业”是只有一个意义的复词，学问是一种事业，职业也还是一种事业。如果事业还另有特殊意义，那就只能指工作或活动的成就。依这种意义说，在职业上可以成就事业，在学问上也还可以成就事业。总上两义，学业与事业，职业与事业，在逻辑上都不应分开；我们至多只能说“事业”比“学业”或“职业”含义较广泛，不过这也还有问题。

问题在学业与职业是否绝对为两回事。一般人说“职业”，似带有一种误解，以为职业是衣食工具，“谋职业”就等于“谋生活”，也就等于“谋衣食”，这里“职业”和“生活”两个词的意义都同样窄狭化得很离奇可笑。在这种用字的习惯上，我们可以见出一般人的生活理想的低落。顾名思义，“职业”显然是职分以内的事业。所谓“职分”是起于社会的分工合作的需要。社会上有许多事要做，一个人不能同时做许多事，于是这个人种田，那一个人经商，另一个人做工匠，如此分工，每个人有一个“职分”，都能各尽“职分”帮助社会大机器的轮子旋转，以一分工作的效益，换取同群许多分工作的效益，“吾尽所能，各取所需”，于是人与社会两得其便。每个人有一个“职分”，对于那“职分”就负有责任，须把那“职分”以内的事做好。对于“职分”不尽责就是不称职。职与责是不能分开的。

回到原来的问题，学业与职业是否绝对为两回事呢？从两个观点看，它们也不应分开。

第一，从狭义的学业说，学业是某一种专门学术的研究。专门的学术研究需要长久的集中的力量。一个人既研究一种专门学术，他就没有时间精力去干别的事。社会需要学术的进展，就需有一部分人以研究学术为“职业”。做学问是学者的职分以内的事，正如种田是农人的职分以内的事，他们的成就都于社会有益，他们都负有责任在自家职分以内求有成就。照这样看，学业还是可以当作一种职业。

其次，就广义的学业说，学业是每一种职业必有的准备。一切工作（尤其是在近代社会分工很严密的工作）都需要学习，每一行都有一套专门学问，所以你如果想把某一种职分以内的事做好，你就必须先把它学好。不但如此，工作本身也就是学习。有些人以为在学校里学得一种学问，学业便可告结束，以后入社会就职业，只须拿这一套法宝做无尽期的应用。这不但是误解学业，也是误解职业。最亲切最实在的学问大半不是从书本得来，而是从实地亲身经验得来的。古人所谓“到处留心皆学问”，就是有见于此。同时，到处留心学问的人可以说“学”与“事”相得益彰，不至犯不学无术的毛病，在职业上才能成就真正的事业。一辈子拘守一部讲义的人绝不是一个好教员，一辈子拘守一部步兵操典的人绝不是一个好战士，余可类推。所以要想把一种职业做好，必须把职业当作学业看。

依以上的分析，学业、职业和事业应该是三位一体。学业或职业如果不能成为事业，那就空洞无成就。学业和职业如果不能打成一片，学业就只是私人的嗜好，不能成为社会中的一种职分，对社会没有效益；职业也就降为与学问脱节的盲目的衣食营求，干燥无味。

职业与学业一贯，然后所学即所用，所用即所学，人得其事，事得其人，不过这只是理想，事实上一个人的职业往往和他的学业不很相关。这是由于有些学业不能为谋生之具，一个人一方面要忠于一种没有经济价值的学问，一方面又要维持生计，于是不得不就一种与自家专门学问无关的职业。最显著的事例是大哲学家斯宾诺莎，他为着要保持学术思想的自由，拒绝当大学教授，宁愿操磨镜片的职业，借以营生。英国文学家兰姆写得那样一笔奇特而隽永的散文，而他的终身职业只是一个公司的书记。波兰小说家康拉德在商船上当过多年的水手。英国诗人蒙罗在伦敦一条小街上经营一个小书店。这种实例在西方很多。这种办法颇有它的长处。不靠所研究的学业来谋生，可以保持学业的独立自由；同时，在本行以外就一种职业，也可以扩大眼界，增加生活经验。在目前中国，一般人囿于浅狭的功利主义，都争去学可以赚钱的学问，而文哲数理一类虽是冷门而却极重要的学问很少有人问津，这对于文化学术的全局是一个危险的现象。有志于纯粹学术的人们最好拿斯宾诺莎、兰姆诸人做榜样，一方面埋头做自己的学问，一方面操一种副业，使生计有着落。这种办法的存在，当然显示社会组织有毛病，但在社会组织未完善以前我们只有这个办法可采用。将来社会合理化时，我们希望每一项学术工作者都不感受到生活的压迫，每一种学业同时就是一种职业。

在另外一种情形之下，学业与职业也不完全相称，这就是通才就专职。政府行政工作本来也还是一种职业，可是一直到现在，各国还很少在学校里设专门学科去训练议员部长以及其他公务员。在从前中国，政府大小职位，上自宰相，下至县丞，大半依科举履历任命，由科举进身者所读的书大半不外经史诗文，而做的职务却可以彼此相差很远。一榜及第的人有典钱谷的，有主试的，有带兵的，有典刑狱的，有掌漕运的。职务和学问似没有显著的关系。这种情形在目前似还没有经过很大的变更，在英国情形也很类似。一个人在牛津或剑桥毕业了，就可以参加文官考试，及格了，无论所学的是什么，可以被派到任何官厅去服务。如果他想做大一点儿的官，他可以运动入国会，只要有本领，就不愁没有阁员当。所谓本领也并非专门学术。比如现在首相丘吉尔，做过好久的海军大臣，却没有学过海军，他本来是文人，当过新闻记者。专才学一行才能做一行，通才无须学那一行才能做那一行。医工农商等需要专才，而社会领导工作则需要通才。近代教育似正在徘徊于两种理想之间，一是“职业教育”的理想，一是“自由教育”的理想，学业须包含品格、学识各方面的普遍修养，不能窄狭化到学徒训练。依我个人想，自由教育对于社会领导工作实在比职业教育重要，不过这两种理想也并非绝对不能相容，专门的技术训练和普通的品格学识修养最好是并行不悖。

择学择业对于一个人是一个极重的问题。首先要考虑的是个人的资禀与兴趣。我曾观察过许多人所学的和所做的全与他们性不相近。有些学文艺的人对于人生世相看不出丝毫情趣，遇事称斤称两，谈吐干燥无味，他们理应学商业或是法律。有些工程师根本没有科学的头脑，却欢喜做点旧诗，结交大人阔佬，他们理应干政治。如此等类，不胜枚举，性不相近，纵然是努力，也往往劳而无补，对于个人和社会都是精力的浪费。在美国，“职业测验”已成为一种专门学问。一个人对于择学择业如有疑难可以找一个专家用测验来解决。这种测验容或很幼稚肤浅，但是它的原则是不错的。我们希望测验的方法日趋精密，将来一个人在学一门学问或是就一种职业之先，都仔细经过一番测验，免得走错门路。

一个人的性之所近，大半自己明白。有些人明明知道自己的长短而却不根据它来决定志向，这大半误于名利观念。现在学生们都欢喜学工程或经济，以为出路好，容易赚钱。存这种心理的人根本不配谈学问，也根本不能做好一行职业，因为他们的兴趣不存学业或职业自身的成就，而在它对于个人所能产生的实利。得鱼忘筌，钱赚到手了，学业和事业有无成就却不必管。这种人的毛病都在短见。“行行出状元”，世间宁有哪一种学问不能学好，或是哪一种职业不能做好？宁有其正在学业和事业上有成就的人会穷得要饿死？如果以为某一行比较走时，或比较容易成功，不费多少气力就可以有成就，这也是妄想。世间没有一件有价值的事可以不费力就能学好做好。我们必须谨记着“不问收获，只问耕耘”这句至理名言。下一分功夫，自然有一分成就。世间纵然也偶有不劳而获的事，那是苟且侥幸，除着寄生虫，都不应存苟且侥幸的心理。

此外，我们中国人对于职业向来有一个更错误的观念，以为世间职业有些是天生的高贵，有些是天生的下贱。所以大家都希望做官而不希望做农工兵警。其实职业起于社会的分工合作的需要。社会需要一种职业，那一种职业就对于社会有效益。一个人有无荣誉，不能看他任的什么职业，应该看他在他的职位是否尽责。一个误国的总统或部长实在抵不上一个勤恳尽职的清道夫。我们通常对于“不才而在高位”者的阔绰排场备致欣羡，对于老老实实替社会造福的农人工人反存鄙视。这是一种可耻的价值意识的颠倒。

无论在学业或职业中想成就事业，都需要两种基本德行。第一是“公”。“公”就是公道公理。一个问题的看法，一个事件的处理，都须依据一个客观的普遍的道理，对自己说得过去，对他人也说得过去，无论谁来看，都会觉得这是最合理的解决，学问也好，事业也好，都要尊重这种公道公理，才不至发生弊端。公的反面是私。世间许多人许多事都败于私心自用。做学问存私心，便为偏见所蒙蔽，寻不着真理；做事存私心，便不免假公济私，贪污苟且，败坏自己的人格，也败坏社会的利益。其次是“忠”。“忠”是死心塌地的爱护自己的职守，不肯放弃它或疏忽它。把学问当作敲门砖，把职业当作营私的门径，就是不忠于所学所职，为着势利的引诱放弃自己的学业或职业去做别的勾当，其行为也正等于汉奸卖国，都是不忠。忠才能有牺牲的精神，不计私人利害，固守职分所在的岗位，坚持到底，终底于成。忠是基本德行，有了它也就有了两种附带的德行：勤与勇。勤是精进不懈，时时刻刻努力前进，务求把事做好；勇是无畏不屈，遇到任何困难，都必须拼命把它克服。懒怠与怯懦是治学与治事的大忌；它们的病源在缺乏忠诚与忠诚所附带的热情。

每个人都是自己的命运的主宰，每个人的江山都要依仗自己的奋斗才打得来。这个世界是冷酷无情的，一个人如果想以寄生虫的心习，去侥幸获取只有勤奋的蜂蚁所能获到的花蜜，他终久必归自然淘汰。万一他成功侥幸一时，社会所受的祸害也就很大，一条寄生虫有时可以危害到一个人的性命，凡是关心学业、职业和事业的人，须记起这一番简单的道理。

（载《中央周刊》5 卷 49 期，1943 年 7 月）

谁知道风流名士的架子之中掩藏了几多行尸走肉？无论是“俗人”或是“伪君子”，他们都是生活中的“苟且者”。

再谈青年与恋爱结婚

——答王毅君

编辑先生：

承转示王毅君一文，已细读。我很感谢王毅君站在青年人的立场对于我的《谈青年与恋爱结婚》一文表示异议。我的是一个看法，他不否认；他的是一个看法，我也不否认。我无暇详辩，只提出两点作答：

一、王毅君似没有把原文看清楚，有断章取义之嫌。我没有权，更没有理由要“压制”青年人的爱情，我一再申明我“不反对男女青年的正常交接”，“在男女社交公开中，遇恋爱自然很可能”，我只说青年人有不适宜于性爱的理由，但我也承认现代青年所受的性生活影响不很健康，想他们不在性爱上劳心焦思是很难的。我提出两种自然的方法引导青年撇开恋爱和结婚的路，一是精力有所发挥，二是同情心得到滋养。这两层做到了，他们虽有“遇”恋爱的可能，却无“谋”恋爱的必要。我赞成“遇”，不赞成“谋”，也不赞成“压制”。

二、我也很知道，劝青年人不恋爱，有些不合时宜，不免引起他们“苦痛的迷惘”，甚至“顽皮的抗议”。但是我终于说出这一番不中听的话，也有一片苦口婆心。我觉得恋爱结婚是生物的事实，也是社会的事实，就要用生物学、社会学和连带的心理学的观点去看，不应带有浪漫或神秘的意味，而现代中国青年的恋爱观仍不免是浪漫的、神秘的；他们醉梦于十九世纪歌颂恋爱的一套理论中，而不知其已不适宜于现代生活。现代西方青年已比较地能够不从诗的幻梦而从科学的冷眼去看恋爱了。我相信这是必有的演变。中国青年迟早自然也会醒觉。醒觉到什么呢？结婚是为传种，恋爱是结婚的准备；最适宜的恋爱期是最适宜的结婚期，最适宜的结婚期是身心发育完全而能力足以教养子女的时期。恋爱结婚是一种义务而不是一种可作为娱乐的把戏。中国古时男子三十而娶，近代西方人大致也是如此，也正因为这是身心发育完全而能力足以教养子女的年龄，所以我以为三十岁左右讲恋爱，准备结婚，比较适当。

王毅君主张青年人应当恋爱的理由是“爱上一位小姐，所以在功课上特别想出风头，生活也紧张，衣冠也整齐了，行事也不随便了”。这也许是事实，但是我因而联想到原始社会的人敬神和敬神的影响，甚至于敬神的心理动机也很相似。王毅君的恋爱观应该过去，犹如神道设教的社会应该过去是同一个道理。世间没有神，没有神仙似的人，我们应该仍然有理由，而且有方法，去做好人。

（载《中央周刊》5卷28期，1943年2月）

“慢慢走，欣赏啊！”

——人生的艺术化

一直到现在，我们都是讨论艺术的创造与欣赏。在收尾这一节中，我提议约略说明艺术和人生的关系。

我在开章明义时就着重美感态度和实用态度的分别，以及艺术和实际人生之中所应有的距离，如果话说到这里为止，你也许误解我把艺术和人生看成漠不相关的两件事。我的意思并不如此。

人生是多方面而却相互和谐的整体，把它分析开来看，我们说某部分是实用的活动，某部分是科学的活动，某部分是美感的活动，为正名析理起见，原应有此分别；但是我们不要忘记，完满的人生见于这三种活动的平均发展，它们虽是可分别的而却不是互相冲突的。“实际人生”比整个人生的意义较为窄狭。一般人的错误在把它们认为相等，以为艺术对于“实际人生”既是隔着一层，它在整个人生中也就没有什么价值。有些人为维护艺术的地位，又想把它硬纳到“实际人生”的小范围里去。这般人不但是误解艺术，而且也没有认识人生。我们把实际生活看作整个人生之中的一片段，所以在肯定艺术与实际人生的距离时，并非肯定艺术与整个人生的隔阂。严格地说，离开人生便无所谓艺术，因为艺术是情趣的表现，而情趣的根源就在人生；反之，离开艺术也便无所谓人生，因为凡是创造和欣赏都是艺术的活动，无创造、无欣赏的人生是一个自相矛盾的名词。

人生本来就是一种较广义的艺术。每个人的生命史就是他自己的作品。这种作品可以是艺术的，也可以不是艺术的，正犹如同是一种顽石，这个人能把它雕成一座伟大的雕像，而另一个人却不能使它“成器”，分别全在性分与修养。知道生活的人就是艺术家，他的生活就是艺术作品。

过一世生活好比做一篇文章。完美的生活都有上品文章所应有的美点。

第一，一篇好文章一定是一个完整的有机体，其中全体与部分都息息相关，不能稍有移动或增减。一字一句之中都可以见出全篇精神的贯注。比如陶渊明的《饮酒》诗本来是“采菊东篱下，悠然见南山”，后人把“见”字误印为“望”字，原文的自然与物相遇相得的神情便完全丧失。这种艺术的完整性在生活中叫作“人格”。凡是完美的生活都是人格的表现。大而进退取与，小而声音笑貌，都没有一件和全人格相冲突。不肯为五斗米折腰向乡里小儿，是陶渊明的生命史中所应有的一段文章，如果他错过这一个小节，便失其为陶渊明。下狱不肯脱逃，临刑时还叮咛嘱咐还邻人一只鸡的债，是苏格拉底的生命史中所应有的一段文章，否则他便失其为苏格拉底。这种生命史才可以使人把它当作一幅图画去惊赞，它就是一种艺术的杰作。

其次，“修辞立其诚”是文章的要诀，一首诗或是一篇美文一定是至性深情的流露，存于中然后形于外，不容有丝毫假借。情趣本来是物我交感共鸣的结果。景物变动不居，情趣亦自生生不息。我有我的个性，物也有物的个性，这种个性又随时地变迁而生长发展。每人在某一时会所见到的景物，和每种景物在某一时会所引起的情趣，都有它的特殊性，断不容与另一人在另一时会所见到的景物，和另一景物在另一时会所引起的情趣完全相同。毫厘之差，微妙所在。在这种生生不息的情趣中我们可以见出生命的造化。把这种生命流露于语言文字，就是好文章；把它流露于言行风采，就是美满的生命史。

文章忌俗滥，生活也忌俗滥。俗滥就是自己没有本色而蹈袭别人的成规旧矩。西施患心病，常捧心颦眉，这是自然的流露，所以愈增其美。东施没有心病，强学捧心颦眉的姿态，只能引人嫌恶。在西施是创作，在东施便是滥调。滥调起于生命的干枯，也就是虚伪的表现。“虚伪的表现”就是“丑”，克罗齐已经说过。“风行水上，自然成纹”，文章的妙处如此，生活的妙处也是如此。在什么地位，是怎样的人，感到怎样情趣，便现出怎样言行风采，叫人一见就觉其谐和完整，这才是艺术的生活。

俗语说得好：“唯大英雄能本色。”所谓艺术的生活就是本色的生活。世间有两种人的生活最不艺术，一种是俗人，一种是伪君子。“俗人”根本就缺乏本色，“伪君子”则竭力遮盖本色。朱晦庵有一首诗说：“半亩方塘一鉴开，天光云影共徘徊。问渠那得清如许？为有源头活水来。”艺术的生活就是有“源头活水”的生活。俗人迷于名利，与世浮沉，心里没有“天光云影”，就因为没有源头活水。他们的大病是生命的干枯。“伪君子”则于这种“俗人”的资格之上，又加上“沐猴而冠”的伎俩。他们的特点不仅见于道德上的虚伪，一言一笑、一举一动，都叫人起不美之感。谁知道风流名士的架子之中掩藏了几多行尸走肉？无论是“俗人”或是“伪君子”，他们都是生活中的“苟且者”，都缺乏艺术家在创造时所应有的良心。像柏格森所说的，他们都是“生命的机械化”，只能做喜剧中的角色。生活落到喜剧里去的人大半都是不艺术的。

艺术的创造之中都必寓有欣赏，生活也是如此。一般人对于一种言行常欢喜说它“好看”“不好看”，这已有几分是拿艺术欣赏的标准去估量它。但是一般人大半不能彻底，不能拿一言一笑、一举一动纳在全部生命史里去看，他们的“人格”观念太淡薄，所谓“好看”“不好看”往往只是“敷衍面子”。善于生活者则彻底认真，不让一尘一芥妨碍整个生命的和谐。一般人常以为艺术家是一班最随便的人，其实在艺术范围之内，艺术家是最严肃不过的。在锻炼作品时常呕心呕肝，一笔一画也不肯苟且。王荆公做“春风又绿江南岸”一句诗时，原来“绿”字是“到”字，后来由“到”字改为“过”字，由“过”字改为“入”字，由“入”字改为“满”字，改了十几次之后才定为“绿”字。即此一端可以想见艺术家的严肃了。善于生活者对于生活也是这样认真。曾子临死时记得床上的席子是季路的，一定叫门人把它换过才瞑目。吴季札心里已经暗许赠剑给徐君，没有实行徐君就已死去，他很郑重地把剑挂在徐君墓旁树上，以见“中心契合死生不渝”的风谊。像这一类的言行看来虽似小节，而善于生活者却不肯轻易放过，正犹如诗人不肯轻易放过一字一句一样。小节如此，大节更不消说。董狐宁愿断头不肯掩盖史实，夷齐饿死不愿降周，这种风度是道德的也是艺术的。我们主张人生的艺术化，就是主张对于人生的严肃主义。

艺术家估定事物的价值，全以它能否纳入和谐的整体为标准，往往出于一般人意料之外。他能看重一般人所看轻的，也能看轻一般人所看重的。在看重一件事物时，他知道执着；在看轻一件事物时，他也知道摆脱。艺术的能事不仅见于知所取，尤其见于知所舍。苏东坡论文，谓如水行山谷中，行于其所不得不行，止于其所不得不止。这就是取舍恰到好处，艺术化的人生也是如此。善于生活者对于世间一切，也拿艺术的口味去评判它，合于艺术口味者毫毛可以变成泰山，不合于艺术口味者泰山也可以变成毫毛。他不但能认真，而且能摆脱。在认真时见出他的严肃，在摆脱时见出他的豁达。孟敏堕甑，不顾而去，郭林宗见到以为奇怪。他说：“甑已碎，顾之何益？”哲学家斯宾诺莎宁愿靠磨镜过活，不愿当大学教授，怕妨碍他的自由。王徽之居山阴，有一天夜雪初霁，月色清朗，忽然想起他的朋友戴逵，便乘小舟到剡溪去访他，刚到门口便把船划回去。他说：“乘兴而来，兴尽而返。”这几件事彼此相差很远，却都可以见出艺术家的豁达。伟大的人生和伟大的艺术都要同时并有严肃与豁达之胜。晋代清流大半只知道豁达而不知道严肃，宋朝理学又大半只知道严肃而不知道豁达。陶渊明和杜子美庶几算得恰到好处。

一篇生命史就是一种作品，从伦理的观点看，它有善恶的分别，从艺术的观点看，它有美丑的分别。善恶与美丑的关系究竟如何呢？

就狭义说，伦理的价值是实用的，美感的价值是超实用的；伦理的活动都是有所为而为，美感的活动则是无所为而为。比如仁义忠信等都是善，问它们何以为善，我们不能不着眼到人群的幸福。美之所以为美，则全在美的形象本身，不在它对于人群的效用（这并不是说它对于人群没有效用）。假如世界上只有一个人，他就不能有道德的活动，因为有父子才有慈孝可言，有朋友才有信义可言。但是这个想象的孤零零的人还可以有艺术的活动，他还可以欣赏他所居的世界，他还可以创造作品。善有所赖而美无所赖，善的价值是“外在的”，美的价值是“内在的”。

不过这种分别究竟是狭义的。就广义说，善就是一种美，恶就是一种丑。因为伦理的活动也可以引起美感上的欣赏与嫌恶。希腊大哲学家柏拉图和亚里士多德讨论伦理问题时都以为善有等级，一般的善虽只有外在的价值，而“至高的善”则有内在的价值。这所谓“至高的善”究竟是什么呢？柏拉图和亚里士多德本来是一走理想主义的极端，一走经验主义的极端，但是对于这个问题，意见却一致。他们都以为“至高的善”在“无所为而为的玩索”（disinterested contemplation）。这种见解在西方哲学思潮上影响极大，斯宾诺莎、黑格尔、叔本华的学说都可以参证。从此可知西方哲人心目中的“至高的善”还是一种美，最高的伦理的活动还是一种艺术的活动了。

“无所为而为的玩索”何以看成“至高的善”呢？这个问题涉及西方哲人对于神的观念。从耶稣教盛行之后，神才是一个大慈大悲的道德家。在希腊哲人以及近代莱布尼兹、尼采、叔本华诸人的心目中，神却是一个大艺术家，他创造这个宇宙出来，全是为着自己要创造、要欣赏。其实这种见解也并不减低神的身份。耶稣教的神只是一班穷叫花子中的一个肯施舍的财主佬，而一般哲人心中的神，则是以宇宙为乐曲而要在这种乐曲之中见出和谐的音乐家。这两种观念究竟是哪一个伟大呢？在西方哲人想，神只是一片精灵，他的活动绝对自由而不受限制，至于人则为肉体的需要所限制而不能绝对自由。人愈能脱肉体需求的限制而做自由活动，则离神亦愈近。“无所为而为的玩索”是唯一的自由活动，所以成为最上的理想。

这番话似乎有些玄渺，在这里本来不应说及。不过无论你相信不相信，有许多思想却值得当作一个意象悬在心眼前来玩味玩味。我自己在闲暇时也欢喜看看哲学书籍。老实说，我对于许多哲学家的话都很怀疑，但是我觉得他们有趣。我以为穷到究竟，一切哲学系统也都只能当作艺术作品去看。哲学和科学穷到极境，都是要满足求知的欲望。每个哲学家和科学家对于他自己所见到的一点真理（无论它究竟是不是真理）都觉得有趣味，都用一股热忱去欣赏它。真理在离开实用而成为情趣中心时就已经是美感的对象了。“地球绕日运行”“勾方加股方等于弦方”一类的科学事实，和《密罗斯爱神》或《第九交响曲》一样可以摄魂震魄。科学家去寻求这一类的事实，穷到究竟，也正因为它们可以摄魂震魄。所以科学的活动也还是一种艺术的活动，不但善与美是一体，真与美也并没有隔阂。

艺术是情趣的活动，艺术的生活也就是情趣丰富的生活。人可以分为两种，一种是情趣丰富的，对于许多事物都觉得有趣味，而且到处寻求享受这种趣味。一种是情趣干枯的，对于许多事物都觉得没有趣味，也不去寻求趣味，只终日拼命和蝇蛆在一块儿争温饱。后者是俗人，前者就是艺术家。情趣愈丰富，生活也愈美满，所谓人生的艺术化就是人生的情趣化。

“觉得有趣味”就是欣赏。你是否知道生活，就看你对于许多事物能否欣赏。欣赏也就是“无所为而为的玩索”。在欣赏时人和神仙一样自由，一样有福。

阿尔卑斯山谷中有一条大汽车路，两旁景物极美，路上插着一个标语牌劝告游人说：“慢慢走，欣赏啊！”许多人在这车如流水马如龙的世界过活，恰如在阿尔卑斯山谷中乘汽车兜风，匆匆忙忙地急驰而过，无暇一回首流连风景，于是这丰富华丽的世界便成为一个了无生趣的囚牢。这是一件多么可惋惜的事啊！

朋友，在告别之前，我采用阿尔卑斯山路上的标语，在中国人告别习用语之下加上三个字奉赠：

慢慢走，欣赏啊！

“大人者不失其赤子之心”

一直到现在，我们所讨论的都偏重欣赏。现在我们可以换一个方向来讨论创造了。

既然明白了欣赏的道理，进一步来研究创造，便没有什么困难，因为欣赏和创造的距离并不像一般人所想象的那么远。欣赏之中都寓有创造，创造之中也都寓有欣赏。创造和欣赏都是要见出一种意境，造出一种形象，都要根据想象与情感。比如说姜白石的“数峰清苦，商略黄昏雨”一句词含有一个受情感饱和的意境。姜白石在做这句词时，先须从自然中见出这种意境，然后拿这九个字把它翻译出来。在见到意境的一刹那中，他是在创造也是在欣赏。我在读这句词时，这九个字对于我只是一种符号，我要能认识这种符号，要凭想象与情感从这种符号中领略出姜白石原来所见到的意境，须把他的译文翻回到原文。我在见到他的意境一刹那中，我是在欣赏也是在创造。倘若我丝毫无所创造，他所用的九个字对于我就漫无意义了。一首诗做成之后，不是就变成个个读者的产业，使他可以坐享其成。它也好比一片自然风景，观赏者要拿自己的想象和情趣来交接它，才能有所得。他所得的深浅和他自己的想象与情趣成比例。读诗就是再做诗，一首诗的生命不是作者一个人所能维持住的，也要读者帮忙才行。读者的想象和情感是生生不息的，一首诗的生命也就是生生不息的，它并非是一成不变的。一切艺术作品都是如此，没有创造就不能有欣赏。

创造之中都寓有欣赏，但是创造却不全是欣赏。欣赏只要能见出一种意境，而创造却须再进一步，把这种意境外射出来，成为具体的作品。这种外射也不是易事，它要有相当的天才和人力，我们到以后还要详论它，现在只就艺术的雏形来研究欣赏和创造的关系。

艺术的雏形就是游戏。游戏之中就含有创造和欣赏的心理活动。人们不都是艺术家，但每一个人都做过儿童，对于游戏都有几分经验。所以要了解艺术的创造和欣赏，最好是先研究游戏。

骑马的游戏是很普遍的，我们就把它做例来说。儿童在玩骑马的把戏时，他的心理活动可以用这么一段话说出来："父亲天天骑马在街上走，看他是多么好玩！多么有趣！我们也骑来试试看。他的那匹大马自然不让我们骑。小弟弟，你弯下腰来，让我骑！特！特！走快些！你没有气力了吗？我去换一匹马罢。"于是厨房里的竹帚夹在胯下又变成一匹马了。

从这个普遍的游戏中间，我们可以看出几个游戏和艺术的类似点。

一、像艺术一样，游戏把所欣赏的意象加以客观化，使它成为一个具体的情境。小孩子心里先印上一个骑马的意象，这个意象变成他的情趣的集中点（这就是欣赏）。情趣集中时意象大半孤立，所以本着单独观念实现于运动的普遍倾向，从心里外射出来，变成一个具体的情境（这就是创造），于是有骑马的游戏。骑马的意象原来是心镜从外物界所摄来的影子。在骑马时儿童仍然把这个影子交还给外物界。不过这个影子在摄来时已顺着情感的需要而有所选择去取，在脑里打一个翻转之后，又经过一番意匠经营，所以不复是生糙的自然。一个人可以当马骑，一个竹帚也可以当马骑。换句话说，儿童的游戏不完全是模仿自然，它也带有几分创造性。他不仅做骑马的游戏，有时还捡一支粉笔或土块在地上画一个骑马的人。他在一个圆圈里画两点一直一横就成了一个面孔，在下面再安上两条线就成了两只腿。他原来看人物时只注意到这些最刺眼的运动的部分，他是一个印象派的作者。

二、像艺术一样，游戏是一种“想当然耳”的勾当。儿童在拿竹帚当马骑时，心里完全为骑马这个有趣的意象占住，丝毫不注意到他所骑的是竹帚而不是马。他聚精会神到极点，虽是在游戏而却不自觉是在游戏。本来是幻想的世界，却被他看成实在的世界了。他在幻想世界中仍然持着郑重其事的态度。全局尽管荒唐，而各部分却仍须合理。有两位小姊妹正在玩做买卖的游戏，她们的母亲从外面走进来向扮店主的姐姐亲了个嘴，扮顾客的妹妹便抗议说：“妈妈，你为什么同开店的人亲嘴了？”从这个实例看，我们可以知道儿戏很类似写剧本或是写小说，在不近情理之中仍须不背乎情理，要有批评家所说的“诗的真实”。成人们往往嗤不郑重的事为儿戏，其实成人自己很少像儿童在游戏时那么郑重、那么专心、那么认真。

三、像艺术一样，游戏带有移情作用，把死板的宇宙看成活跃的生灵。我们成人把人和物的界限分得很清楚，把想象的和实在的分得很清楚。在儿童心中这种分别是很模糊的。他把物视同自己一样，以为它们也有生命，也能痛能痒。他拿竹帚当马骑时，你如果在竹帚上扯去一条竹枝，那就是在他的马身上扯去一根毛，在骂你一场之后，他还要向竹帚说几句温言好语。他看见星说是天眨眼，看见露说是花垂泪。这就是我们在前面说过的“宇宙的人情化”。人情化可以说是儿童所特有的体物的方法。人越老就越不能起移情作用，我和物的距离就日见其大，实在的和想象的隔阂就日见其深，于是这个世界也就越没有趣味了。

四、像艺术一样，游戏是在现实世界之外另造一个理想世界来安慰情感。骑竹马的小孩子一方面觉得骑马的有趣，一方面又苦于骑马的不可能，骑马的游戏是他弥补现实缺陷的一种方法。近代有许多学者说游戏起于精力的过剩，有力没处用，才去玩把戏。这话虽然未可尽信，却含有若干真理。人生来就好动，生而不能动，便是苦恼。疾病、老朽、幽囚都是人所最厌恶的，就是它们夺去动的可能。动愈自由即愈使人快意，所以人常厌恶有限而追求无限。现实界是有限制的，不能容人尽量自由活动。人不安于此，于是有种种苦闷厌倦。要消遣这种苦闷厌倦，人于是自架空中楼阁。苦闷起于人生对于“有限”的不满，幻想就是人生对于“无限”的寻求，游戏和文艺就是幻想的结果。它们的功用都在帮助人摆脱实在的世界的僵锁，跳出到可能的世界中去避风息凉。人愈到闲散时愈觉单调生活不可耐，愈想在呆板平凡的世界中寻出一点儿出乎常轨的偶然的波浪，来排忧解闷。所以游戏和艺术的需要在闲散时愈紧迫。就这个意义说，它们确实是一种“消遣”。

儿童在游戏时意造空中楼阁，大概都现出这几个特点。他们的想象力还没有受经验和理智束缚死，还能去来无碍。只要有一点儿实事实物触动他们的思路，他们立刻就生出一种意境，在一弹指间就把这种意境渲染成五光十彩。念头一动，随便什么事物都变成他们的玩具，你给他们一个世界，他们立刻就可以造出许多变化离奇的世界来交还你。他们就是艺术家。一般艺术家都是所谓“大人者不失其赤子之心”。

艺术家虽然“不失其赤子之心”，但是他究竟是“大人”，有赤子所没有的老练和严肃。游戏究竟只是雏形的艺术而不就是艺术。它和艺术有三个重要的异点。

一、艺术都带有社会性，而游戏却不带社会性。儿童在游戏时只图自己高兴，并没有意思要拿游戏来博得旁观者的同情和赞赏。在表面看，这似乎是偏于唯我主义，但这实在是由于自我观念不发达。他们根本就没有把物和我分得很清楚，所以说不到求人同情于我的意思。艺术的创造则必有欣赏者。艺术家见到一种意境或是感到一种情趣，自得其乐还不甘心，他还要旁人也能见到这种意境，感到这种情趣。他固然不迎合社会心理去沽名钓誉，但是他是一个热情者，总不免希望世有知音同情。因此艺术不像克罗齐派美学家所说的，只达到“表现”就可以了事，它还要能“传达”。在原始时期，艺术的作者就是全民众，后来艺术家虽自成一阶级，他们的作品仍然是全民众的公有物。艺术好比一棵花，社会好比土壤，土壤比较肥沃，花也自然比较茂盛。艺术的风尚一半是作者造成的，一半也是社会造成的。

二、游戏没有社会性，只顾把所欣赏的意象“表现”出来；艺术有社会性，还要进一步把这种意象传达于天下后世，所以游戏不必有作品而艺术则必有作品。游戏只是逢场作戏，比如儿童堆沙为屋，还未堆成，即已推倒，既已尽兴，便无留恋。艺术家对于得意的作品常加意珍护，像慈母待婴儿一般。音乐家贝多芬常言生存是一大痛苦，如果他不是心中有未尽之蕴要谱于乐曲，他久已自杀。司马迁也是因为要做《史记》，所以隐忍受腐刑的羞辱。从这些实例看，可知艺术家对于艺术比一切都看重。他们自己知道珍贵美的形象，也希望旁人能同样地珍贵它。他自己见到一种精灵，并且想使这种精灵在人间永存不朽。

三、艺术家既然要借作品“传达”他的情思给旁人，使旁人也能同赏共乐，便不能不研究“传达”所必需的技巧。他第一要研究他所借以传达的媒介，第二要研究应用这种媒介如何可以造成美的形式出来。比如说做诗文，语言就是媒介。这种媒介要恰能传出情思，不可任意乱用。相传欧阳修《昼锦堂记》首两句本是“仕宦至将相，富贵归故乡”，送稿的使者已走过几百里路了，他还要打发人骑快马去添两个“而”字。文人用字不苟且，通常如此。儿童在游戏时对于所用的媒介绝不这样谨慎选择。他戏骑马时遇着竹帚就用竹帚，遇着板凳就用板凳，反正这不过是一种代替意象的符号，只要他自己以为那是马就行了，至于旁人看见时是否也恰能想到马的意象，他却丝毫不介意。倘若画家意在马而画一个竹帚出来，谁人能了解他的原意呢？艺术的内容和形式都要恰能融合一气，这种融合就是美。

总而言之，艺术虽伏根于游戏本能，但是因为同时带有社会性，须留有作品传达情思于观者，不能不顾到媒介的选择和技巧的锻炼。它逐渐发展到现在，已经在游戏前面走得很远，令游戏望尘莫及了。

世间天才之所以为天才，固然由于具有伟大的创造力，而他的感受力也比一般人分外强烈。

“读书破万卷，下笔如有神”

——天才与灵感

知道格律和模仿对于创造的关系，我们就可以知道天才和人力的关系了。

生来死去的人何止恒河沙数？真正的大诗人和大艺术家是在一口气里就可以数得完的。何以同是人，有的能创造，有的不能创造呢？在一般人看，这全是由于天才的厚薄。他们以为艺术全是天才的表现，于是天才成为懒人的借口。聪明人说，我有天才，有天才何事不可为？用不着去下功夫。迟钝人说，我没有艺术的天才，就是下功夫也无益。于是艺术方面就无学问可谈了。

“天才”究竟是什么一回事呢？

它自然有一部分得诸遗传。有许多学者常欢喜替大创造家和大发明家理家谱，说莫扎特有几代祖宗会音乐，达尔文的祖父也是生物学家，曹操一家出了几个诗人。这种证据固然有相当的价值，但是它决不能完全解释天才。同父母的兄弟贤愚往往相差很远。曹操的祖宗有什么大成就呢？曹操的后裔又有什么大成就呢？

天才自然也有一部分成于环境。假令莫扎特生在音阶简单、乐器拙陋的野蛮民族中，也决不能作出许多复音的交响曲。“社会的遗产”是不可蔑视的。文艺批评家常欢喜说，伟大的人物都是他们的时代的骄子，艺术是时代和环境的产品。这话也有不尽然。同是一个时代而成就却往往不同。英国在产生莎士比亚的时代和西班牙是一般隆盛，而当时西班牙并没有产生伟大的作者。伟大的时代不一定能产生伟大的艺术。美国的独立、法国的大革命在近代都是极重大的事件，而当时艺术却卑卑不足高论。伟大的艺术也不必有伟大的时代做背景，席勒和歌德的时代，德国还是一个没有统一的纷乱的国家。

我承认遗传和环境的影响非常重大，但是我相信它们都不能完全解释天才。在固定的遗传和环境之下，个人还有努力的余地。遗传和环境对于人只是一种机会、一种本钱，至于能否利用这种机会，能否拿这笔本钱去做出生意来，则所谓“神而明之，存乎其人”。有些人天资颇高而成就则平凡，他们好比有大本钱而没有做出大生意；也有些人天资并不特异而成就则斐然可观，他们好比拿小本钱而做出大生意。这中间的差别就在努力与不努力了。牛顿可以说是科学家中一个天才了，他常常说：“天才只是长久的耐苦。”这话虽似稍嫌过火，却含有很深的真理。只有死功夫固然不尽能发明或创造，但是能发明创造者却大半是下过死功夫来的。哲学中的康德、科学中的牛顿、雕刻图画中的米开朗琪罗、音乐中的贝多芬、书法中的王羲之、诗中的杜工部，这些实例已经够证明人力的重要，又何必多举呢？

最容易显出天才的地方是灵感。我们只须就灵感研究一番，就可以见出天才的完成不可无人力了。

杜工部尝自道经验说：“读书破万卷，下笔如有神。”所谓“灵感”

就是杜工部所说的“神”，“读书破万卷”是功夫，“下笔如有神”是灵感。据杜工部的经验看，灵感是从功夫出来的。如果我们借心理学的帮助来分析灵感，也可以得到同样的结论。

灵感有三个特征：

一、它是突如其来的，出于作者自己意料之外的。根据灵感的作品大半来得极快。从表面看，我们寻不出预备的痕迹。作者丝毫不费心血，意象涌上心头时，他只要信笔疾书。有时作品已经创造成功了，他自己才知道无意中又成了一件作品。歌德著《少年维特之烦恼》的经过，便是如此。据他自己说，他有一天听到一位少年失恋自杀的消息，突然间仿佛见到一道光在眼前闪过，立刻就想出《维特》全书的间架。他费两个星期的工夫一口气把它写成。在复看原稿时，他自己很惊讶，没有费力就写成一本书，告诉人说：“这部小册子好像是一个患睡行症者在梦中作成的。”

二、它是不由自主的，有时苦心搜索而不能得的偶然在无意之中涌上心头。希望它来时它偏不来，不希望它来时它却蓦然出现。法国音乐家柏辽兹有一次替一首诗作乐谱，全诗都谱成了，只有收尾一句（“可怜的兵士，我终于要再见法兰西！”）无法可谱。他再四思索，不能想出一段乐调来传达这句诗的情思，终于把它搁起。两年之后，他到罗马去玩，失足落水，爬起来时口里所唱的乐调，恰是两年前所再四思索而不能得的。

三、它也是突如其去的，练习作诗文的人大半都知道“败兴”的味道。“兴”也就是灵感。诗文和一切艺术一样都宜于乘兴会来时下手。兴会一来，思致自然滔滔不绝。没有兴会时写一句极平常的话倒比写什么还难。兴会来时最忌外扰。本来文思正在源源而来，外面狗叫一声，或是墨水猛然打倒了，便会把思路打断。断了之后就想尽方法也接不上来。谢无逸问潘大临近来作诗没有，潘大临回答说：“秋来日日是诗思。昨日捉笔得‘满城风雨近重阳’之句，忽催租人至，令人意败。辄以此一句奉寄。”这是“败兴”的最好的例子。

灵感既然是突如其来，突然而去，不由自主，那不就无法可以用人力来解释吗？从前人大半以为灵感非人力，以为它是神灵的感动和启示。在灵感之中，仿佛有神灵凭附作者的躯体，暗中驱遣他的手腕，他只是坐享其成。但是从近代心理学发现潜意识活动之后，这种神秘的解释就不能成立了。

什么叫作“潜意识”呢？我们的心理活动不尽是自己所能觉到的。自己的意识所不能察觉到的心理活动就属于潜意识。意识既不能察觉到，我们何以知道它存在呢？变态心理中有许多事实可以为凭。比如说催眠，受催眠者可以谈话、做事、写文章、做数学题，但是醒过来后对于催眠状态中所说的话和所做的事往往完全不知道。此外还有许多精神病人现出“两重人格”。例如一个人乘火车在半途跌下，把原来的经验完全忘记，换过姓名在附近镇市上做了几个月的买卖。有一天他忽然醒过来，发现身边事物都是不认识的，才自疑何以走到这么一个地方。旁人告诉他说他在那里开过几个月的店，他绝对不肯相信。心理学家根据许多类似事实，断定人于意识之外又有潜意识，在潜意识中也可以运用意志、思想，受催眠者和精神病人便是如此。在通常健全心理中，意识压倒潜意识，只让它在暗中活动。在变态心理中，意识和潜意识交替来去。它们完全分裂开来，意识活动时潜意识便沉下去，潜意识涌现时，便把意识淹没。

灵感就是在潜意识中酝酿成的情思猛然涌现于意识。它好比伏兵，在未开火之前，只是鸦雀无声地准备，号令一发，它乘其不备地发动总攻击，一鼓而下敌。在没有侦探清楚的敌人（意识）看，它好比周亚夫将兵从天而至一样。这个道理我们可以拿一件浅近的事实来说明。我们在初练习写字时，天天觉得自己在进步，过几个月之后，进步就猛然停顿起来，觉得字越写越坏。但是再过些时候，自己又猛然觉得进步。进步之后又停顿，停顿之后又进步，如此辗转几次，字才写得好。学别的技艺也是如此。据心理学家的实验，在进步停顿时，你如果索性不练习，把它丢开去做旁的事，过些时候再起手来写，字仍然比停顿以前较进步。这是什么道理呢？就因为在意识中思索的东西应该让它在潜意识中酝酿一些时候才会成熟。功夫没有错用的，你自己以为劳而不获，但是你在潜意识中实在仍然于无形中收效果。所以心理学家有“夏天学溜冰，冬天学泅水”的说法。溜冰本来是在前一个冬天练习的，今年夏天你虽然是在做旁的事，没有想到溜冰，但是溜冰的筋肉技巧却恰在这个不溜冰的时节暗里培养成功。一切脑的工作也是如此。

灵感是潜意识中的工作在意识中的收获。它虽是突如其来，却不是毫无准备。法国大数学家潘嘉赉常说他的关于数学的发明大半是在街头闲逛时无意中得来的。但是我们从来没有听过有一个人向来没有在数学上用功夫，猛然在街头闲逛时发明数学上的重要原则。在罗马落水的如果不是素习音乐的柏辽兹，跳出水时也决不会随口唱出一曲乐调。他的乐调是费过两年的潜意识酝酿的。

从此我们可以知道“读书破万卷，下笔如有神”两句诗是至理名言了。不过灵感的培养正不必限于读书。人只要留心，处处都是学问。艺术家往往在他的艺术范围之外下功夫，在别种艺术之中玩索得一种意象，让它沉在潜意识里去酝酿一番，然后再用他的本行艺术的媒介把它翻译出来。吴道子生平得意的作品为洛阳天宫寺的神鬼，他在下笔之前，先请斐旻舞剑一曲给他看，在剑法中得着笔意。张旭是唐朝的草书大家，他尝自道经验说："始吾见公主担夫争路，而得笔法之意；后见公孙氏舞剑器，而得其神。"王羲之的书法相传是从看鹅掌拨水得来的。法国大雕刻家罗丹也说道："你问我在什么地方学来的雕刻？在深林里看树，在路上看云，在雕刻室里研究模型学来的。我在到处学，只是不在学校里。"

从这些实例看，我们可知各门艺术的意象都可触类旁通。书画家可以从剑的飞舞或鹅掌的拨动之中得到一种特殊的筋肉感觉来助笔力，可以得到一种特殊的胸襟来增进书画的神韵和气势。推广一点说，凡是艺术家都不宜只在本行小范围之内用功夫，须处处留心玩索，才有深厚的修养。鱼跃鸢飞，风起水涌，以至于一尘之微，当其接触感官时我们虽常不自觉其在心灵中可生若何影响，但是到挥毫运斤时，它们都会涌到手腕上来，在无形中驱遣它、左右它。在作品的外表上我们虽不必看出这些意象的痕迹，但是一笔一画之中都潜寓它们的神韵和气魄，这样意象的蕴蓄便是灵感的培养。它们在潜意识中好比桑叶到了蚕腹，经过一番咀嚼组织而成丝，丝虽然已不是桑叶而却是从桑叶变来的。

悲剧与人生的距离

莎士比亚说得好：世界只是一座舞台，生命只是一个可怜的戏角。但从另一意义说，这种比拟却有不精当处。世界尽管是舞台，舞台却不能是世界。倘若堕楼的是你自己的绿珠，无辜受祸的是你自己的伊菲革涅亚，你会心寒胆裂。但是她们站在舞台时，你却袖手旁观，眉飞色舞。纵然你也偶一洒同情之泪，骨子里你却觉得开心。有些哲学家说这是人类恶根性的暴露，把“幸灾乐祸”的大罪名加在你的头上。这自然是冤枉，其实你和剧中人物有何仇何恨？

看戏和做人究竟有些不同。杀曹操泄义愤或是替罗米欧与朱丽叶传情书，就做人说，自是一种功德；就看戏说，似未免近于傻瓜。

悲剧是一回事，可怕的凶灾险恶又另是一回事。悲剧中有人生，人生中不必有悲剧。我们的世界中有的是凶灾险恶，但是说这种凶灾险恶是悲剧，只是在修辞用比譬。悲剧所描写的固然也不外凶灾险恶，但是悲剧的凶灾险恶是在艺术锅炉中蒸馏过来的。

像一切艺术一样，戏剧要有几分近情理，也要有几分不近情理。它要有几分近情理，否则它和人生没有接触点，兴味索然；

它也要有几分不近情理，否则你会把舞台真正看作世界，看《奥瑟罗》回想到自己的妻子，或者老实递消息给司马懿，说诸葛亮是在演空城计！

“软玉温香抱满怀，春至人间花弄色，露滴牡丹开”，淫词也，而读者在兴酣采烈之际忘其为淫，正因在实际人生中谈男女间事，话不会说得那样漂亮。俄狄浦斯弑父娶母，奥瑟罗信谗杀妻，悲剧也，而读者在兴酣采烈之际亦忘其为悲，正因在实际人生中天公并未曾濡染大笔，把痛心事描绘成那样惊心动魄的图画。

悲剧和人生之中自有一种不可跨越的距离，你走进舞台，你便须暂时丢开世界。

悲剧都有些古色古香。希腊悲剧流传于人间的几十部之中只有《波斯人》一部是写当时史实，其余都是写人和神还没有分家时的老故事老传说。莎士比亚并不醉心古典，在这一点他却近于守旧。他的悲剧事迹也大半是代远年淹的。十七世纪法国悲剧也是如此。拉辛在《巴雅泽》（*Bajazet*）序文里说，“说老实话，如果剧情在哪一国发生，剧本就在哪一国表演，我不劝作家拿这样近代的事迹做悲剧。”他自己用近代的“巴雅泽”事迹，因为它发生在土耳其，“国度的辽远可以稍稍补救时间的邻近”。莎士比亚也很明白这个道理。《奥瑟罗》的事迹比较晚。他于是把它的场合摆在意大利，用一个来历不明的黑面将军做主角。这是以空间的远救时间的近。他回到本乡本土搜材料时，他心焉向往的是李尔王、麦克白一些传说上的人物。这是以时间的远救空间的近。你如果不相信这个道理，让孔明脱去他的八卦衣，丢开他的羽扇，穿西装吸雪茄烟登场！

悲剧和平凡是不相容的，而在实际上不平凡就失人生世相的真面目。所谓“主角”同时都有几分“英雄气”。普罗米修斯、哈姆雷特乃至于无恶不作的埃及皇后克莉奥佩特拉都不是你我凡人所能望其项背的，你我凡人没有他们的伟大魄力，却也没有他们那副傻劲儿。许多悲剧情境移到我们日常世界中来，都会被妥协酿成一个平凡收场，不至引起轩然大波。如果你我是俄狄浦斯，要逃弑父娶母的预言，索性不杀人，独身到老，便什么祸事也没有。如果你我是哈姆雷特，逞义气，就痛痛快快把仇人杀死，不逞义气，便低首下心称他作父亲，多么干脆！悲剧的产生就由于不平常人睁着大眼睛向我们平常人所易避免的灾祸里闯。悲剧的世界和我们是隔着一层的。

这种另一世界的感觉往往因神秘色彩而更加浓厚。悲剧压根儿就是一个不可解的谜语，如果能拿理性去解释它的来因去果，便失其为悲剧了。善有善报，恶有恶报，是人类的普遍希望，而事实往往不如人所期望，不能尤人，于是怨天，说一切都是命运。悲剧是不虔敬的，它隐约指示冥冥之中有一个捣乱鬼，但是这个捣乱鬼的面目究竟如何，它却不让我们知道，本来它也无法让我们知道。看悲剧要带几分童心，要带几分原始人的观世法。狼在街上走，枭在白天里叫，人在空中飞，父杀子，女驱父，普洛斯彼罗呼风唤雨，这些光怪陆离的幻相，如果拿读《太上感应篇》或是计较油盐柴米的心理去摸索，便失其为神奇了。

艺术往往在不自然中寓自然。一部《红楼梦》所写的完全是儿女情，作者却要把它摆在"金玉缘"一个神秘的轮廓里。一部《水浒》所写的完全是侠盗生活，作者却要把它的根源埋到"伏魔之洞"。戏剧在人情物理上笼上一层神秘障，也是惯技。梅特林克的《佩利亚斯和梅丽桑德》写叔嫂的爱，本是一部人间性极重要的悲剧，作者却把场合的空气渲染得阴森冷寂如地窖，把剧中人的举止言笑描写得如僵尸活鬼，使观者察觉不到它的人间性。邓南遮的《死城》

也是如此。别说什么自然主义或是写实主义，易卜生写的在房子里养野鸭来打的老头儿，是我们这个世界里的人物吗？

像一切艺术一样，戏剧和人生之中本来要有一种距离，所以免不了几分形式化，免不了几分不自然。人事里哪里有恰好分成五幕的？谁说情话像张君瑞出口成章？谁打仗只用几十个人马？谁像奥尼尔在《奇妙的插曲》里所写的角色当着大众说心中隐事？以此类推，古希腊和中国旧戏的角色戴面具，穿高跟鞋，拉了嗓子唱，以及许多其他不近情理的玩艺儿都未尝没有几分情理在里面。它们至少可以在舞台和世界之中辟出一个应有的距离。

悲剧把生活的苦恼和死的幻灭通过放大镜，射到某种距离以外去看。苦闷的呼号变成庄严灿烂的意象，霎时间使人脱开现实的重压而游魂于幻境，这就是尼采所说的“从形相得解脱”（Redemption through appearance）。

（选自《我与文学及其他》，1943年开明书店出版）

美和实际人生有一个距离，要见出事物本身的美，须把它摆在适当的距离之外去看。

第三辑

知世故，而不世故

对于自然奥妙的赞叹，我们就可以看出儒家很能做阿波罗式的观照，不过儒家究竟不以此为人生的最终目的，人生的最终目的在行，知不过是行的准备。

“子非鱼，安知鱼之乐？”

——宇宙的人情化

庄子与惠子游于濠梁之上。

庄子曰：“鯈鱼出游从容，是鱼之乐也！”

惠子曰：“子非鱼，安知鱼之乐？”

庄子曰：“子非我，安知我不知鱼之乐？”

这是《庄子·秋水》篇里的一段故事，是你平时所欢喜玩味的。我现在借这段故事来说明美感经验中的一个极有趣味的道理。

我们通常都有“以己度人”的脾气，因为有这个脾气，对于自己以外的人和物才能了解。严格地说，各个人都只能直接地了解他自己，都只能知道自己处某种境地、有某种知觉、生某种情感。至于知道旁人旁物处某种境地、有某种知觉、生某种情感时，则是凭自己的经验推测出来的。比如我知道自己在笑时心里欢喜，在哭时心里悲痛，看到旁人笑也就以为他心里欢喜，看见旁人哭也以为他心里悲痛。我知道旁人旁物的知觉和情感如何，都是拿自己的知觉和情感来比拟的。我只知道自己，我知道旁人旁物时是把旁人旁物看成自己，或是把自己推到旁人旁物的地位。庄子看到鯈鱼“出游从容”便觉得它乐，因为他自己对于“出游从容”的滋味是有经验的。人与人，人与物，都有共同之点，所以他们都有互相感通之点。假如庄子不是鱼就无从知鱼之乐，每个人就要各成孤立世界，和其他人物都隔着一层密不通风的墙壁，人与人以及人与物之中便无心灵交通的可能了。

这种“推己及物”“设身处地”的心理活动不尽是有意的、出于理智的，所以它往往发生幻觉。鱼没有反省的意识，是否能够像人一样“乐”，这种问题大概在庄子时代的动物心理学也还没有解决，而庄子硬拿“乐”字来形容鱼的心境，其实不过把他自己的“乐”的心境外射到鱼的身上罢了，他的话未必有科学的谨严与精确。我们知觉外物，常把自己所得的感觉外射到物的本身上去，把它误认为物所固有的属性，于是本来在我的就变成在物的了。比如我们说“花是红的”时，是把红看作花所固有的属性，好像是以为纵使没有人去知觉它，它也还是在那里。其实花本身只有使人觉到红的可能性，至于红却是视觉的结果。红是长度为若干的光波射到眼球网膜上所生的印象。如果光波长一点或是短一点，眼球网膜的构造换一个样子，红的色觉便不会发生。患色盲的人根本就不能辨别红色，就是眼睛健全的人在薄暮光线暗淡时也不能把红色和绿色分得清楚，从此可知，严格地说，我们只能说“我觉得花是红的”。我们通常都把“我觉得”三字略去而直说“花是红的”，于是在我的感觉遂被误认为在物的属性了。日常对于外物的知觉都可作如是观。“天气冷”其实只是“我觉得天气冷”，鱼也许和我不同意见；“石头太沉重”其实只是“我觉得它太沉重”，大力士或许还嫌它太轻。

云何尝能飞？泉何尝能跃？我们却常说云飞泉跃；山何尝能鸣？谷何尝能应？我们却常说山鸣谷应。在说云飞泉跃、山鸣谷应时，我们比说花红石头重，又更进一层了。原来我们只把在我的感觉误认为在物的属性，现在我们却把无生气的东西看成有生气的东西，把它们看作我们的侪辈，觉得它们也有性格，也有情感，也能活动。这两种说话的方法虽不同，道理却是一样，都是根据自己的经验来了解外物。这种心理活动通常叫作“移情作用”。

“移情作用”是把自己的情感移到外物身上去，仿佛觉得外物也有同样的情感。这是一个极普遍的经验。自己在欢喜时，大地山河都在扬眉带笑；自己在悲伤时，风云花鸟都在叹气凝愁。惜别时蜡烛可以垂泪，兴到时青山亦觉点头。柳絮有时“轻狂”，晚峰有时“清苦”。陶渊明何以爱菊呢？因为他在傲霜残枝中见出孤臣的劲节；林和靖何以爱梅呢？因为他在暗香疏影中见出隐者的高标。

从这几个实例看，我们可以看出移情作用是和美感经验有密切关系的。移情作用不一定就是美感经验，而美感经验却常含有移情作用。美感经验中的移情作用不单是由我及物的，同时也是由物及我的；它不仅把我的性格和情感移注于物，同时也把物的姿态吸收于我。所谓美感经验，其实不过是在聚精会神之中，我的情趣和物的情趣往复回流而已。

姑先说欣赏自然美。比如我在观赏一棵古松，我的心境是什么样状态呢？我的注意力完全集中在古松本身的形象上，我的意识之中除了古松的意象之外，一无所有。在这个时候，我的实用的意志和科学的思考都完全失其作用，我没有心思去分别我是我而古松是古松。古松的形象引起清风亮节的类似联想，我心中便隐约觉到清风亮节所常伴着的情感。因为我忘记古松和我是两件事，我就于无意之中把这种清风亮节的气概移置古松上面去，仿佛古松原来就有这种性格。同时我又不知不觉地受古松的这种性格影响，自己也振作起来，模仿它那一副苍老劲拔的姿态。所以古松俨然变成一个人，人也俨然变成一棵古松。真正的美感经验都是如此，都要达到物我同一的境界；在物我同一的境界中，移情作用最容易发生，因为我们根本就不分辨所生的情感到底是属于我还是属于物的。

再说欣赏艺术美，比如说听音乐。我们常觉得某种乐调快活，某种乐调悲伤。乐调自身本来只有高低、长短、急缓、宏纤的分别，而不能有快乐和悲伤的分别。换句话说，乐调只能有物理而不能有人情。我们何以觉得这本来只有物理的东西居然有人情呢？这也是由于移情作用。这里的移情作用是如何起来的呢？音乐的命脉在节奏。节奏就是长短、高低、急缓、宏纤相继承的关系。这些关系前后不同，听者所费的心力和所用的心的活动也不一致。因此听者心中自起一种节奏和音乐的节奏相平行。听一曲高而缓的调子，心力也随之作一种高而缓的活动；听一曲低而急的调子，心力也随之作一种低而急的活动。这种高而缓或是低而急的心力活动，常蔓延浸润到全部心境，使它变成和高而缓的活动或是低而急的活动相同调，于是听者心中遂感觉一种欢欣鼓舞或是抑郁凄恻的情调。这种情调本来属于听者，在聚精会神之中，他把这种情调外射出去，于是音乐也就有快乐和悲伤的分别了。

再比如说书法。书法在中国向来自成艺术，和图画有同等的身份，近来才有人怀疑它是否可以列于艺术，这般人大概是看到西方艺术史中向来不留位置给书法，所以觉得中国人看重书法有些离奇。其实书法可列于艺术，是无可置疑的。它可以表现性格和情趣。颜鲁公的字就像颜鲁公，赵孟頫的字就像赵孟頫。所以字也可以说是抒情的，不但是抒情的，而且是可以引起移情作用的。横直钩点等笔画原来是墨涂的痕迹，它们不是高人雅士，原来没有什么“骨力”“姿态”“神韵”和“气魄”。但是在名家书法中我们常觉到

“骨力”“姿态”“神韵”和“气魄”。我们说柳公权的字“劲拔”，赵孟頫的字“秀媚”，这都是把墨涂的痕迹看作有生气有性格的东西，都是把字在心中所引起的意象移到字的本身上面去。

移情作用往往带有无意的模仿。我在看颜鲁公的字时，仿佛对着巍峨的高峰，不知不觉地耸肩聚眉，全身的筋肉都紧张起来，模仿它的严肃；我在看赵孟頫的字时，仿佛对着临风荡漾的柳条，不知不觉地展颐摆腰，全身的筋肉都松懈起来，模仿它的秀媚。从心理学看，这本来不是奇事。凡是观念都有实现于运动的倾向。念到跳舞时脚往往不自主地跳动，念到“山”字时口舌往往不由自主地说出“山”字。通常观念往往不能实现于动作者，由于同时有反对的观念阻止它。同时念到打球又念到泅水，则既不能打球，又不能泅水。如果心中只有一个观念，没有旁的观念和它对敌，则它常自动地现于运动。聚精会神看赛跑时，自己也往往不知不觉地弯起胳膊动起脚来，便是一个好例。在美感经验之中，注意力都是集中在一个意象上面，所以极容易起模仿的运动。

移情的现象可以称之为“宇宙的人情化”，因为有移情作用然后本来只有物理的东西可具人情，本来无生气的东西可有生气。从理智观点看，移情作用是一种错觉，是一种迷信。但是如果把它勾销，不但艺术无由产生，即宗教也无由出现。艺术和宗教都是把宇宙加以生气化和人情化，把人和物的距离以及人和神的距离都缩小。它们都带有若干神秘主义的色彩。所谓神秘主义其实并没有什么神秘，不过是在寻常事物之中见出不寻常的意义。这仍然是移情作用。从一草一木之中见出生气和人情以至于极玄奥的泛神主义，深浅程度虽有不同，道理却是一样。

美感经验既是人的情趣和物的姿态的往复回流，我们可以从这个前提中抽出两个结论来：

一、物的形象是人的情趣的返照。物的意蕴深浅和人的性分密切相关。深人所见于物者亦深，浅人所见于物者亦浅。比如一朵含露的花，在这个人看来只是一朵平常的花，在那个人看或以为它含泪凝愁，在另一个人看或以为它能象征人生和宇宙的妙谛。一朵花如此，一切事物也是如此。因我把自己的意蕴和情趣移于物，物才能呈现我所见到的形象。我们可以说，各人的世界都由各人的自我伸张而成。欣赏中都含有几分创造性。

二、人不但移情于物，还要吸收物的姿态于自我，还要不知不觉地模仿物的形象。所以美感经验的直接目的虽不在陶冶性情，而却有陶冶性情的功效。心里印着美的意象，常受美的意象浸润，自然也可以少存些浊念。苏东坡诗说：

宁可食无肉，不可居无竹；无肉令人瘦，无竹令人俗。

竹不过是美的形象之一种，一切美的事物都有不令人俗的功效。

“依样画葫芦”

——写实主义和理想主义的错误

从美学观点看，“自然美”虽是一个自相矛盾的名词，但是通常说“自然美”时所用的“美”字却另有一种意义，和说“艺术美”时所用的“美”字不应该混为一事。这个分别非常重要，我们须把它剖析清楚。

自然本来混整无别，许多分别都是从人的观点看出来的。离开人的观点而言，自然本无所谓真伪，真伪是科学家所分别出来以便利思想的；自然本无所谓善恶，善恶是伦理学家所分别出来以规范人类生活的。同理，离开人的观点而言，自然也本无所谓美丑，美丑是观赏者凭自己的性分和情趣见出来的。自然界唯一无二的固有的分别，只是常态与变态的分别。通常所谓“自然美”就是指事物的常态，所谓“自然丑”就是指事物的变态。

举个例来说，比如我们说某人的鼻子生得美，它大概应该像什么样子呢？太大的、太小的、太高的、太低的、太肥的、太瘦的鼻子都不能算得美。美的鼻子一定大小肥瘦高低件件都合适。我们说它不太高，说它件件都合适，这就是承认鼻子的大小高低等原来有一个标准。这个标准是如何定出来的呢？你如果仔细研究，就可以发现它是取决多数，像选举投票一样。如果一百人之中有过半数的鼻子是一寸高，一寸就成了鼻高的标准。不及一寸高的鼻子就使人嫌它太低，超过一寸高的鼻子就使人嫌它太高。鼻子通常都是从上面逐渐高到下面来，所以称赞生得美的鼻子，我们往往说它"如悬胆"。如果鼻子上下都是一样粗细，像腊肠一样，或是鼻孔朝天露出，那就太稀奇古怪了，稀奇古怪便是变态。通常人说一件事丑，其实不过是因为它稀奇古怪。

照这样说，世间美鼻子应该多于丑鼻子，何以实在不然呢？自然美的难，难在件件都合适。高低合式的大小或不合式，大小合式的肥瘦或不合式。所谓"式"就是标准，就是常态，就是最普遍的性质。自然美为许多最普遍的性质之总和。就每个独立的性质说，它是最普遍的；但是就总和说，它却不可多得，所以成为理想，为人称美。

一切自然事物的美丑都可以作如是观。宋玉形容一个美人说：

> 天下之佳人莫若楚国，楚国之丽者莫若臣里，臣里之美者莫若臣东家之子。东家之子增之一分则太长，减之一分则太短，着粉则太白，施朱则太赤。

照这样说，美人的美就在安不上"太"字，一安上"太"字就不免有些丑了。"太"就是超过常态，就是稀奇古怪。

人物都以常态为美。健全是人体的常态，耳聋、口吃、面麻、颈肿、背驼、足跛都不是常态，所以都使人觉得丑。一般生物的常态是生气蓬勃，活泼灵巧。所以就自然美而论，猪不如狗，龟不如蛇，樗不如柳，老年人不如少年人。非生物也是如此。山的常态是巍峨，所以巍峨最易显出山的美；水的常态是浩荡明媚，所以浩荡明媚最易显出水的美。同理，花宜清香，月宜皎洁，春风宜温和，秋雨宜凄厉。

通常所谓“自然美”和“自然丑”，分析起来，意义不过如此。艺术上所谓美丑，意义是否相同呢?

一般人大半以为自然美和艺术美的对象和成因虽不同，而其为美则一。自然丑和艺术丑也是如此。这个普遍的误解酿成艺术史上两种表面相反而实在都是错误的主张，一是写实主义，一是理想主义。

写实主义是自然主义的后裔。自然主义起于法人卢梭。他以为上帝经手创造的东西，本来都是尽美尽善，人伸手进去搅扰，于是它们才被弄糟。人工造作，无论如何精巧，终比不上自然。自然既本来就美，艺术家最聪明的办法就是模仿它。在英人罗斯金看，艺术原来就是从模仿自然起来的。人类本来住在露天的树林中，后来他们建筑房屋，仍然是以树林和天空为模型。建筑如此，其他艺术亦然。人工不敌自然，所以用人工去模仿自然时，最忌讳凭己意选择去取。罗斯金说:

> 纯粹主义者拣选精粉，感官主义者杂取秕糠，至于自然主义则兼容并包，是粉就拿来制饼，是草就取来塞床。

这段话后来变成写实派的信条。写实主义最盛于十九世纪后半叶的法国，尤其是在小说方面。左拉是大家公认的代表。所谓写实主义就是完全照实在描写，愈像愈妙。比如描写一个酒店就要活像一个酒店，描写一个妓女就要活像一个妓女。既然是要像，就不能不详尽精确，所以写实派作者欢喜到实地搜集“凭据”，把它们很仔细地写在笔记簿上，然后把它们整理一番，就成了作品。他们写一间房屋时至少也要用三五页的篇幅，才肯放松它。

这种艺术观的难点甚多，最显著的有两端。第一，艺术的最高目的既然只在模仿自然，自然本身既已美了，又何必有艺术呢？如果妙肖自然，是艺术家的唯一能事，则寻常照相家的本领都比吴道子、唐六如高明了。第二，美丑是相对的名词，有丑然后才显得出美。如果你以为自然全体尽美，你看自然时便没有美丑的标准，便否认有美丑的比较，连“自然美”一个名词也没有意义了。

理想主义有见于此。依它说，自然中有美有丑，艺术只模仿自然的美，丑的东西应丢开。美的东西之中又有些性质是重要的，有些性质是琐屑的，艺术家只选择重要的，琐屑的应丢开。这种理想主义和古典主义通常携手并行。古典主义最重“类型”，所谓“类型”就是全类事物的模子。一件事物可以代表一切其他同类事物时就可以说是类型。比如说画马，你不应该画得只像这匹马或是只像那匹马，你该画得像一切马，使每个人见到你的画都觉得他所知道的马恰是像那种模样。要画得像一切马，就须把马的特征、马的普遍性画出来，至于这匹马或那匹马所特有的个性则“琐屑”不足道。假如你选择某一匹马来做模型，它一定也要富于代表性。这就是古典派的类型主义。从此可知类型就是我们在上文所说的事物的常态，就是一般人的“自然美”。

这种理想主义似乎很能邀信任常识者的同情，但是它和近代艺术思潮颇多冲突。艺术不像哲学，它的生命全在具体的形象，最忌讳的是抽象化。凡是一个模样能套上一切人物时就不能适合于任何人，好比衣帽一样。古典派的类型有如几何学中的公理，虽然应用范围很广泛，却不能引起观者的切身的情趣。许多人所公有的性质，在古典派看，虽是精深，而在近代人看，却极平凡、粗浅。近代艺术所搜求的不是类型而是个性，不是彰明较著的色彩而是毫厘之差的阴影。直鼻子、横眼睛是古典派所谓类型。如果画家只能够把鼻子画直、眼睛画横，结果就难免千篇一律，毫无趣味。他应该能够把这个直鼻子所以异于其他直鼻子的，这个横眼睛所以异于其他横眼睛的地方表现出来，才算是有独到。

在表面上看，理想主义和写实主义似乎相反，其实它们的基本主张是相同的，它们都承认自然中本来就有所谓美，它们都以为艺术的任务在模仿，艺术美就是从自然美模仿得来的。它们的艺术主张都可以称为“依样画葫芦”的主义。它们所不同者，写实派以为美在自然全体，只要是葫芦，都可以拿来作画的模型；理想派则以为美在类型，画家应该选择一个最富于代表性的葫芦。严格地说，理想主义只是一种精炼的写实主义，以理想派攻击写实派，不过是以五十步笑百步罢了。

艺术对于自然，是否应该持“依样画葫芦”的态度呢？艺术美是否从模仿自然美得来的呢？要回答这个问题，我们应该注意到两件事实：

一、自然美可以化为艺术丑。长在藤子上的葫芦本来很好看，如果你的手艺不高明，画在纸上的葫芦就不很雅观。许多香烟牌和月份牌上面的美人画就是如此，以人而论，面孔倒还端正，眉目倒还清秀；以画而论，则往往恶劣不堪。毛延寿有心要害王昭君，才把她画丑。世间有多少“王昭君”都被有善意而无艺术手腕的“毛延寿”糟蹋了。

二、自然丑也可以化为艺术美。本来是一个很丑的葫芦，经过大画家点铁成金的手腕，往往可以成为杰作。大醉大饱之后睡在床上放屁的乡下老太婆未必有什么风韵，但是我们谁不高兴看醉卧怡红院的刘姥姥？从前艺术家大半都怕用丑材料，近来艺术家才知道融自然丑于艺术美，可以使美者更见其美。荷兰画家伦勃朗欢喜画老朽人物，法国文学家波德莱尔欢喜拿死尸一类的事物做诗题，雕刻家罗丹和爱朴斯丹也常用在自然中为丑的人物，都是最显著的例子。

这两件事实所证明的是什么呢？

一、艺术的美丑和自然的美丑是两件事。

二、艺术的美不是从模仿自然美得来的。

从这两点看，写实主义和理想主义都是一样错误，它们的主张恰与这两层道理相反。要明白艺术的真性质，先要推翻它们的“依样画葫芦”的办法，无论这个葫芦是经过选择，或是没有经过选择。

我们说“艺术美”时，“美”字只有一个意义，就是事物现形象于直觉的一个特点。事物如果要能现形象于直觉，它的外形和实质必须融化成一气，它的姿态必可以和人的情趣交感共鸣。这种“美”都是创造出来的，不是天生自在俯拾即是的，它都是“抒情的表现”。我们说“自然美”时，“美”字有两种意义。第一种意义的“美”就是上文所说的常态，例如背通常是直的，直背美于驼背。第二种意义的“美”其实就是艺术美。我们在欣赏一片山水而觉其美时，就已经把自己的情趣外射到山水里去，就已把自然加以人情化和艺术化了。所以有人说：“一片自然风景就是一种心境。”一般人的错误在只知道第一种意义的自然美，以为艺术美和第二种意义的自然美原来也不过如此。

法国画家德拉库瓦说得好:“自然只是一部字典而不是一部书。”人人尽管都有一部字典在手边，可是用这部字典中的字做出诗文，则全凭各人的情趣和才学。做得好诗文的人都不能说是模仿字典，说自然本来就美（“美”字用“艺术美”的意义）者也犹如说字典中原来就有《陶渊明集》和《红楼梦》一类作品在内。这显然是很荒谬的。

这种推己及物、设身处地的心理活动不尽是有意的、出于理智的，所以它往往发生幻觉。

最好的字句在最好的层次

“大匠能诲人以规矩，不能使人巧。”知道文章作法，不一定就做出好文章。

在作文运思时，最重要而且最艰苦的工作不在搜寻材料，而在有了材料之后，将它们加以选择与安排，这就等于说，给它们一个完整有生命的形式。材料只是生糙的钢铁，选择与安排才显出艺术的锤炼刻画。就生糙的材料说，世间可想到可说出的话在大体上都已经有从前人想过说过；然而后来人却不能因此就不去想不去说，因为每个人有他的特殊的生活情境与经验，所想所说的虽大体上仍是那样的话，而想与说的方式却各不相同。变迁了形式，就变迁了内容。所以他所想所说尽管在表面上是老生常谈，而实际上却可以是一种新鲜的作品，如果选择与安排给了它一个新的形式，新的生命。“袅袅兮秋风，洞庭波兮木叶下”，在大体上和“菡萏香销翠叶残，西风愁起绿波间”表现同样的情致，而各有各的佳妙处，所以我们不能说后者对于前者是重复或是抄袭。

莎士比亚写过夏洛克以后，许多作家接着写过同样典型的守财奴（莫里哀的阿尔巴贡和巴尔扎克的葛朗台是著例），也还是一样入情入理。材料尽管大致相同，每个作家有他的不同的选择与安排，这就是说，有他的独到的艺术手腕，所以仍可以有他的特殊的艺术成就。

最好的文章，像英国小说家斯威夫特所说的，须用“最好的字句在最好的层次”。找最好的字句要靠选择，找最好的层次要靠安排。其实这两桩工作在人生各方面都很重要，立身处世到处都用得着，一切成功和失败的枢纽都在此。在战争中我常注意用兵，觉得它和作文的诀窍完全相同。善将兵的人都知道兵在精不在多。精兵一人可以抵得许多人用，疲癃残疾的和没有训练、没有纪律的兵愈多愈不易调动，反而成为累赘或障碍。一篇文章中每一个意思或字句就是一个兵，你在调用之前，须加一番检阅，不能作战的，须一律淘汰，只留下精锐，让他们各站各的岗位，各发挥各的效能。排定岗位就是摆阵势，在文章上叫作“布局”。在调兵布阵时，步、骑、炮、工、辎须有联络照顾，将、校、尉、士、卒须按部就班，全战线的中坚与侧翼，前锋与后备，尤须有条不紊。虽是精锐，如果摆布不周密，纪律不严明，那也就成为乌合之众，打不来胜仗。文章的布局也就是一种阵势，每一段就是一个队伍，摆在最得力的地位才可以发生最大的效用。

文章的通病总不外两种，不知选择和不知安排。第一步是选择。斯蒂文森说文学是“裁剪的艺术”。裁剪就是选择的消极方面。有选择就必有排弃，有割爱。在兴酣采烈时，我们往往觉得自己所想到的意思样样都好，尤其是费过苦心得来的，要把它一笔勾销，似未免可惜。所以割爱是大难事，它需要客观的冷静，尤其需要谨严的自我批评。不知选择大半由于思想的懒惰和虚荣心所生的错觉。遇到一个题目来，不肯朝深一层想，只浮光掠影地凑合一些实在是肤浅陈腐而自以为新奇的意思，就把它们和盘托出。我常看大学生的论文，把一个题目所有的话都一五一十地说出来，每一点都约略提及，可是没有一点说得透彻，甚至前后重复或自相矛盾。如果有几个人同做一个题目，说的话和那话说出来的形式都大半彼此相同，看起来只觉得“天下老鸦一般黑”。这种文章如何能说服读者或感动读者？这里我们可以再就用兵打比譬，用兵致胜的要诀在占领要塞，击破主力。要塞既下，主力既破，其余一切就望风披靡，不攻自下。古人所以有“射人先射马，擒贼先擒王”的说法。如果虚耗兵力于无战略性的地点，等到自己的实力消耗尽了，敌人的要塞和主力还屹然未动，那还能希望打什么胜仗？做文章不能切中要害，错误正与此相同。在艺术和在自然一样，最有效的方式常是最经济的方式，浪费不仅是亏损而且也是伤害。与其用有限的力量于十件事上而不能把任何一件事做得好，不如以同样的力量集中在一件事上，把它做得斩钉截铁。做文章也是如此。世间没有说得完的话，你想把它说完，只见得你愚蠢；你没有理由可说人人都说的话，除非你比旁人说得好，而这却不是把所有的话都说完所能办到的。每篇文章必有一个主旨，你须把着重点完全摆在这主旨上，在这上面鞭辟入里，烘染尽致，使你所写的事理情态成一个世界，突出于其他一切世界之上，像浮雕突出于石面一样。读者看到，马上就可以得到一个强有力的印象，不由得他不受说服和感动。这就是选择，这就是攻坚破锐。

我们最好拿戏剧、小说来说明选择的道理。戏剧和小说都描写人和事。人和事的错综关系向来极繁复，一个人和许多人有因缘，一件事和许多事有联络，如果把这种关系辗转追溯下去，可以推演到无穷。一部戏剧或小说只在这无穷的人事关系中割出一个片段来，使它成为一个独立自足的世界，许多在其他方面虽有关系而在所写的一方面无大关系的事事物物，都须斩断撇开。我们在谈劫生辰纲的梁山泊好汉，生辰纲所要送到的那个豪贵场合也许值得描写，而我们却不能去管。谁不想知道哈姆雷特在威登堡的留学生活？但是我们现在只谈他的家庭悲剧，时间和空间的限制都不许我们搬到威登堡去看一看。再就划定的小范围来说，一部小说或戏剧须取一个主要角色或主要故事做中心，其余的人物故事穿插，须能烘托这主角的性格或理清这主要故事的线索，适可而止，多插一个人或一件事就显得臃肿繁芜。再就一个角色或一个故事的细节来说，那是数不尽的，你必须有选择，而选择某一个细节，必须有它的典型性，选了它其余无数细节就都可不言而喻。悭吝人到处悭吝，吴敬梓在《儒林外史》里写严监生只挑选他临死时看见油灯里有两茎灯芯不闭眼一事。《红楼梦》对于妙玉着笔墨最少，而她那一副既冷僻而又不忘情的心理却令我们一见不忘。刘姥姥吃过的茶杯她叫人掷去，却将自己用的绿玉斗斟茶给宝玉；宝玉做寿，众姊妹闹得欢天喜地，她一人枯坐参禅，却暗地递一张粉红笺的贺帖。寥寥数笔，把一个性格，一种情境，写得活灵活现。在这些地方多加玩索，我们就可悟出选择的道理。

选择之外，第二件要事就是安排，就是摆阵势。兵家有所谓“常山蛇阵”，它的特点是“击首则尾应，击尾则首应，击腹则首尾俱应”。亚里士多德在《诗学》里论戏剧结构说它要完整，于是替“完整”一词下了一个貌似平凡而实精深的定义：“我所谓完整是指一件事物有头，有中段，有尾。头无须有任何事物在前面笼盖着，而后面却必须有事物承接着。中段要前面既有事物笼盖着，后面又有事物承接着。尾须有事物在前面笼盖着，却不须有事物在后面承接着。”这与“常山蛇阵”的定义其实是一样。用近代语言来说，一个艺术品必须为完整的有机体，必须是一件有生命的东西。有生命的东西第一须有头有尾有中段，第二是头尾和中段各在必然的地位，第三是有一股生气贯注于全体，某一部分受影响，其余各部分不能麻木不仁。一个好的阵形应如此，一篇好的文章布局也应如此。一段话如果丢去仍于全文无害，那段话就是赘疣；一段话如果搬动位置仍于全文无害，那篇文章的布局就欠斟酌。布局愈松懈，文章的活力就愈薄弱。

从前中国文人讲文章义法，常把布局当作呆板的形式来谈，例如全篇局势须有起承转合，脉络须有起伏呼应，声调须有抑扬顿挫，命意须有正反侧，如作字画，有阴阳向背。这些话固然也有它们的道理，不过它们是由分析作品得来的，离开作品而空谈义法，就不免等于纸上谈兵。我们想懂得布局的诀窍，最好是自己分析完美的作品；同时，自己在写作时，多费苦心衡量斟酌。最好的分析材料是西方戏剧杰作，因为它们的结构通常都极严密。习作戏剧也是学布局的最好方法，因为戏剧须把动作表现于有限时间与有限空间之中，如果起伏呼应不紧凑，就不能集中观众的兴趣，产生紧张的情绪。我国史部要籍如《左传》《史记》之类在布局上大半也特别讲究，值得细心体会。一篇完美的作品，如果细细分析，在结构上必具备下面的两个要件：

第一是层次清楚。文学像德国学者莱辛所说的，因为用在时间上承续的语文为媒介，是沿着一条线绵延下去。如果同时有许多事态线索，我们不能把它们同时摆在一个平面上，如同图画上许多事物平列并存；我们必须把它们在时间上分先后，说完一点，再接着说另一点，如此生发下去。这许多要说的话，谁说在先，谁说在后，须有一个层次。层次清楚，才有上文所说的头尾和中段。文章起头最难，因为起头是选定出发点，以后层出不穷的意思都由这出发点顺次生发出来，如幼芽生发出根干枝叶。文章有生发才能成为完整的有机体。所谓“生发”是上文意思生发下文意思，上文有所生发，下文才有所承接。文章的“不通”有多种，最厉害的是上气不接下气，上段上句的意思没有交代清楚就搁起，下段下句的意思没有伏根就突然出现。顺着意思的自然生发脉络必有衔接，不致有脱节断气的毛病，而且意思可以融贯，不致有前后矛盾的毛病。打自己耳光，是文章最大的弱点。章实斋在韩退之《送孟东野序》里挑出过一个很好的例。上文说“凡物不得其平则鸣”，下文接着说“伊尹鸣商，周公鸣周”，伊尹、周公并非不得其平。这是自相矛盾，下文意思不是从上文意思很逻辑地生发出来。意思互相生发，就能互相呼应，也就能以类相聚，不相杂乱。杂乱有两种：一是应该在前一段说的话遗漏着不说，到后来一段不很相称的地方勉强插进去；一是在上文已说过的话到下文再重复说一遍。这些毛病的根由都在思想疏懈。思想如果谨严，条理自然缜密。

第二是轻重分明。文章不仅要分层次，尤其要分轻重。轻重犹如图画的阴阳光影，一则可以避免单调，起抑扬顿挫之致；二则轻重相形，重者愈显得重，可以产生较强烈的效果。一部戏剧或小说的人物和故事如果不分宾主，群龙无首，必定显得零乱芜杂。一篇说理文如果有五六层意思都平铺并重，它一定平滑无力，不能说服读者。艺术的特征是完整，完与整是相因的，整一才能完美。在许多意思并存时，想产生整一的印象，它们必须轻重分明。文章无论长短，一篇须有一篇的主旨，一段须有一段的主旨。主旨是纲，由主旨生发出来的意思是目。纲必须能领目，目必须附丽于纲，尊卑就序，然后全体自能整一。“譬如北辰居其所而众星拱之”，一篇文章的主旨应有这种气象，众星也要分大小远近。主旨是着重点，有如照相投影的焦点，其余所有意思都附在周围，渐远渐淡。在文章中显出轻重通常不外两种办法：第一是在层次上显出。同是一个意思，摆的地位不同，所生的效果也就不同，不过我们不能指定某一地位是天然的着重点。起头有时可以成为着重点，因为它笼盖全篇，对读者可以生“先入为主”的效果；收尾通常不能不着重，虎头蛇尾是文章的大忌讳，作家往往一层深一层地掘下去，不断地引起读者的好奇心，使他不能不读到终了，到终了主旨才见分晓，故事才告结束，谜语才露谜底。中段承上启下，也可以成为着重点，戏剧的顶点大半落在中段，可以为证。一个地位能否成为着重点，全看作者渲染烘托的技巧如何，我们不能定出法则，但是可以从分析名著（尤其是叙事文）中探得几分消息。其次轻重可以在篇幅分量上显出。就普遍情形说，意思重要，篇幅应占多；意思不重要，篇幅应占少。这不仅是为着题旨醒豁，也是要在比例匀称上显出一点波澜节奏，如同图画上的阴阳。轻重倒置在任何艺术作品中都是毛病。不过这也不能一概而论，名手立论或叙事，往往在四面渲染烘托，到了主旨所在，有如画龙点睛反而轻描淡写地掠过去，不多着笔墨。

从上面的话看来，我们可以知道文章有一定的理，没有一定的法。所以我们只略谈原理，不像一般文法修辞书籍，在义法上多加剖析。“大匠能诲人以规矩，不能使人巧。”知道文章作法，不一定就作出好文章。艺术的基本原则是寓变化于整齐，整齐易说，变化则全靠心灵的妙运，这是所谓“神而明之，存乎其人”了。

（原题《选择与安排》，

选自《谈文学》，1946年，开明书店出版）

在混乱中创秩序

大处着眼，小处下手。时时刻刻都用力去从紊乱中创出秩序，无论你的力量所达到的范围是一间屋，一条街，一个乡村或是一个国家。你能如此，旁人也都能如此（旁人的事你暂且莫管），社会自然有秩序，中国事也自然会改头换面了。

朋友：

在上次信里，我反复说明现代青年应该认清现在和抓住现在，因为我觉得中国已经到了生死存亡的关头，青年们不容再有迟疑观望的余地了。如果我们这一代人再不振作，中国是恐怕就永无救药了。每个人都能见到这层，所缺乏的是抓住现在的决心与毅力。

现在中国社会的最大病象，在每个人都埋怨旁人而同时又在跟旁人一样因循苟且。大家都在想：中国社会积弊太深，多数人都醉生梦死，得过且过，纵然有一二人想抵抗潮流，特立独行，也无济于事，倒不如随波逐流，尽量谋个人的安乐。如果中国真要亡的话，那也是“天倒大家当”！

这种心理是普遍的，也是致命的。要想中国起死回生，我们青年首先应丢开这种心理。我们应明白：社会越恶浊越需要有少数特立独行的人们去转移风气。一个学校里学生纵然十人有九人奢侈，一个俭朴的学生至少可以显出奢侈与俭朴的分别；一个机关的官吏纵然十人有九人贪污，一个清廉的官吏至少可以显出贪污与清廉的分别。好坏是非都由相形之下见出。一个社会到了腐败的时候，大家都跟着旁人向坏处走，没有一个人反抗潮流，势必走到一般人完全失去好坏是非分别的意识，而世间便无所谓羞耻事了。所以全社会都坏时，如果有一个好人存在，他的意义与价值是不可测量的。

自己不肯做好人，不肯努力奋斗，只埋怨环境恶劣，不容自己做好人，这种人对于自己全不肯负责任，没有勇气担当自己的过失。他们的最恰当的名号是——“懦夫”！朋友，你抚躬自问，你能否很忠实大胆地向自己的良心说“我不是这种懦夫”呢？

现在许多青年都埋怨环境，揣其心理，是希望环境生来就美满，使他们一帆风顺地达到成功的目标。环境永远不会美满的。万一它生来就美满，所谓“成功”乃是“不劳而获”，或者说得更痛快一点儿，乃是像猪豚一样，“被饲而肥”。所以埋怨环境的心理，充其究竟，只是希望过猪豚生活的心理。人比猪豚较高一着，就全在他能不安于秽浊的环境，有一颗灵心，有一股勇气，要去征服自然，改造自然。

据宗教的传说，太初一切皆紊乱（chaos），上帝从紊乱中创出秩序（order），才有宇宙。我很喜欢这个传说，它的历史的真实性姑且不问，它对于人生却无疑地具有一种感发兴起的力量。人的一切有意义有价值的活动，像上帝创世一样，都是从紊乱中创出秩序。人的特长是思想。思想，无论是哲学和科学的，或是日常实用的，都是把本来紊乱的知觉或印象加以秩序化。比如说一个审判官断案，把所有的繁复的事实摆在一块参观互较，找出条理线索来，于是本来散漫的东西都连续起来，成为案情的证据，这就是思想的好例。艺术创作也是思想活动的一种。自然界的材料，无论是内心生活或是外界现象，初呈现于观感时原来都很紊乱，艺术家运用心灵的综合，逐渐把它们理出一个秩序来，创出一个形式来，于是才有艺术作品——一篇文章，一幅画或是一座像。推广一点儿来说，一切人工设施，一切社会制度，一切合理的生活，都是一种艺术，都是从紊乱中所挣扎出来的秩序。

现在中国社会是一团紊乱，谁也承认。它能否达到秩序，就看中国青年有没有艺术家的要求秩序的热忱以及创造秩序的灵心妙手，从这团紊乱中雕琢一种有秩序的形式出来。凡是紊乱都须经过一番整理，才能现出秩序。现在中国人的大病就在不下手做整理的功夫，只望着目前的紊乱发呆，或是怨天尤人。

我也常拿从紊乱中创秩序的必要和青年朋友们说，他们总是将信将疑。他们闪避责任的借口不外是个人的力量有限。他们想：秩序是全体的事，社会全体紊乱，纵有少数人在局部中创出秩序来，仍无补于全体的紊乱。筹划社会全体的秩序是握有政权者的职责，吾侪小民手无寸铁，对着临头大难，只有束手待毙而已。这种心理仍是希望有“真明天子”出来救中国的心理。“真明天子”是一个渺茫的幻象，纵然他出来了，小百姓们都不是奋发有为的材料，他一个人能把中国事情弄好吗？你如果把现在中国的一切灾祸都归咎于政府，你对于这种灾祸之源的政府不设法制裁，它的存在根于你的容忍，到底它的误国的责任还要回到你自己的身上来。如果你说个人无组织，不能做出事来，谁教你不去组织，不去团结，不去造成能表现民意的势力呢？现代各民治国家所享受的自由都不是“天赋的”，都是人民自己挣扎奋斗得来的。你想想看英国的《大宪章》、法国的《人权宣言》、美国的独立，以及苏俄的经济制度的革命，哪一件不是从紊乱中所创出的秩序？哪一件不是人民自己努力奋斗的代价？

全体的紊乱固然可以妨碍局部的秩序，局部的紊乱也未见得可以造成全体的秩序。无论政论家怎么说，我始终坚信全体的秩序要以局部的秩序为基础。清道夫能尽清道的职，警察能尽警察的职，每个行人都守他所应守的规则，一条街道自然有秩序了。一个机关，一个乡村，或是一个国家也是如此。士农工商官吏军警都公而忘私，各尽其责，社会就绝不会有紊乱的现象了。

一般青年都不免有几分夸大狂心理，常想到自己做了大总统或是什么总长，中国事就有办法，而他自己的作为也就来了。这是从前人所夸奖的“有大志”，而我们现代青年所应该痛恨深恶的怯懦（因为不敢担负目前的责任）和虚伪（因为夸大是自欺欺人）。一个农家子弟鄙视耕种，一个商家子弟鄙视贸易，或是一个清寒子弟一定要进大学出洋争头衔，多少都是怯懦和虚伪的表现。要做事何处不可做，何必一定要做大总统？要造学问或地位何处不可造，何必一定要大学或留学的头衔？一种职业只要是有益于社会，纵然是挑大粪，或是补破皮鞋，应该和做总统或当大学教授享同样的尊重。把同是有益的职业加以高低评价，是封建社会和虚骄心理的流毒。没有哪一国的青年比中国青年中这种流毒更深。现代中国青年如果要谋心理改造，我以为首先应铲除这种流毒。应该认清事业只有益与害的分别，没有贵与贱的分别。

在孙中山先生所说的许多话中最使我念念不忘的，不是他的《建国方略》或是《遗嘱》，而是他在香港大学演讲时所说的一段自供。他在少年时嫌他住的中山（那时叫香山）县的街道龌龊，就自己去做清道夫，拿扫帚去把他的门前和邻近的街道逐渐扫干净。这就是我所说的“在紊乱中创秩序”。孙先生后来奔走革命，仍然不过是本着这种厌恶紊乱要求秩序的精神。在平民的地位，他能够扫清污浊的街道；在握政权的地位，他就能筹划洗清政治上的种种紊乱。在未握政权之前，你且莫作握政权以后的夸大语，或是埋怨现在握权的人，你且自问：现在你能力范围以内的事你是否都尽力做过。

你说你现在无事可做吗？你的书桌应该理，你的卧室应该检点干净，你的村子里应该多栽几棵树，你的邻坊子弟不识字的太多，你乡里还有许多土豪劣绅敲诈唆讼，你的表兄还在抽鸦片烟，你的外祖母还说曹锟在做大总统……这些数不尽的事不都是你的事吗？

大处着眼，小处下手。时时刻刻都用力去从紊乱中创出秩序，无论你的力量所达到的范围是一间屋，一条街，一个乡村或是一个国家。你能如此，旁人也都能如此（旁人的事你暂且莫管），社会自然有秩序，中国事也自然会改头换面了。

朋友，让我复述前信中的话，从今日起，从此地起，从你自己起！把你目前一切紊乱都按部就班地化成秩序！这是我对于你的最虔敬的祝福语。

光　潜

（原题为《在混乱中创秩序——给〈申报周刊〉的青年读者（二）》，载《申报周刊》第1卷第53期，1936年8月）

注意力的集中，意象的孤立绝缘，

便是美感的态度的最大特点。

学艺四境

作文如写字，养成纯正的手法不易，丢开恶劣的手法更难。孤陋寡闻的人往往辛苦半生，没有摸上正路，到发现自己所走的路不对时，已悔之太晚，想把“先入为主”的恶习丢开，比走回头路还更难更冤枉。

文学是一种很艰难的艺术，从初学到成家，中间须经过若干步骤，学者必须循序渐进，不可一蹴而就。拿一个比较浅而易见的比喻来讲，作文有如写字。在初学时，笔拿不稳，手腕运用不能自如，所以结体不能端正匀称，用笔不能平实遒劲，字常是歪的，笔锋常是笨拙扭曲的。这可以说是“疵境”，特色是驳杂不稳，纵然一幅之内间或有一两个字写得好，一个字之内间或有一两笔写得好，但就全体看去，毛病很多。每个人写字都不免要经过这个阶段。如果他略有天资，用力勤，多看碑帖笔迹（多临摹，多向书家请教），他对于结体用笔，分行布白，可以学得一些规模法度，手腕运用的比较灵活了，就可以写出无大毛病、看得过去的字。这可以说是“稳境”，特色是平正工稳，合于规模法度，却没有什么精采，没有什么独创。多数人不把书法当作一种艺术去研究，只把它当作日常应用的工具，就可以到此为止。如果想再进一步，就须再加揣摩，真草隶篆各体都须尝试一下，各时代的碑版帖札须多读多临，然后荟萃各家各体的长处，造成自家所特有的风格，写成的字可以算得艺术作品，或奇或正，或瘦或肥，都可以说得上“美”。这可以说是“醇境”，特色是凝炼典雅，极人工之能事，包世臣和康有为所称的“能品”“佳品”都属于这一境。但是这仍不是极境，因为它还不能完全脱离“匠”的范围，任何人只要一下功夫，到功夫成熟了，都可以达到。最高的是“化境”，不但字的艺术成熟了，而且胸襟学问的修养也成熟了，成熟的艺术修养与成熟的胸襟学问的修养融成一片，于是字不但可以见出驯熟的手腕，还可以表现高超的人格；悲欢离合的情调，山川风云的姿态，哲学宗教的蕴藉，都可以在无形中流露于字里行间，增加字的韵味。这是包世臣和康有为所称的“神品”“妙品”，这种极境只有极少数幸运者才能达到。

作文正如写字。用字像用笔，造句像结体，布局像分行布白。习作就是临摹，读前人的作品有如看碑帖墨迹，进益的程序也可以分“疵”“稳”“醇”“化”四境。这中间有天资和人力两个要素，有不能纯借天资达到的，也有不能纯借人力达到的。人力不可少，否则始终不能达到“稳境”和“醇境”；天资更不可少，否则达到“稳境”和“醇境”有缓有速，“化境”却永远无法望尘。在“稳境”和“醇境”，我们可以纯粹就艺术而言艺术，可以借规模法度作前进的导引；在“化境”，我们就要超出艺术范围而推广到整个人的人格以至整个的宇宙，规模法度有时失其约束的作用，自然和艺术的对峙也不存在。如果举实例来说，在中国文字中，言情文如屈原的《离骚》、陶渊明和杜工部的诗，说理文如庄子的《逍遥游》《齐物论》和《楞严经》，记事文如太史公的《项羽本纪》《货殖传》和《红楼梦》之类作品都可以说是到了“化境”，其余许多名家大半止于“醇境”或是介于“化境”与“醇境”之间，至于“稳境”和“疵境”都无用举例，你我就大概都在这两个境界中徘徊。

一个人到了艺术较高的境界，关于艺术的原理法则无用说也无可说；有可说而且需要说的是在“疵境”与“稳境”。从前古文家有奉“义法”为金科玉律的，也有攻击“义法”论调的。在我个人看，拿“义法”来绳“化境”的文字，固近于痴人说梦；如果以为学文艺始终可以不讲“义法”，就未免更误事。记得我有一次和沈尹默先生谈写字，他说：“书家和善书者有分别，世间尽管有人不讲规模法度而仍善书，但是没有规模法度就不能成为一个真正的书家。”沈先生自己是“书家”，站在书家的立场，他拥护规模法度，可是仍为“善书者”留余地，许他们不要规模法度。这是他的礼貌。我很怀疑“善书者”可以不经过揣摩规模法度的阶段。我个人有一个苦痛的经验。我虽然没有正式下功夫写过字，可是二三十年来没有一天不在执笔乱写，我原来也相信此事可以全凭自己的心裁，苏东坡所谓“我书意造本无法”，但是于今我正式留意书法，才觉得自己的字太恶劣，写过几十年的字，一横还拖不平，一竖还拉不直，还是未脱“疵境”。我的病根就在从头就没有讲一点儿规模法度，努力把一个字写得四平八稳。我误在忽视基本功夫，只求要一点儿聪明，卖弄一点儿笔姿，流露一点儿风趣。我现在才觉悟“稳境”虽平淡无奇，却极不易做到，而且不经过“稳境”，较高的境界便无从达到。文章的道理也是如此，韩昌黎所谓“醇而后肆”是作文必循的程序。由“疵境”到“稳境”那一个阶段最需要下功夫学规模法度，小心谨慎地把字用得恰当，把句造得通顺，把层次安排得妥帖，我作文比写字所受的训练较结实，至今我还在基本功夫上着意，除非精力不济、注意力松懈时，我必尽力求稳。

稳不能离规模法度。这可分两层说，一是抽象的，一是具体的。抽象的是文法、逻辑以及古文家所谓“义法”，西方人所谓文学理论和文学批评。在这上面再加上一点儿心理学和修辞学常识，就可以对付了。抽象的原则和理论本身并没有多大功用，它的唯一的功用在帮助我们分析和了解作品。具体的规模法度须在模范作品中去找。文法、逻辑、义法等在具体实例中揣摩，也比较更彰明较著。从前人说：“熟读唐诗三百首，不会吟诗也会吟。”语调虽卑，却是经验之谈。为初学说法，模范作品在精不在多，精选熟读透懂，短文数十篇，长著三数种，便已可以作为达到“稳境”的基础。读每篇文字须在命意、用字、造句和布局各方面揣摩；字、句、局三项都有声义两方面，义固重要，声音节奏更不可忽略。既叫作模范，自己下笔时就要如写字临帖一样，亦步亦趋地模仿它。我们不必唱高调轻视模仿，古今大艺术家，据我所知，没有不经过一个模仿阶段的。第一步模仿，可得规模法度，第二步才能集合诸家的长处，加以变化，造成自家所特有的风格。

练习作文，一要不怕模仿，二要不怕修改。多修改，思致愈深入，下笔愈稳妥。自己能看出自己的毛病才算有进步。严格地说，自己要说的话是否从心所欲地说出，只有自己知道，如果有毛病，也只有自己知道得最清楚，所以文章请旁人修改不是一件很合理的事。丁敬礼向曹子建说：“文之佳恶，吾自得之，后世谁相知定吾文者耶？”杜工部也说：“文章千古事，得失寸心知。”大约文章要作得好，必须经过一番只有自己知道的辛苦，同时必有极谨严的艺术良心，肯严厉地批评自己，虽微疵小失，不肯轻易放过，须把它修到无疵可指，才能安心。不过这番话对于未脱“疵境”的作者恐未免是高调。据我的观察，写作训练欠缺者通常有两种毛病：第一是对于命意用字造句布局没有经验，规模法度不清楚，自己的毛病自己不能看出，明明是不通不妥，自己却以为通妥；其次是容易受虚荣心和兴奋热烈时的幻觉支配，对自己不能作客观的冷静批评，仿佛以为在写的时候既很兴高采烈，那作品就一定是杰作，足以自豪。只有良师益友，才可以医治这两种毛病。所以初学作文的人最好能虚心接受旁人的批评，多请比自己高明的人修改。如果修改的人肯仔细指出毛病，说出应修改的理由，那就可以产生更大的益处。作文如写字，养成纯正的手法不易，丢开恶劣的手法更难。孤陋寡闻的人往往辛苦半生，没有摸上正路，到发现自己所走的路不对时，已悔之太晚，想把“先入为主”的恶习丢开，比走回头路还更难更冤枉。良师益友可以及早指点迷途，引上最平正的路，免得浪费精力。

自己须经过一番揣摩，同时又须有师友指导，一个作者才可以逐渐由“疵境”达到“稳境”。“稳境”是不易达到的境界，却也是平庸的境界。我认识许多前一辈子的人，幼年经过科举的训练，后来借文字“混差事”，对于诗文字画，件件都会，件件都很平稳，可是老是那样四平八稳，没有一点儿精采，不是“庸”，就是“俗”，虽是天天在弄那些玩意，却到老没有进步。他们的毛病在成立了一种定型，便老守着那种定型，不求变化。一稳就定，一定就一成不变，由熟以至于滥，至于滑。要想免去这些毛病，必须由“稳境”重新尝试另一风格。如果太熟，无妨学生硬；如果太平易，无妨学艰深；如果太偏于阴柔，无妨学阳刚。在这样变化已成风格时，我们很可能地回到另一种“疵境”，再由这种“疵境”进到“熟境”，如此辗转下去，境界才能逐渐扩大，技巧才能逐渐成熟，所谓“醇境”大半都须经过这种“精钢百炼”的功夫才能达到。比如写字，入手习帖的人易于达到“稳境”，可是不易达到很高的境界。稳之后改习唐碑可以更稳，再陆续揣摩六朝碑版和汉隶秦篆以至于金文甲骨文，如果天资人才都没有欠缺，就必定有“大成”的一日。

这一切都是“匠”的范围以内的事，西文所谓“手艺”（Craftsmanship）。要达到只有大艺术家才能达到的“化境”，那就还要在人品学问各方面另下一套更重要的功夫。我已经说过，这是不能谈而且也无用谈的。本文只为初学说法，所以陈义不高，只劝人从基本功夫下手，脚踏实地循序渐进地做下去。

（原题《精进的程序》，
选自《谈文学》，1946年，开明书店出版）

谈性爱问题

这问题的重要性是无可否认的。圣人说得好："饮食男女，人之大欲存焉。"许多人的活动和企图，仔细分析起来，多少都与这两种基本的生活要求有直接或间接的关系。整个的人类文化动态也大半围着这两个轴心旋转。单提男女关系来说，没有它，世间就要少去许多纠纷，文艺就要少去一个重要的母题，社会必是另样，历史也必是另样。但是许多人对这样重要的问题偏爱扮面孔，不肯拿它来郑重地谈、郑重地想。已往少数哲学家如卢梭、康德、斯宾诺莎诸人对这问题所发表的议论，依叔本华看，都很肤浅。至于一般人的观念更不免为迷信、偏见和伪善所混乱。许多负教养之责的父母和师长对这问题简直有些畏惧，讳莫如深，仿佛以为男女关系生来是与淫秽相连的，青年人千万沾染不得，最好把他们蒙蔽住。其实你愈不使他们沾染而他们偏愈爱沾染；对这重要问题你想他们安于愚昧，他们就须得偿付愚昧的代价。

从生物学的观点看，这问题本很简单。有生之伦执着最牢固的是生命，最强烈的本能是叔本华所说的生命意志。首先是个体生命。

我们挣扎、营求、竭力劳心，都无非是要个体生命在物质方面得到维持、发展、安全、舒适；在精神方面得到真善美诸价值所给的快慰。一切活动的最终目的都在“谋生”。但是个体生命是不能永久执着的，生的尽头都是死。长生不但是一个不能实现的理想，而且也不是一个好理想。你试想：从开天辟地到世界末日，假如老是一代人在活着，世界不就成为一池死水？一代过去了，就有另一代继着来，生生不息，不主故常，所以变化无端，生发无穷。这是造化的巧妙安排。懂得这巧妙，我们就明白种族不朽何以胜似个体长生，种族生命何以重于个体生命，种族生命意志何以强于个体生命意志。男女相悦，说来说去，只是种族生命意志的表现。种族生命意志就是一般人所谓“性欲”。“爱”是一个较好听的名词，凡是男女间的爱都不免带有性欲成分。你尽管相信你的爱是“纯洁的”“心灵的”“精神的”，骨子里都是无数亿万年遗传下来的那一点儿性的冲动在作祟，你要与你所爱的人配合，你要传种。你不敢承认这点，因为你的老祖宗除了遗传给你这一点儿性的冲动以外，还遗传给你一些相反的力量——关于性爱的“特怖”（Taboo），你的脑筋里装满着性爱性交是淫秽的、可羞的、不道德的之类观念。其实，你须得知道：假如这一点儿性的冲动被阉割了，人道就会灭绝。人除着爱上帝以外，没有另一种心灵活动，比男人爱女人或女人爱男人那一点儿热忱，更值得叫作“神圣”，因为那是对于“不朽”的希求，是要把人人所宝贵的生命继续不断的绵延下去。

传种的要求驱遣着两性相爱，这是人与禽兽所共同的。但是有两个因素使性爱问题在人类社会中由简单变为很复杂。

第一个因素是社会的。社会所赖以维持的是伦理、宗教、法律和风俗习惯所酿成的礼法，“男女居室，人之大伦”，没有礼法更不足以维持。关于男女关系的礼法大约起于下列两种：第一是防止争端。性欲是最强烈的本能，而性欲的对象虽有选择，却无限制。一个人可以有许多对象，而许多人也可以同有一个对象。男爱女或不爱，女爱男或不爱。假如一个人让自己的性欲做主，不受任何制裁，“争风”和“逼奸”之类事态就会把社会的秩序弄得天翻地覆。因此每个社会对于男女交接和婚姻都有一套成文和不成文的法典。例如一夫一妻，凭媒嫁娶，尊重贞操，惩处奸淫之类。其次是划清责任。恋爱的正常归宿是婚姻，婚姻的正常归宿是生儿养女，成立家庭。有了家庭就有家庭的责任。生活要维持，子女要教养。性的冲动是飘忽游离的，常要求新花样与新口胃，而家庭责任却需要夫妻固定拘守，“一与之齐，终身不改”。假如一个人随意杂交，随意生儿养女，欲望满足了，就丢开配偶儿女而别开生面，他所丢下来的责任给谁负担呢？在以家庭为中心的社会，这种不负责的行为是不能不受裁制的。世界也有人梦想废除家庭的乌托邦，在那里面男女关系有绝对的自由，但是这恐怕永远是梦想，男女配合的最终目的原来就在生养子女，不在快一时之意；家庭是种族蔓延所必需的暖室，为了快一时之意而忘了那快意行为的最终目的，破坏达到那目的的最适宜的路径，那是违反自然的铁律。

因为上述两种社会的力量，人类两性配合不能全凭性欲指使，取杂交方式。他一方面须满足自然需要，一方面也要满足社会需要。自然需要倾向于自由发泄，社会需要却倾向于防闲节制。这种防闲节制对于个体有时不免是痛苦，但就全局着想，有健康的社会生命才能保障个体生命与种族生命。性欲要求原来在绵延种族生命，到了它危害到种族生命所借以保障的社会生命时，它就失去了本来作用，于理是应受制止的。这道理本很浅显，许多人却没有认清，感到社会的防闲节制不方便，便骂“礼教吃人”。极端的个人主义常是极端的自私主义，这是一端。同时，我们自然也须承认社会的防闲节制的方式也有失去它的本来作用的时候。社会常在变迁，甲型社会的礼法不一定适用于乙型社会，一个社会已经由甲型变到乙型时，甲型的礼法往往本着习惯的惰性留存在乙型社会里，有如盲肠，不但无用，甚至发炎生病。原始社会所遗留下来的关于性的“特怖”，如“男女授受不亲”、“女子出门必拥蔽其面”、“望门守节”、孕妇产妇不洁净带灾星之类，在现代已如盲肠，都很显然。

第二个使人类两性问题变复杂的因素是心理的。从个体方面看，异性的寻求、结合、生育都是消耗与牺牲，自私是人类天性，纯粹是消耗牺牲的事是很少有人肯干的。于此造化又有一个很巧妙的安排，使这消耗与牺牲的事带有极大的快感。人们追求异性，骨子里本为传种，而表面上却显得为自己求欲望的满足。恋爱的人们，像叔本华所说的，常在“错觉”（illusion）里过活。当其未达目的时，仿佛世间没有比这更快意的事，到了种子播出去了，回思虽了无余味，而性欲的驱遣却不因此而灭杀其热力，还是源源涌现，挟着排山倒海的力量东奔西窜。它的遭遇有顺有逆，有常有变，纵横流转中与其他事物发生关系，复杂微妙至不可想象，而身当其冲者的心理变迁也随之幻化无端。近代有几个著名学者如韦斯特·马克（West Maik）、埃利斯（H.Ellis）、弗洛伊德（Freud）诸人对性爱心理所发表的著作几至汗牛充栋。在这篇短文里我们无法把许多光怪陆离的现象都描绘出来，只能略举数端，以示梗概。

男女相爱与审美意识有密切关系，这是尽人皆知的。我们在这里所指的倒不在男爱女美、女爱男美那一点，因为那很明显，无用申述。我们所指的是相爱相交那事情本身的艺术化。人为万物之灵，虽处处受自然需要驱遣，却时时要超过自然需要而做自由活动，较高尚的企图如文艺、宗教、哲学之类多起于此。举个浅例来说，盛水用壶是一种自然需要，可是人不以此为足，却费心力去求壶的美观。美观非实用所必需，却是心灵自由伸展所不可无。人在男女关系方面也是如此。男女间事，如果止于禽兽的阶层上，那是极平凡而粗浅的。只须看鸡犬，在交合的那一顷刻间它们服从性欲的驱遣，有如奴隶服从主子之恭顺，其不可逃免性有如命运之坚强，它们简直不是自己的主宰，一股冲动来，就如悬崖纵马，一冲而下，毫不绕弯子，也毫不讲体面。人要把这件自然需要所逼迫的事弄得比较“体面”些，不那样脱皮露骨，于是有许多遮盖，有许多粉饰，有许多作态弄影，旁敲侧击，男女交际间的礼仪和技巧大半是粗俗事情的文雅化，做得太过分了，固不免带着许多虚伪与欺诈； 做得恰到好处时，却可以娱目赏心。

实用需要壶盛水，审美意识进一步要求壶的美观，美观与实用在此仍并行不悖。再进一步，壶可以放弃它的实用而成为古董、纯粹的艺术品；如果拿它来盛水，就不免煞风景，男女的爱也有同样的演进。在动物阶层，它只是为生殖传种一个实用目的，继之它成为一种带有艺术性的活动，再进一步它就成为一种纯粹的艺术，徒供赏玩。爱于是与性欲在表面上分为两事，许多人只是“为爱而爱”，就只在爱的本身那一点儿快乐上流连体会，否认爱还有借肉体结合而传种那一个肮脏的作用。爱于是成为“柏拉图式的”、纯洁的、心灵的、神圣的，至于性欲活动则被视为肉体的、淫秽的、可羞的、尘俗的。这观念的形成始于耶稣教的重灵轻肉，终于十九世纪浪漫派文艺的“恋爱至上”观。这种灵爱与肉爱的分别引起好些人的自尊心，激励成好些思想、文艺和事业上的成就；同时，它也使好些人变成疯狂，养成好些不康健的心理习惯。说得好听一点儿，它起于性爱的净化或“升华”；说得不好听一点儿，它是替一件极尘俗的事情挂上一个极高尚的幌子，“金玉其外，败絮其中”。

从这一点，我们可以看出人心怎样爱绕弯子，爱歪曲自然。近代变态心理学所供给的实例更多。它的起因，像弗洛伊德所说的，是自然与文化、性欲冲动与社会道德习俗的冲突。性欲冲动极力伸展，社会势力极力压抑。这冲突如果不得到正常的调整，性欲冲动就不免由意识域压抑到潜意识域，虽是囚禁在那黑狱里，却仍跃跃欲试，冀图破关脱狱。为着要逃避意识的检查，取种种化装。许多寻常行动，如做梦、说笑话、创作文艺、崇拜偶像、虐待弱小，以至于吮指头、露大腿之类，在变态心理学家看，都可以是性欲化装的表现。性欲是一种强大的力量，有如奔流，须有所倾泻，正常的方式是倾泻于异性对象；得不到正常对象倾泻时，它或是决堤而泛滥横流，酿成种种精神病症；或是改道旁驰，起升华作用而致力于宗教、文艺、学术或事功。因此，人类活动——无论是个体的或社会的——几乎没有一件不可以在有形无形之中与性爱发生心理上的关联。

这里所说的只是一个极粗浅的梗概，从这种粗浅的梗概中我们已可以见出人类两性关系问题如何复杂。要得到一个健康的性道德观，我们需要近代科学所供给的关于性爱的各方面知识，一种性知识的启蒙运动。我们一不能如道德学家和清教徒一味抹杀人性，对于性的活动施以过分严厉的裁制，原始时代的“特怖”更没有保留的必要；二不能如浪漫派文艺作者满口讴歌“恋爱至上”，把一件寻常事情捧到九霄云外，使一般神经质软弱的人们悬过高的希望，追攀不到，就陷于失望悲观；三不能如苏联共产党人把恋爱婚姻完全看成个人的私行，与社会国家无关，任它绝对自由，绝对放纵。依我个人的主张，男女间事是一件极家常极平凡的事，我们须以写实的态度和生物学的眼光去看它，不必把它看成神奇奥妙，也不必把它看成淫秽邪僻。我们每个人天生有传种的机能、义务与权利。我们寻求异性，是要尽每个人都应尽的责任。一对男女成立恋爱或婚姻的关系时，只要不妨害社会秩序的合理要求，我们就用不着大惊小怪。这句话中的插句极重要：社会不能没有裁制，而社会的裁制也必须合理。社会的合理裁制是指上文所说的防止争端和划清责任。争婚、逼婚、乱伦、患传染病结婚，结婚而放弃结婚的责任，这些便是法律所应禁止的。除了这几项以外，社会如果再多嘴多舌，说这样是伤风，那样是败俗，这样是淫秽，那样是奸邪，那就要在许多人的心理上起不必要的压抑作用，酿成精神的变态，并且也引起许多人阳奉阴违，面子上仁义道德，骨子里男盗女娼。在人生各方面，正常的生活才是健康的生活，在男女关系方面，正常的路径是由恋爱而结婚，由结婚而生儿养女，把前一代的责任移交给后一代，使种族“于万斯年”地绵延下去。传种以外，结婚者的个人幸福也不应一笔勾销。结婚和成立家庭应该是一件快乐的事，人们就应该在里面希冀快乐，且努力产生快乐。到了夫妻实在不能相容而家庭无幸福可言时，在划清责任的条件之下离婚是道德与法律都应该允许而且提倡的。

给苦闷的青年朋友们

朋友们：

我是中年以上的人，处在现在这个环境，几乎没有一天不感觉苦闷，你们正当血气旺盛、感觉锐敏、情感丰富的时候，苦闷的程度当然比我的更深。因为年龄的悬殊，我们在经验与见解上不免有些隔阂；但是我也经过了青年时代，我想你们的心绪是我能够了解的，而且能够同情的，你们的环境之中哪一件叫你们能不苦闷呢？先说家庭。你们多数人一进了学校，就和家庭隔绝，在教育上得不到家庭的督导，在经济上得不到家庭的援助，在情感上得不到家庭的温慰，你们就像失巢的孤雏，伶仃孤苦地在这广大而残酷的世界里自奔前程，自寻活计。并且在一般穷困流离的情况之下，许多家庭都不免有些不如意的事，有些是贫病交加，有些是家败人亡，这尤其使流亡在远方的子弟们时时抱着一种沉忧隐痛。

其次说到学校，这些年来我都厕身教育界，说起来不能不惭愧，学校对于你们都没有尽到它应尽的职责。它只奉行公事，贩卖一点儿知识，没有顾到真正的学术研究，没有顾到校里的社会生活，更没有顾到人格熏陶。你们虽是处在一大群人之中，实际上每个人都是孤独的，寂寞的，与教师无往来，与同学往来也不多，终日独行踽踽，茫茫不知所之，加以经济压迫，使你们多数人在最需要营养的发育期，缺乏最低限度的营养，以致由虚而弱，由弱而病，在应该活泼泼的青春就感到病的纠缠与死的恐怖。你们许多人都像破墙脚下石头压着的萎黄的小草，无论在生理上或是在心理上，很少有是健康的。最伤心的当然还是时局。抗战胜利带来了多么大的喜悦与希望！而这喜悦与希望不到一两年就打得粉碎。于今战氛蔓延全国，经济濒于破产，眼看全体崩溃与侵略势力的闯入就在目前，这怎能叫人不忧惧，不愤恨？这事实纠葛之中又夹杂着政治思想的问题，而这问题是青年人所特别关心的。在中国和在全世界一样，很显然地摆着两个路线，两个壁垒，一是英美所代表的民主制度，一是苏联所代表的共产制度。究竟哪一条路是将来世界的出路呢？哪一条路比较适合现在中国的国情呢？青年朋友们未必有资料与时间对这些问题做周密的检讨，往往凭着片面的带有哄骗性的宣传文字，把自己摆到某一方的旗帜之下，这与其说是思想的归宿，毋宁说是情感的寄托。在情感酝酿之中产生了某一面政治理想，而任何一面政治理想在中国都和事实起剧烈的冲突，甲路碰了壁而乙路也未必走得通，究竟中国有没有出路呢？世界有没有出路呢？原来想在一种政治理想上寄托情感与希望，而事实到处予以强烈的否认，于是情感与希望仍然是落空虚悬。不仅在中国，在整个世界，战争与毁灭的黑影都常在面前晃摇，这怎能叫人不心焦气闷？

在这种种情形之下，人人都感觉到压迫、窒息，寂寞和空虚，而你们青年人所感觉到的当然更尖锐。于今世界已成为一个息息相关的有机体，世界没有出路，国家不会有出路，国家没有出路，个人也绝没有出路。这一连串的铁环是没有人能打破的。不过有一点我们可以确定：假如要把世界和国家扭转到正轨，必须个别分子的努力。“事在人为”，于今谁可为呢？不消说得，要有一批有朝气的人才能做出一番有朝气的事业，造就一种有朝气的乾坤。像我们这辈子中年以上的人们在心理发展上都已成为定型，暮气已深；因循坐误大事的是我们这一辈子人，要想我们变成另样的人来把世事弄好，那希望恐甚渺茫。我们说这话也很痛心，但是不幸这是事实。所以我们不能不殷切寄望于你们这一辈子青年人，望你们不再像我们这样无能，终有一日能挽回这个危亡的局面。但是目睹你们的苦闷消沉的情形，我们也不免栗栗危惧。你们能否如我们所殷切属望的，担当得起这个重大的责任呢？我们中年以上人之中常有人窃窃私语，说我们这一辈子人固然不行，下一辈子人还更不如我们。如果真是一蟹不如一蟹，中国不就完事大吉了吗？我们忏悔自己种因不善，造成一种环境，叫你们不得不苦闷消沉；同时，我们也不甘心就这样了局，尽管病已垂危，一息尚存，我们仍望能起死回生，而这起死回生的力量就来自你们。在这忏悔与希望之中，我们想以过来人的资格，向你们进一点儿苦口婆心的忠告。

苦闷本身不一定就是坏事，它可能由窒息而死，也可能由透气而生。它是或死或生之前的歧途，可以引入两个极端相反的世界。我知道有许多人由苦闷而消沉，由消沉而堕落；也有许多人由苦闷而挣扎，由挣扎而成功。苦闷总比麻木不仁好，苦闷至少表示对现实的缺陷还有敏感，还可以激起求生的努力；麻木不仁就只有因循堕落那一个归宿，苦闷是波澜，麻木不仁就是死水。处在现在这样的环境而能不苦闷，那就是无心肝，那就是社会血液中致死的毒素。现在你们青年人还能苦闷，那就表现中国生机未绝。我们中国的老教训是国家与个人“恒存乎灾患疢疾”，“独孤臣孽子，其操心也危，其虑患也深，故达”。有一种苦闷是孤臣孽子的苦闷，也有一种苦闷是失败主义者的苦闷。你们的苦闷自居哪一种呢？这是必须深加省察的。如果是孤臣孽子的苦闷，那就终有“达”的一日；如果是失败主义者的苦闷，那就是暮气的开始，终必由消沉而堕落了。

苦闷是危难时期青年人所必经的阶段，但是这只能是一个阶段，不能长久在这上面停止着。若是止于苦闷，也终必消磨锐气，向引起苦闷的恶势力缴械投降。我所谓孤臣孽子的苦闷是奋斗的激发力，挣扎的前序曲。问题是：向什么目的或方向去奋斗挣扎呢？“工欲善其事，必先利其器”，如果改造社会、挽救中国是你们所要做的“事”，你们自己的品格、学识和才能就是“器”。我们中年以上这一辈子人所以把中国弄得这样糟，就误在这个“器”太不“利”了。比如说，现代国家离不开工业，我们工业人才不如人，所以落后；民主国家要有够水准的公民，我们的教育不如人，所以产生一些腐败无能的官吏和视国事不关痛痒的人民。其他一切事没有做好，也都由于做事人的质料太差。你们埋怨旁人没有把事做好，假如让你们自己来，试问你们的品格是否能保证你们能不像过去人那样贪污腐败？你们的学问才具是否能保证你们不像过去人那样无能？假如你在学外交，你是否比现在办外交的人有较深切的国际关系的认识和令人较能钦佩的风度与才具？假如你在学医，你是否有希望能比过去的医生或你的老师较高明？假如你们的品格、学识和才能都不比过去人强，让你们来接他们的事，你们就绝不会比他们有较好的成就。那么，你们就不配埋怨旁人，更不配谈什么革命或改造社会，你们凭什么去改造呢？社会并不是借一些空洞的口号标语所可改造得了的，也不是借一些游行集会可改造得了的。我们在青年时代也干过这些勾当，可是不幸得很，社会到现在比从前还更糟；而我们现在还要以过来人的资格向你们这一辈子青年人做这样苦口婆心的劝告，这是命运给我们的一种最冷酷的嘲笑，我们只希望你们的下一辈子人不致再“以后人哀前人”。

（载《周论》第 1 卷第 17 期，1948 年 5 月）

美是有阶级性的，但同时，美更本质的性质是人性，阶级性是人性中的一部分。这及时地更正了人们关于美的错误意识。

看戏与演戏

莎士比亚说过，世界只是一个戏台。这话如果不错，人生当然也只是一部戏剧。戏要有人演，也要有人看：没有人演，就没有戏看；没有人看，也就没有人肯演。演戏人在台上走台步，做姿势，拉嗓子，嬉笑怒骂，悲欢离合，演得酣畅淋漓，尽态极妍；看戏人在台下呆目瞪视，得意忘形，拍案叫好，两方皆大欢喜，欢喜的是人生煞是热闹，至少是这片刻光阴不曾空过。

世间人有生来是演戏的，也有生来是看戏的。这演与看的分别主要在如何安顿自我上面见出。演戏要置身局中，时时把“我”抬出来，使我成为推动机器的枢纽，在这世界中产生变化，就在这产生变化上实现自我；看戏要置身局外，时时把“我”搁在旁边，始终维持一个观照者的地位，吸纳这世界中的一切变化，使它们在眼中成为可欣赏的图画，就在这变化图画的欣赏上面实现自我。因为有这个分别，演戏要热要动，看戏要冷要静。打起算盘来，双方各有盈亏：演戏人为着饱尝生命的跳动而失去流连玩味，看戏人为着玩味生命的形象而失去“身历其境”的热闹。能入与能出，“得其圜中”与“超以象外”，是势难兼顾的。

这分别像是极平凡而琐屑，其实却含着人生理想这个大问题的大道理在里面。古今中外许多大哲学家、大宗教家和大艺术家对于人生理想费过许多摸索，许多争辩，他们所得到的不过是三个不同的简单的结论：一个是人生理想在看戏；一个是它在演戏；一个是它同时在看戏和演戏。

先从哲学说起。

中国主要的固有的哲学思潮是儒道两家。就大体说，儒家能看戏而却偏重演戏，道家根本藐视演戏，会看戏而却也不明白地把看戏当作人生理想。看戏与演戏的分别就是《中庸》一再提起的知与行的分别。知是道问学，是格物穷理，是注视事物变化的真相；行是尊德行，是修身、齐家、治国、平天下，是在事物中起变化而改善人生。前者是看，后者是演。儒家在表面上同时讲究这两套功夫，他们的祖师孔子是一个实行家，也是一个艺术家。放下他着重礼、乐、诗的艺术教育不说，就只看下面几段话：

> 子在川上曰：逝者如斯夫，不舍昼夜！
>
> 鸢飞戾天，鱼跃于渊，言其上下察也。
>
> 天何言哉，天何言哉！四时行焉，百物生焉！
>
> 今夫天，斯昭昭之多，及其无穷也，日月星辰系焉，万物覆焉；今夫地，一撮土之多，及其广厚，载华岳而不重，

振河海而不泄，万物载焉。

对于自然奥妙的赞叹，我们就可以看出儒家很能做阿波罗式的观照，不过儒家究竟不以此为人生的最终目的，人生的最终目的在行，知不过是行的准备。他们说得很明白："物格而后知至，知至而后意诚，意诚而后心正，心正而后身修。"以至于家齐国治天下平。"自明诚，谓之教"，由知而行，就是儒家所着重的"教"。孔子终身周游奔走，"三月无君，则皇皇如也"，我们可以想见他急于要扮演一个角色。

道家老庄并称。老子抱朴守一，法自然，尚无为，持清虚寂寞，观"众妙之门"，玩"无物之象"，五千言大半是一个老于世故者静观人生物理所得到的直觉妙谛。他对于宇宙始终持着一个看戏人的态度。庄子尤其是如此。他齐是非，一生死，逍遥于万物之表，大鹏与鯈鱼，姑射仙人与庖丁，物无大小，都触目成象、触心成理，他自己却"凄然似秋，暖然似春"，哀乐毫无动于衷。他得力于他所说的"心齐"；"心齐"的方法是"若一志，无听之以耳，而听之以心"，它的效验是"虚室生白，吉祥止止"。他在别处用了一个极好的譬喻说："至人之用心若镜，不将不逆，应而不藏。"从这些话看，我们可以看出老子所谓"抱朴守一"，庄子所谓"心齐"，都恰是西方哲学家与宗教家所谓"观照"（contemplation）与佛家所谓"定"或"止观"。不过老庄自己虽在这上面做功夫，却并不像以此立教，或是因为立教仍是有为，或是因为深奥的道理可亲证而不可言传。

在西方，古代及中世纪的哲学家大半以为人生最高目的在观照，就是我们所说的以看戏人的态度体验事物的真相与真理。头一个明白地做这个主张的人是柏拉图。在《会饮》那篇熔哲学与艺术于一炉的对话里，他假托一位女哲人传心灵修养递进的秘诀。那全是一种分期历程的审美教育，一种知解上的冒险长征。心灵开始玩索一朵花、一个美人、一种美德、一门学问、一种社会文物制度的殊相的美，逐渐发现万事万物的共相的美。到了最后阶段，“表里精粗无不到”，就“一旦豁然贯通”，长征者以霎时的直觉突然看到普涵普盖、无始无终的绝对美——如佛家所谓“真如”或“一真法界”——他就安息在这绝对美的观照里，就没有入这绝对美里而与它合德同流，就借分享它的永恒的生命而达到不朽。这样，心灵就算达到它的长征的归宿，一滴水归原到大海，一个灵魂归原到上帝，柏拉图的这个思想支配了古代哲学，也支配了中世纪基督教的神学。

柏拉图的高足弟子亚里士多德在《伦理学》里想矫正师说，却终于达到同样的结论。人生的最高目的是至善，而至善就是幸福。幸福是“生活得好，做得好”。它不只是一种道德的状态，也是一种活动；如果只是一种状态，它可以不产生什么好结果，比如说一个人在睡眠中；唯其是活动，所以它必见于行为。“犹如在奥林匹克运动会中，夺锦标的不是最美最强悍的人，而是实在参加竞争的选手。”从这番话看，亚里士多德似主张人生目的在实际行动。但是在绕了一个大弯子以后，到最后终于说，幸福是“理解的活动”，就是“取观照的形式的那种活动”，因为人之所以为人在他的理解方面，理解是人类最高的活动，也是最持久、最愉快、最无待外求的活动。上帝在假设上是最幸福的，上帝的幸福只能表现于知解，不能表现于行动。所以在观照的幸福中，人类几与神明比肩。说来说去，亚里士多德仍然回到柏拉图的看法：人生的最高目的在看而不在演。

在近代德国哲学中，这看与演的两种人生观也占了很显著的地位。整个宇宙，自大地山河以至于草木鸟兽，在唯心派哲学家看，只是吾人知识的创造品。知识了解了一切，同时就已创造了一切，人的行动当然也包含在内。这就无异于说，世间一切演出的戏都是在看戏人的一看之中成就的，看的重要可不言而喻。叔本华在这一“看”之中找到悲惨人生的解脱。据他说，人生一切苦恼的源泉就在意志——行动的原动力。意志起于需要或缺乏，一个缺乏填起来了，另一个缺乏就又随之而来，所以意志永无餍足的时候。欲望的满足只“像是扔给乞丐的赈济，让他今天赖以过活，使他的苦可以延长到明天”。这意志虽是苦因，却与生俱来，不易消除，唯一的解脱在把它放射为意象，化成看的对象。意志既化成意象，人就可以由受苦的地位移到艺术观照的地位，于是罪孽苦恼变成庄严幽美。“生命和它的形象于是成为飘忽的幻相掠过他的眼前，犹如轻梦掠过朝睡中半醒的眼，真实世界已由它里面照耀出来，它就不再能蒙昧他。”换句话说，人生苦恼起于演，人生解脱在看。尼采把叔本华的这个意思发挥成一个更较具体的形式。他认为人类生来有两种不同的精神，一是日神阿波罗的，一是酒神狄俄倪索斯的。日神高踞奥林波斯峰顶，一切事物借他的光辉而得形象，他凭高静观，世界投影于他的眼帘如同投影于一面镜，他如实吸纳，却恬然不起忧喜。酒神则趁生命最繁盛的时节，酣饮高歌狂舞，在不断的生命跳动中忘去生命的本来注定的苦恼。从此可知日神是观照的象征，酒神是行动的象征。依尼采看，希腊人的最大成就在悲剧，而悲剧就是使酒神的苦痛挣扎投影于日神的慧眼，使灾祸罪孽成为惊心动魄的图画。从希腊悲剧，尼采悟出“从形象得解脱”（redemption through appearance）的道理。世界如果当作行动的场合，就全是罪孽苦恼；如果当作观照的对象，就成为一件庄严的艺术品。

如果我们比较叔本华、尼采的看法和柏拉图、亚里士多德的看法，就可看出古希腊人与近代德国人的结论相同，就是人生最高目的在观照；不过着重点微有移动，希腊人的是哲学家的观照，而近代德国人的是艺术家的观照。哲学家的观照以真为对象，艺术家的观照以美为对象。不过这也是粗略的区分。观照到了极境，真也就是美，美也就是真，如诗人济慈所说的，所以柏拉图的心灵精进在最后阶段所见到的“绝对美”就是他所谓“理式”（idea）或真实界（reality）。

宗教本重修行，理应把人生究竟摆在演而不摆在看，但是事实上世界几个大宗教没有一个不把观照看成修行的不二法门。最显著的当然是佛教。在佛教看，人生根本孽是贪、嗔、痴。痴又叫作“无明”。这三孽之中，无明是最根本的，因为无明，才执着法与我，把幻相看成真实，把根尘当作我有，于是有贪、有嗔，陷于生死永劫。所以人生究竟解脱在破除无明以及它连带的法我执。破除无明的方法是六波罗蜜（意谓“度”，“到彼岸”，就是“度到涅槃的岸”），其中初四——布施、持戒、忍辱、精进——在表面上似侧重行，其实不过是最后两个阶段——禅定、智慧——的预备，到了禅定的境界，“止观双运”，于是就起智慧，看清万事万物的真相，断除一切孽障执着，到涅槃（圆寂），证真如，功德就圆满了。佛家把这种智慧叫作“大圆镜智”，《佛地经论》做这样解释：

如圆镜极善摩莹，鉴净无垢，光明遍照；如是如来大圆镜智于佛智上一切烦恼所知障垢永出离故，极善摩莹；为依止定所摄持故，鉴净无垢；作诸众生利乐事故，光明遍照。

如圆镜上非一众多诸影像起，而圆镜上无诸影象，而此圆镜无动无作；如是如来圆镜智上非一众多诸智影起，圆镜智上无诸智影，而此智镜无动无作。

这譬喻很可以和尼采所说的阿波罗精神对照，也很可以见出大乘佛家的人生理想与柏拉图的学说不谋而合。人要把心磨成一片大圆镜，光明普照，而自身却无动无作。

佛教在中国，成就最大的一宗是天台，最流行的一宗是净土。天台宗的要义在止观，净土宗的要义在念佛往生，都是在观照上做修持的功夫。所谓“止观”就是静坐摄心入定，默观佛法与佛相；净土则偏重念佛名，观佛相，以为如此即可往生西方极乐世界（所谓“净土”）。依《文殊般若经》说：

若善男子善女子，应在空间处，舍诸乱意，随佛方所，端身正向，不取相貌，系心一佛，专称名字，念无休息，即是念中，能见过现未来三世诸佛。

这种凝神观照往往产生中世纪基督教徒所谓“灵见”（visions），

对象或为佛相，或为庄严宝塔，或为极乐世界。佛家往往用文字把他们的“灵见”表现成想象丰富的艺术作品，像《无量寿经》《阿弥陀经》之类作品大抵都是这样产生出来的。往生净土是他们的最后目的，其实这净土仍是心中幻影，所谓往生仍是在观照中成就，不一定在地理上有一种搬迁。

这一切在基督教中都可以找到它的类似。耶稣自己，像释迦一样，是经过一个长期静坐默想而后证道的。“天国就在你自己心里”，这句话也有唤醒人返求诸心的倾向。不过早期的神父要和极艰窘的环境奋斗，精力大半耗于奔走布道和避免残杀。到了3世纪以后，基督教的神学逐渐与希腊哲学合流，形成所谓“新柏拉图派”的神秘主义，于是观照成为修行的要诀。依这派的学说，人的灵魂原与上帝一体，没有肉体感官的障碍，所以能观照永恒真理。投生以后，它就依附了肉体，就有欲也就有障。人在灵方面仍近于神，在肉方面则近于兽，肉是一切罪孽的根源，灵才是人的真性。所以修行在以灵制欲，在离开感官的生活而凝神于思想与观照，由是脱尽尘障，在一种极乐的魂游（ecstasy）中回到上帝的怀里，重新和他成为一体。中世纪神学家把“知”看成心灵的特殊功能，唯一的人神沟通的桥梁。“知”有三个等级：感觉（cognitio）、思考（medtiatio）和观照（contemplatio）。观照是最高的阶段，它不但不要假道于感觉，也无须用概念的思考，它是感觉和思考所不能跻攀的知的胜境，一种直觉，一种神佑的大彻大悟。只有借这观照，人才能得到所谓“神福的灵见”（beatific vision），见到上帝，回到上帝，永远安息在上帝里面。达到这种“神福的灵见”，一个基督徒就算达到人生的最高理想。

这种哲学或神学的基础，加上中世纪的社会扰乱，酿成寺院的虔修制度。现世既然恶浊，要避免它的熏染，僧侣于是隐到与人世隔绝的寺院里，苦行持戒，默想现世的罪孽、来世的希望和上帝的博大仁慈。他们的经验恰和佛教徒的一样，由于高度的自催眠作用，默想果然产生了许多“灵见”：地狱的厉鬼，净界的烈焰，天堂的神仙的福境，都活灵活现地现在他们的凝神默索的眼前。这些“灵见”写成书，绘成画，刻成雕像，就成中世纪的灿烂辉煌的文学与艺术。在意大利，成就尤其烜赫。但丁的《神曲》就是无数“灵见”之一，它可以看成基督教的《阿弥陀经》。

我们只举佛、基督两教做代表就够了。道教本着长生久视的主旨，后来又沿袭了许多佛教的虔修秘诀。总之，在较显著的宗教中，或是因为特重心灵的知的活动，或是寄希望于比现世远较完美的另一世界，人生的最高理想都不摆在现世的行动而摆在另一世界的观照。宗教的基本精神在看而不在演。

最后，谈到文艺，它是人生世相的返照，离开观照，就不能有它的生存。文艺说来很简单，它是情趣与意象的融会，作者寓情于景，读者因景生情。比如说，“昔我往矣，杨柳依依，今我来思，雨雪霏霏”一章诗写出一串意象、一幅景致、一幕戏剧动态。有形可见者只此，但是作者本心要说的却不只此，他主要是表现一种时序变迁的感慨。这感慨在这章诗里虽未明白说出而却胜于明白说出；它没有现身而却无可否认地是在那里。这事细想起来，真是一个奇迹。情感是内在的、属我的、主观的、热烈的，变动不居，可体验而不可直接描绘的；意象是外在的、属物的、客观的、冷静的，成形即常住，可直接描绘而却不必使任何人都可借以有所体验的。如果借用尼采的譬喻来说，情感是狄俄倪索斯的活动，意象是阿波罗的观照；所以不仅在悲剧里（如尼采所说的），在一切文艺作品里，我们都可以见出狄俄倪索斯的活动投影于阿波罗的观照，见出两极端冲突的调和，相反者的同一。但是在这种调和与同一中，占有优势与决定性的倒不是狄俄倪索斯而是阿波罗，是狄俄倪索斯沉没到阿波罗里面，而不是阿波罗沉没到狄俄倪索斯里面。所以我们尽管有丰富的人生经验，有深刻的情感，若是止于此，我们还是站在艺术的门外，要升堂入室，这些经验与情感必须经过阿波罗的光辉照耀，必须成为观照的对象。由于这个道理，观照（这其实就是想象，也就是直觉）是文艺的灵魂；也由于这个道理，诗人和艺术家们也往往以观照为人生的归宿。我们试想一想：

目送飞鸿，手挥五弦，俯仰自得，游心太玄。

——嵇康

仰视碧天际，俯瞰渌水滨。寥阒无涯观，寓目理自陈。大矣造化工，万殊莫不均。群籁虽参差，适我无非新。

——王羲之

采菊东篱下，悠然见南山。山气日夕佳，飞鸟相与还。此中有真意，欲辨已忘言。

——陶潜

侧身天地长怀古，独立苍茫自咏诗。

——杜甫

从诸诗所表现的胸襟气度与理想，就可以明白诗人与艺术家如何在静观默玩中得到人生的最高乐趣。

就西方文艺来说，有三部名著可以代表西方人生观的演变：在古代是柏拉图的《会饮》，在中世纪是但丁的《神曲》，在近代是歌德的《浮士德》。《会饮》如上文已经说过的，是心灵的审美教育方案；这教育的历程是由感觉经理智到慧解，由殊相到共相，由现象到本体，由时空限制到超时空限制；它的终结是在沉静的观照中得到豁然大悟，以及个体心灵与弥漫宇宙的整一的纯粹的大心灵合德同流。由古希腊到中世纪，这个人生理想没有经过重大的变迁，只是加上基督教神学的渲染。《神曲》在表面上只是一部游记，但丁叙述自己游历地狱、净界与天堂的所见所闻；但是骨子里它是一部寓言，叙述心灵由罪孽经忏悔到解脱的经过，但丁自己就象征心灵，三界只是心灵的三种状态，地狱是罪孽状态，净界是忏悔洗刷状态，天堂是得解脱蒙神福状态。心灵逐步前进，就是逐步超升，到了最高天，它看见玫瑰宝座中坐的诸圣诸仙，看见圣母，最后看见了上帝自己。在这“神福的灵见”里，但丁（或者说心灵）得到最后的归宿，他“超脱”了，归到上帝怀里了，《神曲》于是终止。这种理想大体上仍是柏拉图的，所不同者柏拉图的上帝是“理式”，绝对真实界本体，无形无体的超时超空的普运周流的大灵魂；而但丁则与中世纪神学家们一样，多少把上帝当作一个人去想：他糅合神性与人性于一体，有如耶稣。

从但丁糅合柏拉图哲学与基督教神学，把人生的归宿定为“神福的灵见”以后，过了五百年到近代，人生究竟问题又成为思辨的中心，而大诗人歌德代表近代人给了一个彻底不同的答案。就人生理想来说，《浮士德》代表西方思潮的一个极大的转变。但丁所要解脱的是象征情欲的三猛兽和象征愚昧的黑树林。到浮士德，情境就变了，他所要解脱的不是愚昧而是使他觉得腻味的丰富的知识。理智的观照引起他的心灵的烦躁不安。“物极思返”，浮士德于是由一位闭户埋头的书生变成一位与厉鬼定卖魂约的冒险者，由沉静的观照跳到热烈而近于荒唐的行动。在《神曲》里，象征信仰与天恩的贝雅特里齐，在《浮士德》里于是变成天真而却蒙昧无知的玛嘉丽特。在《神曲》里是“神福的灵见”，在《浮士德》里于是变成“狂飙突进”。阿波罗退隐了，狄俄倪索斯于是横行无忌。经过许多放纵不羁的冒险行动以后，浮士德的顽强的意志也终于得到净化，而净化的原动力却不是观照，而是一种有道德意义的行动。他最后的成就也就是他最高的理想的实现，从大海争来一片陆地，把它垦成沃壤，使它效用于人类社会。这理想可以叫作“自然的征服”。

浮士德的精神真正是近代的精神，它表现于一些睥睨一世的雄才怪杰，表现于一些掀天动地的历史事变。各时代都有它的哲学辩护它的活动，在近代，尼采的超人主义唤起许多癫狂者的野心，扬谛理（Gentile）的“为行动而行动”的哲学替法西斯的横行奠定了理论的基础。

这真是一个大旋转。从前人恭维一个人，说“他是一个肯用心的人”（a thoughtful man），现在却说“他是一个活动分子”（an active man）。这旋转是向好还是向坏呢？爱下道德判断的人们不免起这个疑问。答案似难一致。自幸生在这个大时代的“活动分子”会赞叹现代生命力的旺盛。而“肯用心的人”或不免忧虑信任盲目冲动的危险。这种见解的分歧在骨子里与文艺方面古典与浪漫的争执是一致的。古典派要求意象的完美，浪漫派要求情感的丰富，还是冷静与热烈动荡的分别。文艺批评家们说，这分别是粗浅而村俗的，第一流文艺作品必定同时是古典的与浪漫的，必定是丰富的情感表现于完美的意象。把这见解应用到人生方面，显然的结论是：理想的人生是由知而行，由看而演，由观照而行动。这其实是一个老结论。苏格拉底的“知识即德行”，孔子的“自明诚”，王阳明的“知行合一”，意义原来都是如此。但是这还是侧重行动的看法。止于知犹未足，要本所知去行，才算功德圆满。这正犹如尼采在表面上说明了日神与酒神两种精神的融合，实际上仍是以酒神精神沉没于日神精神，以行动投影于观照。所以说来说去，人生理想还是只有两个，不是看，就是演。知行合一说仍以演为归宿，日神酒神融合说仍以看为归宿。

近代意大利哲学家克罗齐另有一个看法，他把人类心灵活动分为知解（艺术的直觉与科学的思考）与实行（经济的活动与道德的活动）两大阶段，以为实行必据知解，而知解却可独立自足。一个人可以终止于艺术家，实现美的价值；可以终止于思想家，实现真的价值；可以终止于经济政治家，实现用的价值，也可以终止于道德家，实现善的价值。这四种人的活动在心灵进展次第上虽是一层高似一层，却各有千秋，各能实现人生价值的某一面。

这就是说，看与演都可以成为人生的归宿。

这看法容许各人依自己的性之所近而抉择自己的人生理想，我以为是一个极合理的看法。人生理想往往决定于各个人的性格。最聪明的办法是让生来善看戏的人们去看戏，生来善演戏的人们来演戏。上帝造人，原来就不只是用一个模型。近代心理学家对于人类原型的分别已经得到许多有意义的发现，很可以做解决本问题的参考。最显著的是荣格（Jung）的“内倾”与“外倾”的分别。内倾者（introvert）倾心力向内，重视自我的价值，好孤寂，喜默想，无意在外物界发动变化；外倾者（extrovert）倾心力向外，重视外界事物的价值，好社交，喜活动，常要在外物界起变化而无暇返观默省。简括地说，内倾者生来爱看戏，外倾者生来爱演戏。

人生来既有这种类型的分别，人生理想既大半受性格决定，生来爱看戏的以看为人生归宿，生来爱演戏的以演为人生归宿，就是理所当然的事了。双方各有乐趣，各是人生的实现，我们各不妨阿其所好，正不必强分高下，或是勉强一切人都走一条路。人性不只是一样，理想不只是一个，才见得这世界的恢阔和人生的丰富。犬儒派哲学家第欧根尼（Diogenes）静坐在一个木桶里默想，勋名盖世的亚力山大大帝慕名去访他，他在桶里坐着不动。客人介绍自己说：“我是亚力山大大帝。”他回答说：“我是犬儒第欧根尼。”客人问：“我有什么可以帮你的吗？”他回答：“只请你站开些，不要挡着太阳光。”这样就匆匆了结一个有名的会晤。亚力山大大帝觉得这犬儒甚可羡慕，向人说过一句心里话：“如果我不是亚力山大，我很愿做第欧根尼。”无如他是亚力山大，这是一件前生注定丝毫不能改动的事，他不能做第欧根尼。这是他的悲剧，也是一切人所同有的悲剧。但是这亚力山大究竟是一个了不起的人物，是亚力山大而能见到做第欧根尼的好处。比起他来，第欧根尼要低一层。“不要挡着太阳光！”那句话含着几多自满与骄傲，也含着几多偏见与狭量啊！

要较量看戏与演戏的长短，我们如果专请教于书本，就很难得公平。我们要记得：柏拉图、庄子、释迦、耶稣、但丁……这些人都是看戏人，所以留下一些话来都是袒护看戏的人生观。此外还有更多的人，像秦始皇、大流士、亚力山大、忽必烈、拿破仑，以及无数开山凿河、垦地航海的无名英雄毕生都在忙演戏，他们的人生哲学表现在他们的生活，所以不曾留下话来辩护演戏的人生观。他们是忠实于自己的性格，如果留下话来，他们也就势必变成看戏人了。据说罗兰夫人上了断头台，才向往有一支笔可以写出她的临终感想。我们固然希望能读到这位女革命家的自供，可其实这是多余的。整部历史，这一部轰轰烈烈的戏，不就是演戏人们的最雄辩的供状吗？

英国散文家史蒂文森（R. L. Stevenson）在一篇叫作《步行》的小品文里有一段话说得很美，可惜我的译笔不能传出那话的风味，它的大意是：

> 我们这样匆匆忙忙地做事，写东西，挣财产，想在永恒时间的嘲笑的静默中有一刹那使我们的声音让人可以听见，我们竟忘掉一件大事，在这件大事之中这些事只是细目，那

就是生活。我们钟情、痛饮，在地面来去匆匆，像一群受惊的羊。可是你得问问你自己：在一切完了之后，你原来如果坐在家里炉旁快快活活地想着，是否比较更好些。静坐着默想——记起女子们的面孔而不起欲念，想到人们的丰功伟业，快意而不羡慕，对一切事物和一切地方有同情的了解，而却安心留在你所在的地方和身份——这不是同时懂得智慧和德行，不是和幸福住在一起吗？说到究竟，能拿出会游行来开心的并不是那些扛旗子游行的人们，而是那些坐在房子里眺望的人们。

这也是一番袒护看戏的话。我们很能了解史蒂文森的聪明的打算，而且心悦诚服地随他站在一条线上——我们这批袖手旁观的人们。但是我们看了那出会游行而开心之后，也要深心感激那些扛旗子的人们。假如他们也都坐在房子里眺望，世间还有什么戏可看呢？并且，他们不是也在开心么？你难道能否认？

第四辑

从容生活，温柔处世

人生本来有许多矛盾的现象，自视愈大者胸襟愈小，自视愈小者胸襟愈大。这种矛盾起于对人生理想所悬的标准高低。标准悬得愈低，愈易自满；标准悬得愈高，愈自觉不足。

消除烦闷与超脱现实

王君光祈在本志《学生生活号》发表的《中国人之生活颠倒》那篇文章，把青年烦闷之最大原因，可算说得透辟极了。不过王君的娓娓动听的文笔很遮盖一些美中不足。人生各时期有各时期的嗜好，要有机会自由发展，免得斫丧生机。这话固然含有至理，但是假使吾人都能及时行乐，不致有“过时之感”，世间便可以没有烦闷苦恼吗？在王君的意见，欧洲人无论男女老幼都及时行乐，所以他们的生活最愉快。但是我们研究欧洲近代文学，似乎觉得欧洲人心窝里也还有许多忧愁愤懑。罗素到中国看见农夫走贩，和寺庙里罗汉菩萨一样，都满面带着笑容，以为中国人是最能快乐的一个民族，非欧洲人梦想所能及。从这点看起来，各人自己的苦乐，只有各人自己心里晓得。我们不能假定欧洲人没有过时之感，所以就没有烦闷；而推论到烦闷的原因完全由于过时之感，只要及时行乐，便不会有烦闷。

理想上可然的事情，没有限制，事实上竟然的事情，就要受环境的因果律支配。欲望跟着理想走，是一件随时伸缩不可餍足的东西，背着太阳走路，影子比身子总要前一步。欲望和行乐的关系，也很像影子和身子。你今天及时行乐吗？你的欲望已跑前一步了。假使明天有机会餍足今天的欲望，后天又有机会餍足明天的欲望，如此辗转下去，有求必应；那么，烦闷自无从发生，王君的原理，自然可以成天经地义。但是世事不尽由人算。实际上我们许多的梦想，到底都石沉云散归于乌有。欲望不餍足，就是失望的代名词；失望又可以说是烦闷的代名词。那么，因为乐到这步田地，望到那步田地，失望便烦闷；我们可以说，今天行乐便种下明天烦闷的种子。这样凭空说话，人家或者要骂我玄之又玄。现在说一个具体的例子。吃早饭没中饭的穷措大，看见别人食前方丈，便以为到了这步田地，就尽了人生之乐事了。但是他既然狂饮大嚼，看见坐高车驱驷马的人，又想那个人何等阔绰！他自己还没有尝过这种滋味咧！不多会儿，他有马车坐了，又想没有一个很亲爱的很美貌的妻子，人生究竟还没有真正的乐趣。好了，他现在有了妻子了。伉俪间遐情逸致，南面王也不能易其乐呀！可是过了几年，姣且好者变成老而丑了。他又想，“唉！这究竟还不是我的理想的至乐。”以前希望一件就有一件，尚不免有些儿无聊赖。倘若希望这件，得不了这件，希望那件，得不了那件，生活不更加干燥无味，不更加惹人烦闷吗？实际上失望比得意似乎较普通一点儿。照我们的理想，世界应该不仅是如此如此。然而现实偏偏不由人算，走他自己的路。感情冷淡的人对于这般情景，还不觉得什么无可奈何，至多不过叹口气说，“天实为之，于人何尤！”于是就这样了事。可是在富于感情的人看他们亲爱的梦想都不能实现，便有些儿不服气。现实比冰还冷，比铁还硬，哪管你服气不服气哟？现实越发不如人期望，人生就越发干燥无味。于是失望，丧气，悲观厌世……都蜂拥而来了。总而言之，烦闷生于不能调和理想和现实的冲突。

少年气盛的人总说："什么烦闷呀，什么调和理想与现实的冲突呀，都是懦夫口里说的话。因为社会黑暗，环境困难，我们才不虚生。不然，我们生在世间就专为过太平日子吗？别的人尽管烦闷，我呢，决不屑失望和悲观。我以为人生任务只有奋斗，奋斗到征服环境为止。"我也是极端主张和环境奋斗的一个小卒，可是我同时也相信环境是极不容易征服的。

你看这一阵和环境奋斗过的人！他们面目上毫没有温热气和闪烁的光彩了。或者他们的头脑中也不复有什么高尚的意志和坚强的决心了吧！殷仲堪有一天在园里看见一棵枯树，便深深叹一口气说："此树婆娑，生意尽矣！物犹如此，人何以堪？"看见没生气的冷冰的行尸走肉，怎不叫人作同样的感想！但是，我们如何能瞧他们不起。十年前他们也和你和我一样，也很兴会淋漓地用热心毅力去干事，也很有百折不挠的气概咧，不过现在环境把他们征服了罢了。

你再看这一阵和环境奋斗过的人！他们看见世事一天坏似一天，心里虽然不服气，可是心力俱瘁无可奈何。个个人都在那边愁着眉毛叹气。这个人说，"神州莽莽，阴霾四布。流离浩劫，人间何世！"那个人说，"皇皇大陆，吾人将于何处觅一片干净土耶！"这个人想，像这样活着，倒不如死，还是把万事丢开，投海去吧。那个人想，世事已不堪问，我姑且寄情于醇酒妇人，借以消愁解闷吧！唉！谁晓得这种悲观哲学消磨了几多有用之材哟？但是，我们且慢些去怜惜。他们十年前也像你和我一样，也很抱乐观，也常时说，长夜漫漫，终有时旦，只要精诚贯彻，金石都自然会破裂咧。不过现在环境把他们征服了罢了。

我们说话论事，一方面要顾及当然，一方面也要顾及可然。就当然说，环境要降服，理想才可以实现。但是环境如何可以征服，我们也不可不注意。许多人起初都发愿要征服环境，何以后来大半反为环境征服？我们自然会说，因为他们的精神不能坚持到底。但是，他们的精神何以不能坚持到底？我们可以说，因为他们的精神不能超脱现实。一个人如果只能在现实界活动，现实如果顺遂，他自然可以快乐，但是现实如果使他的活动不成功，而他又没有别条路可以去求慰安，他自然要失望悲观。但是，倘若他的精神能够超脱现实，现实的困难当然不能叫他屈服，因为他还可以在精神界求慰安。现实既然不能屈服他的精神，那么，他自然可以坚持到底和环境奋斗了。

超脱现实的方法也很多。最普通的要算宗教信仰。现世一切苦恼不用说罢！灵魂不灭，来世的天堂快乐还不晓得有多么可爱。现在不过是时间的太仓一粟。我们撑持肉体活着，是一件极偶然的现象。在这个撑持肉体活着一顷间，就有一些儿苦痛，哪值得愁眉蹙额？不错，现世一切奋斗，眼前似乎没有大的效果。但是，我们不必因此失望灰心，我们现在不过是播种子，将来一定有岁物丰成的日子。这些话是极浅近的极普通的宗教信仰。我自己既不是一个教徒，也不敢和打维护科学招牌的人搬唇舌。不过我很忠实地相信纯粹的宗教对于人类，利害相权，还是利多害少。倘若现世的苦乐不能叫普通人趋善避恶而宗教能够做这件事，为什么宁愿普通人做过恶不去信仰宗教？假使大家都觉得现世烦恼，假使宗教可以安慰他们的精神，为什么把烦恼的人逼到山穷水尽，不知去向？我也十分相信宗教原来是一种自欺。可是这究竟根于人性，不可免的。心理学家对我们说过，就是通常所谓理智（Rationization），也大半是自欺的结果，你说宗教靠不住，理智又靠得住吗？人类行为大部分都受感情支配。事前并不很揣摩为什么要这样做。事后追维，才找出一些理由来解释庇护自己的已往举动。这种理由和以往举动或毫无关系，不过姑且拉来自宽怀抱罢了。

在理论上，吾人生活当全然受理性支配，但是在实际上，吾人生活是不受理性支配的。因为无意识和感情在那儿默化潜移，意识的防范实在鞭长不及马腹。所以想养成道德的习惯，与其锻炼理智，不如陶冶感情。宗教也是一种陶冶感情的工具。宗教何以能陶冶感情呢？感情是一件极活泼的东西，如果不得寄托的处所，来自由活动，便会游离不定。感情游离不定，结果就是精神失常，小而烦闷，大而疯癫。宗教的长处，就在能把游离不定的感情引到一个安顿的地方。这种陶淑作用（Sublimation），弗洛伊德（Freud）和荣格（Jung）一派的心理学家说得非常透辟，我在这里也无须多话。不过添一句话代宗教辩护：托尔斯泰、甘地一流的人物，如果没有宗教做他们的精神元素，他们的生活决不像那样可爱，那样能感发兴起；犹太和阿拉伯两个民族，如果没有宗教做团结的线索，他们已经早当让极艰苦的环境征服了。

这番话谈给科学成见很深的人听，或者不能叫他们相信。那么，他们如果想解除烦闷，就要在美术中寻慰情剂，因为美术也很能使人超脱现实的。美术何以使人能超脱现实呢？一、就创作美术的人说，美术虽借现实做资料，但是对于资料的应用支配，美术家能够本自己的创造理想，伸缩自由。在现实范围里说话，空中决计不能起楼阁。美术便没有这种限制。所以现实界不能实现的理想，在美术中可以有机会实现。二、就欣赏美术的人说，美术能引起快感，而同时又不会激动进一步的欲望；一方面给心灵以自由活动的机会，一方面又不为实用目的所扰。譬如在实际上看见一个美人，占有欲就蠢蠢欲动。但是看雷阿那多·达·芬奇画的《蒙娜丽莎》，如果曾经受过美术的陶冶，那时心神只像烟笼寒水迷离恍惚，把世界上一切悲欢苦乐遗忘净尽了，还有什么欲望？我有一次劝一个学数理的朋友偷暇学一点文学，或者他的心绪不像那样干枯烦躁；他说，“写实派文学把黑暗世界越发写得黑暗，读这种文学不叫人更悲观吗？”我虽然觉得我生平所经过的极乐心境，是在深夜读含有悲剧元素的文字；但是我那时不能对这位朋友解释这种心理作用，所以我的朋友把我的忠告置之一笑就算了。后来读爱宾浩斯（Ebbinghaus）的心理学美术章，才恍然大悟。吾人生机时时刻刻求活动。生机发泄，感觉愉快；生机抑郁，感觉烦闷。所以遇着悲痛，哭一场就消了劲。生机不一定要在现实界才能发泄，美术也是一个极好的发泄生机的尾闾。在美术中发泄生机，所感的快乐比在现实界还更加纯粹深厚，因为没有实用的目的来滋扰。譬如在现实界看见父子三人都被恶蛇捆绞在一起，心里只有恐惧哀矜种种的不快之感。可是欣赏希腊著名雕刻《拉奥孔》（Laocoon），这种哀矜恐惧虽还有若干存在，但是他们都变成愉快的感觉了。这就是因为心里没有实用目的来烦扰。哀矜恐惧两种感情发泄了，然而心目中没有生死存亡的念头，没有逃脱抵抗的打算，所以虽哀矜恐惧而还能十分愉快。普通人在饮食男女名誉权利场合中生机受了挫折，便不知道向他方面求发泄，所以抑郁，所以烦闷。谁肯宣传美术的福音来救济这些无数在苦海中挣扎的失望者呢？

美术不但可以使人超脱现实，还可以使人在现实界领悟天然之美，消受自在之乐。自然界有多少美致，人生有多少妙趣，在粗心浮气的人看，都忽略过去。经美术家一指点，美就确乎是美，妙就确乎是妙。谁没有看过流水？不过在普通人看，流水只是流水罢了，孔子一看到，便叹气说：“逝者如斯夫，不舍昼夜！”这样一指点，滚滚东流的水便含有无限生机，无限悲感。谁没有看见鸟鹊在树林里度日子？陶渊明看见，便推出一种极乐的人生观哲学。“众鸟欣有托，吾亦爱吾庐”两句诗把宇宙写得多么可爱！美术家不但在花明风惠的境界，可以领略鱼跃鸢飞的乐趣，就是在极细微处——甚且在极悲惨处——也能寻出赏心乐事。托尔斯泰是一个最好例子。在他的《战争与和平》里面，那位彼得在牢狱中饥寒交迫，人生之苦，无不备尝。但是他一天看见天上月明如水，牢狱四围的园林山谷都空潆澄澈，一望无际，他就恍然觉悟人生的至乐，不是环境可以磨灭的。在他的《神在爱所在》那篇小说里，一个极穷苦的鞋匠梦见上帝要到他家里来，从天早候到天晚，只有一个扫雪的苦工来分他房子里的暖气，和一个抱着呱呱哭的孩子的丐妇来分他的几粒豆饭。他就因而觉悟神在爱所在的道理，心里便二十四分的畅快。这不过是偶尔想出来的几个例子。其实我所见到的何及恒河一粒沙哟！我相信人肯受美术陶冶，世界和人生决不至干燥无味。烦闷无形消灭，自然不消说了。

除宗教家和美术家以外，最能超脱现实的要算是婴儿。他们高起兴来，就结队搬砖弄瓦呀，捉迷藏呀……玩得不公平，便打一个痛快架，打痛了，便索性地哭一场。哭过了，就揩干眼泪，开笑脸再去做别的玩意。他们天真烂漫，完全趁着一时的兴会做事，绝对不瞻前顾后，所以他们生活最愉快。人生快乐倘若想完备，一定要保存一点儿孩子气，这种孩子气应用非常之广。孔子有天问弟子的志愿，许多人都说一些什么兴邦治国。曾点一个人却说：“春服既成，冠者五六人，童子六七人，浴乎沂，风乎舞雩，咏而归。”孔子听过，便不迟疑地宣布“吾与点也”。曾点的长处就在能保一种天真烂漫的孩子气。孔子称许他，或则也因为“大人者无失其赤子之心”吧。王徽之的故事也是一个好例子。有晚雪后初晴，月亮照得非常光澈。他忽然想到他的朋友处谈谈心，立刻间他就撑只小船去了。不多会儿到他朋友的门口了，他忽然地又抽身转去。人问他的缘故，他说：我“乘兴而来，兴尽而返”。何足为奇？像这一流人物才晓得人生在世，怎样才能怡情养性，无沾无碍咧！有些人或者骂这种习惯带着臭名士气。他们自然也许有他们的高见。不过我想这种天真烂漫无沾无碍的气象倘若不用到过分，实在对于精神的卫生有许多裨益。人的精力无论属于精神方面或者身体方面，都有一个限度。譬如弓弦，拉到满引的时候，倘若不放松一点儿，怎么可以再加力？纵使再加力，怎么能不崩折？普通人无论何时何地，都一样地认真到底，不能稍稍放肆一点儿。所以容易倦怠，容易灰心。孩儿气的好处就在有时使人偶尔把现实的重载卸在旁边，让心灵偷点空儿休息，好预备再出力。

这三个方法，我个人认为可以超脱现实，解除烦闷。别人——科学家和哲学家——也许在别的地方寻出超脱现实解除烦闷的方法，不过我没有经验，不能说话。我和王君光祈的出发点都是给生机以自由活动的机会。不过王君着重的是人生各时期有各时期的嗜好，要随时餍足。所以王君似乎主张生机只可以在现实界活动；如果现实界活动不成功，便使人生烦闷。我的主张是一种补充的办法。我以为生机不仅可以在现实界活动，如果在现实界受了挫折，不一定使人生烦闷，因为他还可以超脱现实在精神界求慰安。就积极方面说，超脱现实，就是养精蓄锐，为征服环境的预备。就消极方面说，超脱现实，就是消愁遣闷，把乐观，热心，毅力都保持住，不让环境征服。在我国现在状况之下，谁晓得有多少失望者与悲观者？我很惭愧这篇文章不能把超脱现实的道理说得透彻，使他们感发兴起；但是我很希望享受过精神上的至乐的人多用功夫来宣传超脱现实的福音，来救济众生咧。

凡是艺术家都须有一半是诗人，一半是匠人。

谈立志

抗战以前与抗战以来的青年心理有一个很显然的分别：抗战以前，普通青年的心理变态是烦闷；抗战以来，普通青年的心理变态是消沉，烦闷大半起于理想与事实的冲突。在抗战以前，青年对于自己前途有一个理想，要有一个很好的环境求学，再有一个很好的职业做事；对于国家民族也有一个理想，要把侵略的外力打倒，建设一个新的社会秩序。这两种理想在当时都似很不容易实现，于是他们急躁不耐烦，失望，以至于苦闷。抗战发生时，我们民族毅然决然地拼全副力量来抵挡侵略的敌人，青年们都兴奋了一阵，积压许久的郁闷为之一畅。但是这种兴奋到现在似已逐渐冷静下去，国家民族的前途比从前光明，个人求学就业也比从前容易，虽然大家都硬着脖子在吃苦，可是振作的精神似乎很缺乏。在学校的学生们对功课很敷衍，出了学校就职业的人们对事业也很敷衍，对于国家大事和世界政局没有像从前那样关切。这是一个很可忧虑的现象，因为横在我们面前的还有比抗敌更艰难的局面，需要更坚决更沉着的努力来应付，而我们青年现在所表现的精神显然不足以应付这种艰难的局面。

如果换个方式来说，从前的青年人病在志气太大，目前的青年人病在志气太小，甚至于无志气。志气太大，理想过高，事实迎不上头来，结果自然是失望烦闷；志气太小，因循苟且，麻木消沉，结果就必至于堕落。所以我们宁愿青年烦闷，不愿青年消沉。烦闷至少是对于现实的欠缺还有敏感，还可以激起努力；消沉对于现实的欠缺就根本麻木不仁，绝不会引起改善的企图。但是说到究竟，烦闷之于消沉也不过是此胜于彼，烦闷的结果往往是消沉，犹如消沉的结果往往是堕落。目前青年的消沉与前五六年青年的烦闷似不无关系。烦闷是耗费心力的，心力耗费完了，连烦闷也不曾有，那便是消沉。

一个人不会生来就烦闷或消沉的，因为人都有生气，而生气需要发扬，需要活动。有生气而不能发扬，或是活动遇到阻碍，才会烦闷和消沉。烦闷是感觉到困难，消沉是无力征服困难而自甘失败。这两种心理病态都是挫折以后的反应。一个人如果经得起挫折，就不会起这种心理变态。所谓经不起挫折，就是没有决心和勇气，就是意志薄弱。意志薄弱经不起挫折的人往往有一套自宽自解的话，就是把所有的过错都推诿到环境。明明是自己无能，而埋怨环境不允许我显本领；明明是自己甘心做坏人，而埋怨环境不允许我做好人。这其实是懦夫的心理，对于自己全不肯负责任。环境永远不会美满的，万一它生来就美满，人的成就也就无甚价值。人所以可贵，就在他不像猪豚，被饲而肥，他能够不安于污浊的环境，拿力量来改变它、征服它。

普通人的毛病在责人太严，责己太宽，埋怨环境还由于缺乏自省自责的习惯。自己的责任必须自己担当起，成功是我的成功，失败也是我的失败。每个人是他自己的造化主，环境不足畏，犹如命运不足信。我们的民族需要自力更生，我们每个人也是如此。我们的青年必须先有这种觉悟，个人和国家民族的前途才有希望。能责备自己，信赖自己，然后自己才会打出一个江山来。

我们有一句老话："有志者事竟成。"这话说得很好，古今中外在任何方面经过艰苦奋斗而成功的英雄豪杰都可以做例证。志之成就是理想的实现。人为的事实都必基于理想，没有理想绝不能成为人为的事实。譬如登山，先须存念头去登，然后一步一步地走上去，最后才会达到目的地。如果根本不起登的念头，登的事实自无从发生。这是浅例。世间许多行尸走肉浪费了他们的生命，就因为他们对于自己应该做的事不起念头。许多以教育为事业的人根本不起念头去研究，许多以政治为事业的人根本不起念头为国民谋幸福。我们的文化落后、社会紊乱，不就是由于这个极简单的原因么？这就是上文所谓"消沉""无志气"。"有志者事竟成"，无志者事就不成。

不过"有志者事竟成"一句话也很容易发生误解，"志"字有几种意义：一是念头或愿望（wish），一是起一个动作时所存的目的（purpose），一是达到目的的决心（will,determination）。譬如登山，先起登的念头，次要一步一步地走，而这走必步步以登为目的，路也许长，障碍也许多，须抱定决心，不达目的不止，然后登的愿望才可以实现，登的目的才可以达到。“有志者事竟成”的志，须包含这三种意义在内：第一要起念头；其次要认清目的和达到目的之方法；第三是抱必达目的之决心。很显然的，要事之成，其难不在起念头，而在目的之认识与达到目的之决心。

有些人误解立志只是起念头。一个小孩子说他将来要做大总统，一个乞丐说他成了大阔佬要砍他的仇人的脑袋，所谓“癞蛤蟆想吃天鹅肉”，完全不思量达到这种目的所必有的方法或步骤，更不抱定循这方法步骤去达到目的之决心，这只是狂妄，不能算是立志。世间有许多人不肯学乘除加减而想将来做算学的发明家，不学军事学当兵打仗而想将来做大元帅东征西讨，不切实培养学问技术而想将来做革命家改造社会，都是犯这种狂妄的毛病。

如果以起念头为立志，则有志者事竟不成之例甚多。愚公尽可移山，精卫尽可填海，而世间却实有不可能的事情。我们必须承认“不可能”的真实性。所谓“不可能”，就是俗语所谓“没有办法”，没有一个方法和步骤去达到所悬想的目的。没有认清方法和步骤而想达到那个目的，那只是痴想而不是立志，志就是理想，而理想的理想必定是可实现的理想。理想普通有两种意义，一是“可望而不可攀，可幻想而不可实现的完美”，比如许多宗教都以长生不老为人生理想，它成为理想，就因为事实上没有人长生不老。理想的另一意义是“一个问题的最完美的答案”，或是“可能范围以内的最圆满的解决困难的办法”。比如长生不老虽非人力所能达到，而强健却是人力所能达到的，就人的能力范围来说，强健是一个合理的理想。这两种意义的分别在一个蔑视事实条件，一个顾到事实条件，一个渺茫无稽，一个有方法步骤可循。严格地说，前一种是幻想痴想而不是理想，是理想都必顾到事实。在理想与事实起冲突时，错处不在事实而在理想。我们必须接受事实，理想与事实背驰时，我们应该改变理想。坚持一种不合理的理想而至死不变只是匹夫之勇，只是“猪武”。我特别着重这一点，因为有些道德家在盲目地说坚持理想，许多人在盲目地听。

我们固然要立志，同时也要度德量力。卢梭在他的教育名著《爱弥儿》里有一段很透辟的话，大意是说人生幸福起于愿望与能力的平衡。一个人应该从幼时就学会在自己能力范围以内起愿望，想做自己所能做的事，也能做自己所想做的事。这番话出诸浪漫色彩很深的卢梭尤其值得我们玩味。卢梭自己有时想入非非，因此吃过不少的苦头，这番话实在是经验之谈。许多烦闷、许多失败，都起于想做自己所不能做的事，或是不能做自己所想做的事。

志气成就了许多人，志气也毁坏了许多人。既是志，实现必不在目前而在将来。许多人拿立志远大做借口，把目前应做的事延宕贻误。尤其是青年们欢喜在遥远的未来摆一个黄金时代，把希望全寄托在那上面，终日沉醉在迷梦里，让目前宝贵的时光与机会错过，徒贻后日无穷之悔。我自己从前有机会学希腊文和意大利文时，没有下手，买了许多文法读本，心想到四十岁左右时当有闲暇岁月，许我从容自在地自修这些重要的文字，现在四十过了几年了，看来这一生似不能与希腊文和意大利文有缘分了，那箱书籍也恐怕只有摆在那里霉烂了。这只是一例，我生平有许多事叫我追悔，大半都像这样“志在将来”而转眼即空空过去。“延”与“误”永是连在一起，而所谓“志”往往叫我们由“延”而“误”。所谓真正立志，不仅要接受现在的事实，尤其要抓住现在的机会。如果立志要做一件事，那件事的成功尽管在很远的将来，而那件事的发动必须就在目前一顷刻。想到应该做，马上就做，不然，就不必发下一个空头愿。发空头愿成了一个习惯，一个人就会永远在幻想中过活，成就不了任何事业，听说抽鸦片烟的人想头最多，意志力也最薄弱。老是在幻想中过活的人在精神方面颇类似烟鬼。

我在很早的一篇文章里提出我个人做人的信条，现在想起，觉得其中仍有可取之处，现在不妨趁此再提出供读者参考。我把我的信条叫作“三此主义”，就是此身、此时、此地。一、此身应该做而且能够做的事，就得由此身担当起，不推诿给旁人。二、此时应该做而且能够做的事，就得在此时做，不拖延到未来。三、此地（我的地位，我的环境）应该做而且能够做的事，就得在此地做，不推诿到想象中的另一地位去做。

这是一个极现实的主义。本分人做本分事，脚踏实地，丝毫不带一点儿浪漫情调。我相信如果我们能够彻底地照着做，不至于很误事。西谚说得好：“手中的一只鸟，值得林中的两只鸟。”许多“有大志”者往往为着觊觎林中的两只鸟，让手中的一只鸟安然逃脱。

意识到人性的尊严而自尊，意识到自我的渺小而自谦，自尊与自谦合一，于是法天行健，自强不息。

朝抵抗力最大的路径走

我提出这个题目来谈，是根据一点儿亲身的经验。有一个时候，我学过作诗填词。往往一时兴到，我信笔直书，心里想到什么，就写什么，写成了自己读读看，觉得很高兴，自以为还写得不坏，后来我把这些处女作拿给一位精于诗词的朋友看，请他批评。他仔细看了一遍后，很坦白地告诉我说："你的诗词未尝不能做，只是你现在所作的还要不得。"我就问他："毛病在哪里呢？"他说："你的诗词都来得太容易，你没有下过力，你欢喜取巧，显小聪明。"听了这话，我捏了一把冷汗，起初还有些不服，后来对于前人作品多费过一点儿心思，才恍然大悟那位朋友批评我的话真是一语破的。我的毛病确是在没有下过力。我过于相信自然流露，没有知道第一次浮上心头的意思往往不是最好的意思，第一次心头的词句也往往不是最好的词句。意境要经过洗练，表现意境的词句也要经过推敲，才能脱去渣滓，达到精妙境界。洗练推敲要吃苦费力，要朝抵抗力最大的路径走。福楼拜自述写作的辛苦说："写作要超人的意志，而我却只是一个人！"我也有同样感觉，我缺乏超人的意志，不能拼死力往里钻，只朝抵抗力最低的路径走。

这一点儿切身的经验使我受到很深的感触。它是一种失败，然而从这种失败中我得到一个很好的教训。我觉得不但在文艺方面，就在立身处世的任何方面，贪懒取巧都不会有大成就，要有大成就，必定朝抵抗力最大的路径走。

“抵抗力”是物理学上的一个术语。凡物在静止时都本其固有“惰性”而继续静止，要使它动，必须在它身上加“动力”，动力愈大，动愈速愈远。动的路径上不能无抵抗力，凡物的动都朝抵抗力最低的方向。如果抵抗力大于动力，动就会停止，抵抗力纵是低，聚集起来也可以使动力逐渐减少以至于消灭，所以物不能永动，静止后要它续动，必须加以新动力。这是物理学上一个很简单的原理，也可以应用到人生上面。人像一般物质一样，也有惰性，要想他动，也必须有动力。人的动力就是他自己的意志力。意志力愈强，动愈易成功；意志力愈弱，动愈易失败。不过人和一般物质有一个重要的分别：一般物质的动都是被动，使它动的动力是外来的；人的动有时可以是主动，使他动的意志力是自生自发自给自足的。在物的方面，动不能自动地随抵抗力之增加而增加；在人的方面，意志力可以自动地随抵抗力之增加而增加，所以物质永远是朝抵抗力最低的路径走，而人可以朝抵抗力最大的路径走。物的动必终为抵抗力所阻止，而人的动可以不为抵抗力所阻止。

照这样看，人之所以为人，就在能不为最大的抵抗力所压服。我们如果要测量一个人有多少人性，最好的标准就是他对于抵抗力所拿出的抵抗力，换句话说，就是他对于环境困难所表现的意志力。我在上文说过，人可以朝抵抗力最大的路径走，人的动可以不为抵抗力所阻。我说“可以”不说“必定”，因为世间大多数人仍是惰性大于意志力，欢喜朝抵抗力最低的路径走，抵抗力稍大，他就要缴械投降。这种人在事实上失去最高生命的特征，堕落到无生命的物质的水平线上，和死尸一样东推东倒，西推西倒。他们在道德学问事功各方面都绝不会有成就，万一以庸庸得厚福，也是叨天之幸。

人生来是精神所附丽的物质，免不掉物质所常有的惰性。抵抗力最低的路径常是一种引诱，我们还可以说，凡是引诱所以能成为引诱，都因为它是抵抗力最低的路径，最能迎合人的惰性。惰性是我们的仇敌，要克服惰性，我们必须动员坚强的意志力，不怕朝抵抗力最大的路径走。走通了，抵抗力就算被征服，要做的事也就算成功。举一个极简单的例子。在冬天的早晨，你睡在热被窝里很舒适，心里虽知道这应该是起床的时候而你总舍不得起来，你不起来，则顺着惰性，朝抵抗力最低的路径走。被窝的暖和舒适，外面的空气寒冷，多躺一会儿的种种借口，对于起床的动作都是很大的抵抗力，使你觉得起床是一件天大的难事。但是你如果下一个决心，说非起来不可，一耸身你也就起来了。这一起来事情虽小，却表示你对于最大抵抗力的征服，你的企图的成功。

这是一个琐屑的事例，其实世间一切事情都可做如此看法。历史上许多伟大人物所以能有伟大成就者，大半都靠有极坚强的意志力，肯向抵抗力最大的路径走。例如孔子，他是当时一个大学者，门徒很多，如果他贪图个人的舒适，大可以坐在曲阜过他安静的学者的生活。但是他毕生东奔西走，席不暇暖，在陈绝过粮，在匡遇过生命的危险，他那副奔波劳碌栖栖遑遑的样子颇受当时隐者的嗤笑。他为什么要这样呢？就因为他有改革世界的抱负，非达到理想，他不肯甘休。《论语》长沮桀溺章最足见出他的心事。长沮、桀溺二人隐在乡下耕田，孔子叫子路去向他们问路，他们听说是孔子，就告诉子路说："滔滔者天下皆是也，而谁以易之？"意思是说，于今世道到处都是一般糟，谁去理会它，改革它呢？孔子听到这话叹气说："鸟兽不可与同群，吾非斯人之徒与而谁与？天下有道，丘不与易也。"意思是说，我们既是人就应做人所应该做的事；如果世道不糟，我自然就用不着费气力去改革它。孔子平生所说的话，我觉得这几句最沉痛、最伟大。长沮、桀溺看天下无道，就退隐躬耕，是朝抵抗力最低的路径走；孔子看天下无道，就牺牲一切要拼命去改革它，是朝抵抗力最大的路径走。他说得很干脆："天下有道，丘不与易也。"

再如耶稣，从《新约》中四部《福音》看，他的一生都是朝抵抗力最大的路径走。他抛弃父母兄弟，反抗当时旧犹太宗教，攻击当时的社会组织，要在慈爱上建筑一个理想的天国，受尽种种困难艰苦，到最后牺牲了性命，都不肯放弃他的理想。在他的生命史中有一段是一发千钧的危机。他下决心要宣传天国福音后，跑到沙漠里苦修了四十昼夜。据他的门徒的记载，这四十昼夜中他不断地受恶魔引诱。恶魔引诱他去争尘世的威权，去背叛上帝，崇拜恶魔自己。耶稣经过四十昼夜的挣扎，终于拒绝恶魔的引诱，坚定了对于天国的信念。从我们非教徒的观点看，这段恶魔引诱的故事是一个寓言，表示耶稣自己内心的冲突。横在他面前的有两路：一是上帝的路；

一是恶魔的路。走上帝的路要牺牲自己，走恶魔的路他可以握住政权，享受尘世的安富尊荣。经过了四十昼夜的挣扎，他决定了走抵抗力最大的路——上帝的路。

我特别在耶稣生命中提出恶魔引诱的一段故事，因为它很可以说明宋明理学家所说的天理与人欲的冲突。我们一般人尽善尽恶的不多见，性格中往往是天理与人欲杂糅，有上帝也有恶魔，我们的生命史常是一部理与欲、上帝与恶魔的壮举争史。我们常在歧途徘徊，理性告诉我们向东，欲念却引诱我们向西。在这种时候，上帝的势力与恶魔的势力好像摆在天平的两端，见不出谁轻谁重。这是“一发千钧”的时候，“一失足即成千古恨”，一挣扎立即可成圣贤豪杰。如果要上帝的那一端天平沉重一点儿，我们必须在上面加一点儿重量，这重量就是拒绝引诱，克服抵抗力的意志力。有些人在这紧要关头拿不出一点儿意志力，听惰性摆布，轻轻易易地堕落下去，或是所拿的意志力不够坚决，经过一番冲突之后，仍然向恶魔缴械投降。例如洪承畴本是明末一个名臣，原来也很想效忠明朝，恢复河山，清兵入关后，大家都预料他以死殉国，清兵百计劝诱他投降，他原也很想不投降，但是到最后终于抵不住生命的执着与禄位的诱惑，做了明朝的汉奸。再举一个眼前的例子，汪精卫前半生对于民族革命很努力，当这次抗战开始时，他广播演说也很慷慨激昂。谁料到他的利禄熏心，一经敌人引诱，就起了卖国叛党的坏心事。依陶希圣的记载，他在上海时似仍感到良心上的痛苦，如果他拿一点儿意志力，及早回头，或以一死谢国人，也还不失为知过能改的好汉。但是他拿不出一点儿意志力，就认错就错，甘心认贼作父。世间许多人失节败行，都像汪精卫、洪承畴之流，在紧要关头，不肯争一口气，就马马虎虎地朝抵抗力最低的路径走。

这是比较显著的例，其实我们涉身处世，随时随地目前都横着两条路径，一是抵抗力最低的，一是抵抗力最大的。比如当学生，不死心踏地去做学问，只敷衍功课，混分数文凭；毕业后不拿出本领去替社会服务，只奔走巴结，夤缘幸进，以不才而在高位；做事时又不把事当事做，只一味因循苟且，敷衍公事，甚至于贪污淫逸，遇钱即抓，不管它来路正当不正当——这都是放弃抵抗力最大的路径而走抵抗力最低的路径。这种心理如充类至尽，就可以逐渐使一个人堕落。我当穷究目前中国社会腐败的根源，以为一切都由于懒。懒，所以苟且因循敷衍，做事不认真；懒，所以贪小便宜，以不正当的方法解决个人的生计；懒，所以随俗浮沉，一味圆滑，不敢为正义公道奋斗；懒，所以遇引诱即堕落，个人生活无纪律，社会生活无秩序。知识阶级懒，所以文化学术无进展；官吏懒，所以政治不上轨道；一般人都懒，所以整个社会都“吊儿郎当”，暮气沉沉。懒是百恶之源，也就是朝抵抗力最低的路径走。如果要改造中国社会，第一件心理的破坏工作是除懒，第一件心理的建设工作是提倡奋斗精神。

生命就是一种奋斗，不能奋斗，就失去生命的意义与价值；能奋斗，则世间很少有不能征服的困难。古话说得好，“有志者事竟成”。希腊最大的演说家是德摩斯梯尼，他生来口吃，一句话也说不清楚，但他抱定决心要成为一个大演说家。他天天一个人走到海边，向着大海练习演说，到后来居然达到了他的志愿。这个实例阿德勒派心理学家常喜援引。依他们说，人自觉有缺陷，就起“卑劣意识”，自耻不如人，于是心中就起一种“男性的抗议”，自己说我也是人，我不该不如人，我必用我的意志力来弥补天然的缺陷。阿德勒派学者用这种原则解释许多伟大人物的非常成就，例如聋子成为大音乐家，瞎子成为大诗人之类。我觉得一个人的紧要关头在起“卑劣意识”的时候，起“卑劣意识”是知耻，孔子说得好，“知耻近乎勇”。但知耻虽近乎勇而却不是勇。能勇必定有阿德勒派所说的“男性的抗议”。“男性的抗议”就是认清了一条路径上抵抗力最大而仍然勇往直前，百折不挠。许多人虽天天在“卑劣意识”中过活，却永不能发“男性的抗议”，只知怨天尤人，甚至于自己不长进，希望旁人也跟着他不长进，看旁人长进，只怀满肚子醋意。这种人是由知耻回到无耻辱，注定要堕落到十八层地狱，永不超生。

能朝抵抗力最大的路径走，是人的特点。人在能尽量发挥这特点时，就足见出他有富裕的生活力。一个人在少年时常是朝气勃勃，有志气，肯干，觉得世间无不可为之事，天大的困难也不放在眼里。到了年事渐长，受过了一些磨折，他就逐渐变成暮气沉沉，意懒心灰，遇事都苟且因循，得过且过，不肯出一点儿力去奋斗。一个人到了这时候，生活力就已经枯竭，虽是活着，也等于行尸走肉，不能有所作为了。所以一个人如果想奋发有为，最好是趁少年血气方刚的时候，少年时如果能努力，养成一种勇往直前百折不挠的精神，老而益壮，也还是可能的。

一个人的生活力之强弱，以能否朝抵抗力最大的路径为准，一个国家或是一个民族也是如此。这个原则有整个的世界史证明。姑举几个显著的例，西方古代最强悍的民族莫如罗马人，我们现在说到能吃苦肯干，重纪律，好冒险，仍说是“罗马精神”。因其有这种精神，所以罗马人东征西讨，终于统一了欧洲，建立一个庞大的殖民帝国。后来他们从殖民地获得丰富的资源，一般罗马公民都可以坐在家里不动而享受富裕的生活，于是变成骄奢淫逸，无恶不为，一至新兴的“野蛮”民族从欧洲东北角向南侵略，罗马人就毫无抵抗而分崩瓦解。再如满清，他们在入关以前过的是骑猎生活，民性最强悍，很富于吃苦冒险的精神，所以到明末张李之乱社会腐败紊乱时，他们以区区数十万人之力就能入主中夏。可是他们做了皇帝之后，一切皇亲国戚都坐着不动吃皇粮，享大位，过舒服生活，不到三百年，一个新兴民族就变成腐败不堪，辛亥革命起，我们就轻轻易易地把他们推翻了。我们如果要明白一个民族能够堕落到什么地步，最好去看看北平的旗人。

我们中华民族在历史上经过许多波折，从周秦到现在，没有哪一个时代我们不遇到很严重的内忧，也没有哪一个时代我们没有和邻近的民族挣扎，我们爬起来蹶倒，蹶倒了又爬起，如此者已不知若干次。从这简单的史实看，我们民族的生活力确是很强旺，它经过不断的奋斗才维持住它的生存权。这一点祖传的力量是值得我们尊重的。

于今我们又临到严重的关头了。横在我们面前的只有两条路，一是汪精卫和一班汉奸所走的，抵抗力最低的，屈服；一是我们全民族在蒋委员长领导之下所走的，抵抗力最大的，抗战。我相信我们民族的雄厚的生活力能使我们克服一切困难。不过我们也要明白，我们的前途困难还很多，抗战胜利只解决困难的一部分，还有政治、经济、文化、教育各方面的建设工作还需要更大的努力。一直到现在，我们所拿出来的奋斗精神还是不够。因循、苟且、敷衍，种种病象在社会上还是很流行。我们还是有些老朽，我们应该趁早还童。

孟子说：“天将降大任于斯人也，必先苦其心志，劳其筋骨，饿其体肤，空乏其身，行拂乱其所为，所以动心忍性，增益其所不能。”于今我们的时代是“天将降大任于斯人”的时代了，孟子所说的种种磨折，我们正在亲领身受。我希望每个中国人，尤其是青年们，要明白我们的责任，本着大无畏的精神，不顾一切困难，向前迈进。

一切道德上的缺点都可以一言以蔽之曰“懒”。

谈恻隐之心

罗素在《中国问题》里讨论我们民族的性格，指出三个弱点：贪污、怯懦和残忍。他把残忍放在第一位，所说的话最足令人深省："中国人的残忍不免打动每一个盎格鲁撒克逊人。人道的动机使我们尽一分力量来减除九十九分力量所作的过恶，这是他们所没有的。……我在中国时，成千成万的人在饥荒中待毙，人民为着几块钱出卖儿女，卖不出就弄死。白种人很尽了些力去赈荒，而中国人自己出的力却很少，连那很少的还是被贪污吞没。……如果一只狗被汽车轧倒致重伤，过路人十个就有九个站下来笑那可怜的畜牲的哀号。一个普通中国人不会对受苦受难起同情的悲痛，实在他还像觉得它是一个颇愉快的景象。他们的历史和他们的辛亥革命前的刑律可见出他们免不掉故意虐害的冲动。"

我第一次看《中国问题》还是在十几年以前，那时看到这段话心里甚不舒服；现在为大学生选英文读品，把这段话再看了一遍，心里仍是甚不舒服。我虽不是狭义的国家主义者，也觉得心里的一点儿民族自尊心遭受了打击，尤其使我怀惭的是没有办法来辩驳这段话。我们固然可以反诘罗素说：“他们西方人究竟好得几多呢？”可是他似乎预料到这一着，在上一段话终结时，他补充了一句：“话须得说清楚，故意虐害的事情各大国都在所难免，只是它到了什么程度被我们的伪善隐瞒起来了。”他言下似有怪我们竟明目张胆地施行虐害的意味。

罗素的这番话引起我的不安，也引起我由中国民族性的弱点想到普遍人性的弱点。残酷的倾向，似乎不是某一民族所特有的，它是像盲肠一样由原始时代遗留下来的劣根性，还没有被文化洗刷净尽。小孩们大半欢喜虐害昆虫和其他小动物，踏死一堆蚂蚁，满不在意。用生人做陪葬者或是祭典中的牺牲，似不仅限于野蛮民族。罗马人让人和兽相斗相杀，西班牙人让牛和牛相斗相杀，作为一种娱乐来看。中世纪审批异教徒所用的酷刑无奇不有。在战争中人们对于屠杀尤其狂热，杀死几百万生灵如同踏死一堆蚂蚁一样平常，报纸上轻描淡写地记一笔，造成这屠杀记录者且热烈地庆祝一场。就在和平时期，报纸上杀人、起火、翻船、离婚之类不幸的消息也给许多观众以极大的快慰。一位西方作家说过：“揭开文明人的表皮，在里皮里你会发现野蛮人。”据说大哲学家斯宾诺莎的得意的消遣是捉蚊蝇摆在蛛网上看它们被吞食。近代心理学家研究变态心理所表现的种种奇怪的虐害动机如“撒地主义”（sadism），尤足令人毛骨悚然。这类事实引起一部分哲学家，如中国的荀子和英国的霍布斯，推演出“性恶”一个结论。

有些学者对于幸灾乐祸的心理，不以性恶为最终解释而另求原因。最早的学说是自觉安全说。拉丁诗人卢克莱修说："狂风在起波浪时，站在岸上看别人在苦难中挣扎，是一件愉快的事。"这就是中国成语中的"隔岸观火"。卢克莱修以为使我们愉快的并非看见别人的灾祸，而是庆幸自己的安全。霍布斯的学说也很类似。他以为别人痛苦而自己安全，就足见自己比别人高一层，心中有一种光荣之感。苏格兰派哲学家如培恩（Bain）之流以为幸灾乐祸的心理基于权力欲。能给苦痛让别人受，就足显出自己的权力。这几种学说都有一个共同点：就是都假定幸灾乐祸时有一种人我比较，比较之后见出我比人安全，比别人高一层，比别人有权力，所以高兴。

这种比较也许是有的，但是比较的结果也可以发生与幸灾乐祸相反的念头。比如我们在岸上看翻船，也可以忘却自己处在较幸运的地位，而假想自己在船上碰着那些危险的境遇，心中是如何惶恐、焦急、绝望、悲痛。将己心比人心，人的痛苦就变成自己的痛苦。痛苦的程度也许随人而异，而心中总不免有一点儿不安、一点儿感动和一点儿援助的动机。有生之物都有一种同类情感。对于生命都想留恋和维护，凡遇到危害生命的事情都不免恻然感动，无论那生命是否属于自己。生命是整个的有机体，我们每个人是其中一肢一节，这一肢的痛痒引起那一肢的痛痒。这种痛痒相关是极原始的，自然的，普遍的。父母遇着儿女的苦痛，仿佛自身在苦痛。同类相感，不必都如此深切，却都可由此类推。这种同类的痛痒相关就是普通所谓的"同情"，孟子所谓"恻隐之心"。孟子所用的比譬极亲切："今人乍见孺子将入于井，皆有怵惕恻隐之心。"他接着推求原因说："非所以内交于孺子之父母也，非所以要誉于乡党朋友也，非恶其声而然也。"他没有指出正面的原因，但是下结论说："由是观之，无恻隐之心非人也。”他的意思是说恻隐之心并非起于自私的动机，人有恻隐之心只因为人是人，它是组成人性的基本要素。

从此可知遇着旁人受苦难时，心中或是发生幸灾乐祸的心理，或是发生恻隐之心，全在一念之差。一念向此，或一念向彼，都很自然，但在动念的关头，差以毫厘便谬以千里。念头转向幸灾乐祸的一方面去，充类至尽，便欺诈凌虐，屠杀吞并，刀下不留情，睁眼看旁人受苦不伸手援助，甚至落井下石，这样一来，世界便变成冤气弥漫，黑暗无人道的场所；念头转向恻隐一方面去，充类至尽，则四海兄弟，一视同仁，守望相助，疾病相扶持，老有所养，幼有所归，鳏寡孤独者亦可各得其所，这样一来，世界便变成一团和气、其乐融融的场所。野蛮与文化，恶与善，祸与福，生存与死灭的歧路全在这一转念上面，所以这一转念是不能苟且的。

这一转念关系如许重大，而转好转坏又全系在一个刀锋似的关头上，好转与坏转有同样的自然而容易，所以古今中外大思想家和大宗教家，都紧握住这个关头。各派伦理思想尽管在侧轻侧重上有差别，各派宗教尽管在信条仪式上互相悬殊，都着重一个基本德行。孔孟所谓“仁”，释氏所谓“慈悲”，耶稣所谓“爱”，都全是从人类固有的一点恻隐之心出发。他们都看出在临到同类受苦受难的关头上，一着走错，全盘皆输，丢开那一点儿恻隐之心不去培养，一切道德都无基础，人类社会无法维持，而人也就丧失其所以为人的本性。这是人类智慧的一个极平凡而亦极伟大的发见，一切伦理思想，一切宗教，都基于这点发见。这也就是说，恻隐之心是人类文化的泉源。

如果幸灾乐祸的心理起于人我的比较，恻隐之心更是如此，虽然这种比较不必尽浮到意识里面来。儒家所谓“推己及物”“举斯心加诸彼”“己所不欲，勿施于人”，都是指这种比较。所以“仁”与“恕”是一贯的，不能“恕”绝不能“仁”。“恕”须假定知己知彼，假定对于人性的了解。小孩虐待弱小动物，说他们残酷，不如说他们无知，他们根本没有动物能痛苦的观念。许多成人残酷，也大半由于感觉迟钝，想象平凡，心眼窄所以心肠硬。这固然要归咎于天性薄，风俗习惯的濡染和教育的熏陶也有关系。函人唯恐伤人，矢人唯恐不伤人，职业习惯的影响于此可见。希腊盛行奴隶制度，大哲学家如柏拉图、亚里士多德都不以为非；在战争的狂热中，基督教徒祷祝上帝歼灭同奉基督教的敌国，风气的影响于此可见。善人为邦百年，才可以胜残去杀，习惯与风俗既成，要很大的教育力量，才可挽回转来。在近代生活竞争剧烈，战争为解决纠纷要径，而道德与宗教的势力日就衰颓的情况之下，恻隐之心被摧残比被培养的机会较多。人们如果不反省痛改，人类前途将日趋于黑暗，这是一个极可危惧的现象。

凡是事实，无论它如何不合理，往往都有一套理论替它辩护。有战争屠杀就有辩护战争屠杀的哲学。恻隐之心本是人道基本，在事实上摧残它的人固然很多，在理论上攻击它的人亦复不少。柏拉图在《理想国》里攻击戏剧，就因为它能引起哀怜的情绪，他以为对人起哀怜，就会对自己起哀怜，对自己起哀怜，就是缺乏丈夫气，容易流于怯懦和感伤。近代德国一派唯我主义的哲学家如斯蒂纳（Sterner）、尼采之流，更明目张胆地主张人应尽量扩张权力欲，专为自己不为旁人，恻隐仁慈只是弱者的德操。弱者应该灭亡，而且我们应促成他们灭亡。尼采痛恨无政府主义者和耶稣教徒，说他们都迷信恻隐仁慈，力求妨碍个人的进展。这种超人主义酿成近代德国的武力主义。在崇拜武力侵略者的心目中，恻隐之心只是妇人之仁，有了它心肠就会软弱，对弱者与不康健者（兼指物质的与精神的）持姑息态度，做不出英雄事业来。哲学上的超人主义在科学上的进化主义又得一个有力的助手。在达尔文一派生物学家看，这世界只是一个生存竞争的战场，优胜劣败，弱肉强食，就是这战场中的公理。这种物竞说充类至尽，自然也就不能容许恻隐之心的存在。因为生存需要斗争，而斗争即须拼到你死我活，能够叫旁人死而自己活着的就是“最适者”。老弱孤寡、疲癃残疾以及其他一切灾祸的牺牲者照理应归淘汰。向他们表示同情，援助他们，便是让最不适者生存，违反自然的铁律。

恻隐之心还另有一点引起许多人的怀疑。它的最高度的发展是悲天悯人，对象不仅是某人某物，而是全体有生之伦。生命中苦痛多于快乐，罪恶多于善行，祸多于福，事实常追不上理想。这是事实，而这事实在一般敏感者的心中所生的反响是根本对于人生的悲悯。悲悯理应引起救济的动机，而事实上人力不尽能战胜自然，已成的可悲悯的局面不易一手推翻，于是悲悯者变成悲剧中的主角，于失败之余，往往被逼向两种不甚康健的路上去，一是感伤愤慨，遗世绝俗，如屈原一派人；一是看空一切，徒做未来世界或另一世界的幻梦，如一般厌世出家的和尚。这两种倾向有时自然可以合流，近代许多文学作品可以见出这些倾向。比如哈代（T.Hardy）的小说、豪斯曼（A.E.Housman）的诗，都带着极深的哀怜情绪，同时也带着极浓的悲观色彩。许多人不满意于恻隐之心，也许是因为它有时会发生这种不康健的影响。

恻隐之心有时使人软弱怯懦，也有时使人悲观厌世，这或许都是事实，但是恻隐之心并没有产生怯懦和悲观的必然性。波斯大帝泽克西斯（Xerxes）率百万大军西征希腊，站在桥头望台上看他的军队走过赫勒斯滂海峡，回头向他的叔父说："想到人寿短促，百年之后，这大军之中没有一个人还活着，我心里突然感到一阵怜悯。"但是这一阵怜悯并没有打消他征服希腊的雄图。屠格涅夫在一首散文诗里写一只老麻雀牺牲性命去从猎犬口里救落巢的雏鸟。那首诗里充满着恻隐之心，同时也充满着极大的勇气，令人起雄伟之感。孔子说得好："仁者必有勇。"古今伟大人物的生平大半都能证明真正敢作敢为的人往往是富于同类情感的。菩萨心肠与英雄气骨常有连带关系。最好的例是释迦。他未尝无人世空虚之感，但不因此打消救济人类世界的热望。"我不入地狱，谁入地狱！"这是何等的悲悯！同时，这是何等的勇气。孔子是另一个好例。他也明知"滔滔者天下皆是"，但是"知其不可为而为之"。"鸟兽不可与同群，吾非斯人之徒之与而谁与？天下有道，丘不与易也。"这是何等的悲悯！同时，这是何等的勇气！世间勇于做淑世企图的人，无论是哲学家、宗教家或社会革命家，都有一片极深挚的悲悯心肠在驱遣他们，时时提起他们的勇气。

现在回到本文开始时所引的罗素的一段话。他说："人道的动机使我们尽一分力量来灭除其余九十九分力量所作的过恶，这是他们（中国人）所没有的。"这话似无可辩驳，但是我以为我们缺乏恻隐之心，倒不仅在遇饥荒不赈济，穷来卖儿女做奴隶，看到颠沛无告的人掩鼻而过之类的事情，而尤在许多人看到整个社会日趋于险境，不肯做一点儿挽救的企图。教育家们睁着眼睛看青年堕落，政治家们睁着眼睛看社会秩序紊乱，富商大贾睁着眼睛看经济濒危，都漫不在意，仍是各谋各的安富尊荣，有心人会问："这是什么心肝？"如果我们回答说："这心肝缺乏恻隐。"也许有人觉得这话离题太远。其实病原全在这上面。成语中有"麻木不仁"的字样，意义极好，麻木与不仁是连带的。许多人对于社会所露的险象都太麻木，我想这是不能否认的。他们麻木，由于他们不仁（用我们的词语来说，缺乏恻隐之心）。麻木不仁，于是一切都受支配于盲目的自私。这毛病如何救济，大是问题。说来易，做来难。一般人把一切性格上的难问题都推到教育，教育是否有这样万能，我很怀疑。在我想，大灾大乱也许可以催促一部分人的猛省，先哲伦理思想的彻底认识以及佛、耶二教的基本精神的吸收，也许可造成一种力量。无论如何，在建国事业中的心理建设下，培养恻隐之心必定是一个重要的节目。

意识到人性的尊严而自尊，意识到自我的渺小而自谦，自尊与自谦合一，于是法天行健，自强不息。

谈读书

书是读不尽的，就读尽也是无用，许多书都没有一读的价值。多读一本没有价值的书，便丧失可读一本有价值的书的时间和精力，所以须慎加选择。你自己自然不会选择，须就教于批评家和专门学者。我不能告诉你必读的书，我能告诉你不必读的书。我所指的不必读的书，是谈书的书，是不值得读第二遍的书，走进一个图书馆，你尽管看见千卷万卷的纸本子，其中真正能够称为“书”的恐怕还难上十卷百卷。你应该读的只是这十卷百卷的书。在这些书中间你不但可以得到较真确的知识，而且可以于无形中吸收大学者治学的精神和方法。这些书才能撼动你的心灵，激动你的思考。其他像《文学大纲》《科学大纲》以及杂志报章上的书评，实在都不能供你受用。你与其读千卷万卷的诗集，不如读一部《国风》或《古诗十九首》，你与其读千卷万卷谈希腊哲学的书籍，不如读一部柏拉图的《理想国》。

你也许要问我像我们中学生究竟应该读些什么书呢？这个问题

可是不易回答。你大约还记得北京《京报副刊》曾征求“青年必读十种”，结果有些人所举的十种尽是几何代数，有些人所举的十种尽是《史记》《汉书》。本来这种征求的本意，求以一个人的标准做一切人的标准，好像我只欢喜吃面，你就不能吃米，完全是一种错误见解。各人的天资、兴趣、环境、职业不同，你怎么能定出万应灵丹似的十种书，供天下无数青年读之都感觉同样趣味，发生同样效力？

我特地去调查了几个英国公共图书馆。他们的青年读品部最流行的书可以分为四类：（1）冒险小说和游记；（2）神话和寓言；（3）生物故事；（4）名人传记和爱国小说。其中的代表书籍是凡尔纳的《八十日环游世界记》和《海底二万里》、笛福的《鲁滨孙漂流记》、大仲马的《三剑侠》、霍爽（霍桑）的《奇书》和《丹谷闲话》、金斯莱的《希腊英雄传》、法布尔的《鸟兽故事》、安徒生的《童话》、骚德的《纳尔逊传》、房龙的《人类故事》之类。这些书在外国虽然流行，给中国青年读，却不甚相宜。中国学生们大半是少年老成，在中学时代就欢喜煞有介事地谈一点儿学理。他们——包括你和我自然都在内，不仅欢喜谈谈文学，还要研究社会问题，甚至于哲学问题。这既是一种自然倾向，也就不能漠视，我个人的见解也不妨提起和你商量商量。十五六岁以后的教育宜重发达理解，十五六岁以前的教育宜重发达想象。所以初中的学生们宜多读想象的文字，高中的学生才应该读含有学理的文字。

谈到这里，我还没有答复应读何种书的问题。老实说，我没有能力答复，我自己便没曾读过几本“青年必读书”，老早就读些壮年必读书。比方中国书里，我最欢喜《国风》，《庄子》，《楚辞》，《史记》，《古诗源》，《文选》中的书、笺，《世说新语》，《陶渊明集》，《李太白集》，《花间集》，《张惠言词选》，《红楼梦》，等等。在外国书里，我最欢喜溪兹（济慈）、雪莱、考老芮基（柯尔律治）、白朗宁诸人的诗集，苏菲克里司（索福克勒斯）的七悲剧，莎士比亚的《哈姆雷特》《李尔王》和《奥塞罗》，歌德的《浮士德》，易卜生的戏剧集，屠格涅夫的《新田地（处女地）》和《父与子》，妥斯套夫斯克（陀斯妥耶夫斯基）的《罪与罚》，福洛伯（福楼拜）的《布华里（包法利）夫人》，莫泊桑的小说集，小泉八云关于日本的著作，等等。如果我应北京《京报副刊》的征求，也许把这古董洋货都捧上，可以凑成“青年必读书十种”。但是我知道这是荒谬绝伦的，所以我现在不敢答复你应读何书的问题。你应该请教你所知的专门学者，请他们就自己所学范围以内指定三两种青年可读的书。你如果请一个人替你面面俱到地设想，比方他是学文学的人，他也许明知青年必读书应含有社会问题、科学常识等，而自己又没甚把握，姑且就他所知的一两种拉来凑数，你就像问道于盲了。同时，你要知道读书好比探险，也不能全靠别人指导，自己也须费些工夫去搜求。我从来没有听见有人按照别人替他定的“青年必读书十种”，或“世界名著百种”读下去，便成就一个学者的。别人只能介绍，抉择还要靠你自己。

读书方法，我不能多说，只有两点须在此约略提起：第一，凡值得读的书至少须读两遍。第一遍须快读，着眼在醒豁全篇大旨与特色。第二遍须慢读，须以批评态度衡量书的内容。第二，读过一本书，须笔记纲要精彩和你自己的意见。记笔记不但可以帮助你记忆，而且可以逼得你仔细。各人天资习惯不同，你用哪种方法收效较大，我用哪种方法收效较大，不是一概而论的。你自己终久会找出你自己的方法，别人绝不能给你一个方法，使你可以依法炮制。

十几年前我曾经写过一篇短文谈读书，这问题实在是谈不尽，而且这些年来我的见解也有些变迁，现在再就这问题谈一回，趁便把上次谈学问有未尽的话略加补充。

学问不只是读书，而读书究竟是学问的一个重要途径。因为学问不仅是个人的事而是全人类的事，每科学问到了现在的阶段，是全人类分途努力日积月累所得到的成就，而这成就还没有被淹没，就全靠有书籍记载流传下来。书籍是过去人类的精神遗产的宝库，也可以说是人类文化学术前进轨迹上的记程碑。我们就现阶段的文化学术求前进，必定根据过去人类已得的成就做出发点。如果抹杀过去人类已得的成就，我们说不定要把出发点移回到几百年前甚至几千年前，纵然能前进，也还是开倒车落伍。读书是要清算过去人类成就的总账，把几千年的人类思想经验在短促的几十年内重温一遍，把过去无数亿万人辛苦获来的知识教训集中到读者一个人身上去受用。有了这种准备，一个人总能在学问途程上做万里长征，去发现新的世界。

历史愈前进，人类的精神遗产愈丰富，书籍愈浩繁，而读书也就愈不易。书籍固然可贵，却也是一种累赘，可以变成研究学问的障碍。它至少有两大流弊。首先，书多易使读者不专精。我国古代学者因书籍难得，皓首穷年才能治一经，书虽读得少，读一部却是一部，口诵心惟，咀嚼得烂熟，透入身心，变成一种精神的原动力，一生受用不尽。现在书籍易得，一个青年学者就可夸口曾过目万卷，“过目”的虽多，“留心”的却少。譬如饮食，不消化的东西积得愈多，愈易酿成肠胃病，许多浮浅虚骄的习气都由耳食肤受所养成。其次，书多易使读者迷失方向。任何一种学问的书籍现在都可装满一图书馆，其中真正绝对不可不读的基本著作往往不过数十部甚至于数部。许多初学者贪多而不务得，在无足轻重的书籍上浪费时间与精力，就不免把基本要籍耽搁了；比如学哲学者尽管看过无数种的哲学史和哲学概论，却没有看过一种柏拉图的《对话集》，学经济学者尽管读过无数种的教科书，却没有看过亚当·斯密的《原富》。做学问如作战，须攻坚挫锐，占住要塞。目标太多了，掩埋了坚锐所在，只东打一拳、西路一脚，就成了“消耗战”。

读书并不在多，最重要的是选得精，读得彻底。与其读十部无关轻重的书，不如以读十部书的时间和精力去读一部真正值得读的书；与其十部书都只能泛览一遍，不如取一部书精读十遍。“好书不厌百回读，熟读深思子自知”，这两句诗值得每个读书人悬为座右铭。读书原为自己受用，多读不能算是荣誉，少读也不能算是羞耻。少读如果彻底，必能养成深思熟虑的习惯，涵泳优游，以至于变化气质；多读而不求甚解，则如驰骋十里洋场，虽珍奇满目，徒惹得心花意乱，空手而归。世间许多人读书只为装点门面，如暴发户炫耀家私，以多为贵。这在治学方面是自欺欺人，在做人方面是趣味低劣。

读的书当分种类，一种是为获得现世界公民所必需的常识，一种是为做专门学问。为获常识起见，目前一般中学和大学初年级的课程，如果认真学习，也就很够用。所谓认真学习，熟读讲义课本并不济事，每科必须精选要籍三五种来仔细玩索一番。常识课程总共不过十数种，每种选读要籍三五种，总计应读的书也不过五十部，这不能算是过奢的要求。一般读书人所读过的书大半不止此数，他们不能得实益，是因为他们没有选择，而阅读时又只潦草滑过。

常识不但是现世界公民所必需，就是专门学者也不能缺少它。近代科学分野严密，治一科学问者多固步自封，以专门为借口，对其他相关学问毫不过问。这对于分工研究或许是必要，而对于淹通深造却是牺牲。宇宙本为有机体，其中事理彼此息息相关，牵其一即动其余，所以研究事理的种种学问在表面上虽可分别，在实际上却不能割开。世间绝没有一科孤立绝缘的学问。比如政治学须牵涉到历史、经济、法律、哲学、心理学以至于外交、军事，等等，如果一个人对于这些相关学问未曾问津，入手就要专门习政治学，愈前进必愈感困难，如老鼠钻牛角，愈钻愈窄，寻不着出路。其他学问也大抵如此，不能通就不能专，不能博就不能约。先博学而后守约，这是治任何学问所必守的程序。我们只看学术史，凡是在某一科学问上有大成就的人，都必定于许多它科学问有深广的基础。目前我国一般青年学子动辄喜言专门，以至于许多专门学者对于极基本的学科毫无常识，这种风气也许是在国外大学做博士论文的先生们所酿成的。它影响到我们的大学课程，许多学系所设的科目“专”到不近情理，在外国大学研究院里也不一定有。这好像逼吃奶的小孩去嚼肉骨，岂不是误人子弟？

有些人读书，全凭自己的兴趣。今天遇到一部有趣的书就把预拟做的事丢开，用全副精力去读它；明天遇到另一部有趣的书，仍是如此办，虽然这两书在性质上毫不相关。一年之中可以时而习天文，时而研究蜜蜂，时而读莎士比亚。在旁人认为重要而自己不感兴味的书都一概置之不理，这种读法有如打游击，亦如蜜蜂采蜜。它的好处在使读书成为乐事，对于一时兴到的著作可以深入，久而久之，可以养成一种不平凡的思路与胸襟。它的坏处在使读者泛滥而无所归宿，缺乏专门研究所必需的“经院式”的系统训练，产生畸形的发展，对于某一方面知识过于重视，对于另一方面知识可以很蒙昧。我的朋友中有专门读冷僻书籍，对于正经正史从未过问的，他在文学上虽有造就，但不能算是专门学者。如果一个人有时间与精力允许他过享乐主义的生活，不把读当作工作而只当作消遣，这种蜜蜂采蜜式的读书法原亦未尝不可采用。但是一个人如果抱有成就一种学问的志愿，他就不能不有预定计划与系统。对于他，读书不仅是追求兴趣，尤其是一种训练、一种准备。有些有趣的书他须得牺牲，也有些初看很干燥的书他必须咬定牙关去硬啃，啃久了他自然还可以啃出滋味来。

读书必须有一个中心去维持兴趣，或是科目或是问题。以科目为中心时，就要精选那一科要籍，一部一部地从头读到尾，以求对于该科得到一个概括的了解，做进一步高深研究的准备。读文学作品以作家为中心，读史学作品以时代为中心，也属于这一类。以问题为中心时，心中先须有一个待研究的问题，然后采关于这问题的书籍去读，用意在搜集材料和诸家对于这个问题的意见，以供自己权衡去取，推求结论。重要的书仍须全看，其余的这里看一章、那里看一节，得到所要搜集的材料就可以丢手。这是一般做研究工作者所常用的方法，对于初学不相宜。不过初学者以科目为中心时，仍可约略采取以问题为中心的微意。一书做几遍看，每一遍只着重某一方面。苏东坡与王郎书曾谈到这个方法：

> 少年为学者，每一书皆作数次读之。当如入海百货皆有，人之精力不能并收尽取，但得其所欲求者耳。故愿学者每一次作一意求之，如欲求古今兴亡治乱圣贤作用，且只作此意求之，勿生余念；又别作一次求事迹文物之类，亦如之。他皆仿此。若学成，八面受敌，与慕涉猎者不可同日而语。

朱子尝劝他的门人采用这个方法。它是精读的一个要诀，可以养成仔细分析的习惯。举看小说为例，第一次但求故事结构，第二次但注意人物描写，第三次但求人物与故事的穿插，以至于对话、辞藻、社会背景、人生态度等等都可如此逐次研求。

读书要有中心，有中心才易有系统组织。比如看史书，假定注意的中心是教育与政治的关系，则全书中所有关于这问题的史实都被这中心联系起来，自成一个系统。以后读其他书籍如经子专集之类，自然也常遇着关于政教关系的事实与理论，它们也自然归到从前看史书时所形成的那个系统了。一个人心里可以同时有许多系统中心，如一部字典有许多“部首”，每得一条新知识，就会依物以类聚的原则，汇归到它的性质相近的系统里去，就如拈新字帖进字典里去，是人旁的字都归到人部，是水旁的字都归到水部。大凡零星片断的知识，不但易忘，而且无用。每次所得的新知识必须与旧有的知识联络贯串，这就是说，必须围绕一个中心归聚到一个系统里去，才会生根，才会开花结果。

记忆力有它的限度，要把读过的书所形成的知识系统、原本枝叶都放在脑里储藏起，在事实上往往不可能。如果不能储藏，过目即忘，则读亦等于不读。我们必须于脑以外另辟储藏室，把脑所储藏不尽的都移到那里去。这种储藏室在从前是笔记，在现代是卡片。记笔记和做卡片有如植物学家采集标本，须分门别类订成目录，采得一件就归入某一门某一类，时间过久了，采集的东西虽极多，却各有班位，条理井然。这是一个极合乎科学的办法，它不但可以节省脑力、储有用的材料、供将来的需要，还可以增强思想的条理化与系统化。预备做研究工作的人对于记笔记做卡片的训练，宜于早下功夫。

谈 谦 虚

说来说去，做人只有两桩难事，一是如何对付他人，一是如何对付自己。这归根还只是一件事，最难的事还是对付自己，因为知道如何对付自己，也就知道如何对付他人，处世还是立身的一端。

自己不易对付，因为对付自己的道理有一个模棱性，从一方面看，一个人不可无自尊心，不可无我，不可无人格。从另一方面看，他不可有妄自尊大心，不可执我，不可任私心成见支配。总之，他自视不宜太小，却又不宜太大，难处就在调剂安排，恰到好处。

自己不易对付，因为不容易认识，正如有力不能自举，有目不能自视。当局者迷，旁观者清。我们对于自己是天生成的当局者而不是旁观者，我们自囿于“我”的小圈子，不能跳开“我”来看世界，来看“我”，没有透视所必需的距离，不能取正确观照所必需的冷静的客观态度，也就生成地要执迷，认不清自己，只任私心、成见、虚荣、幻觉种种势力支配，把自己的真实面目弄得完全颠倒错乱。

我们像蚕一样，作茧自缚，而这茧就是自己对于自己所错认出来的幻相。真正有自知之明的人实在不多见。“知人则哲”，自知或许是哲以上的事。“知道你自己”一句古训，所以被称为希腊人最高智慧的结晶。

“知道你自己”，谈何容易！在日常自我估计中，道理总是自己的对，文章总是自己的好，品格也总是自己的高，小的优点放得特别大，大的弱点缩得特别小。人常“阿其所好”，而所好者就莫过于自己。自视高，旁人如果看得没有那么高，我们的自尊心就遭受了大打击，心中就结下深仇大恨。这种毛病在旁人，我们就马上看出；在自己，我们就熟视无睹。

希腊神话中有一个故事。一位美少年纳西司（Narcissus）自己羡慕自己的美，常伏在井栏上俯看水里自己的影子，愈看愈爱，就跳下去拥抱那影子，因此就落到井里淹死了。这寓言的意义很深永。我们都有几分“纳西司病”，常因爱看自己的影子堕入深井而不自知。照镜子本来是好事，我们对于不自知的人常加劝告：“你去照照镜子看！”可是这种忠告是不聪明的，他看来看去，还是他自己的影子，像纳西司一样，他愈看愈自鸣得意，他的真正面目对于他自己也就愈模糊，他的最好的镜子是世界，是和他同类的人。他认清了世界、认清了人性，自然也就会认清自己，自知之明需要很深厚的学识经验。

德尔斐神谕宣示希腊说：苏格拉底是他们中间最大的哲人。而苏格拉底自己的解释是：他本来和旁人一样无知，旁人强不知以为知，他却明白自己的确无知，他比旁人高一着，就全在这一点。苏格拉底的话老是这样浅近而深刻，诙谐而严肃。他并非说客套的谦虚话，他是真正了解人类知识的限度。“明白自己无知”是比得上苏格拉底的那样哲人才能达到的成就。有了这个认识，他不但认清了自己，多少也认清了宇宙。孔子也仿佛有这种认识，他说：“吾有知乎哉，无知也。”他告诉门人：“知之为知之，不知为不知，是知也。”所谓“不知之知”正是认识自己所看到的小天地之外还有无边的世界。

这种认识就是真正的谦虚。谦虚并非故意自贬声价，做客套应酬，像虚伪者所常表现的假面孔；它是起于自知之明，知道自己所已知的比起世间所可知的非常渺小，未知世界随着已知世界扩大，愈前走发现天边愈远。他发现宇宙的无边无底，对之不能不起崇高雄伟之感，返观自己渺小，就不能不起谦虚之感。谦虚必起于自我渺小的意识，谦虚者的心目中必有一种为自己所不知不能的高不可攀的东西，老是要抬着头去望它。这东西可以是全体宇宙、可以是圣贤豪杰，也可以是一个崇高的理想。一个人必须见地高远，“知道天高地厚”才能真正地谦虚；不知道天高地厚的人就老是觉得自己伟大，海若未曾望洋，就以为“天下之美尽在己”。谦虚有它消极方面，就是自我渺小的意识；也有它积极方面，就是高远的瞻瞩与恢廓的胸襟。

看浅一点儿，谦虚是一种处世哲学。“人道恶盈而喜谦”，人本来没有可盈的时候，自以为盈，就无法再有所容纳、有所进益。谦虚是知不足，“知不足然后能自强”。一切自然节奏都是一起一伏，引弓欲张先弛，升高欲跳先蹲，谦虚是进取向上的准备。老子譬道，常用谷和水，“谷神不死”“旷兮其若谷”“上善若水”“天下莫柔弱于水而攻坚强者莫之能胜”。谷虚所以有容，水柔所以不毁。人的谦虚可以说是取法于谷和水，它的外表虽是空旷柔弱，而它内在的力量却极刚健。大易的谦卦六爻皆吉。做易的人最深知谦的力量，所以说，“谦尊而光，卑而不可逾”。道家与儒家在这一点认识上是完全相同的。这道理好比打太极拳，极力求绵软柔缓，可是“四两拨千斤”，极强悍的力士在这轻推慢挽之前可以望风披靡。古希腊的悲剧作者大半是了解这个道理的，悲剧中的主角往往以极端的倔强态度和不可以倔强胜的自然力量（希腊人所谓神的力量）搏斗，到收场时一律被摧毁，悲剧的作者拿这些教训在观众心中引起所谓“退让”（resignation）情绪，使人恍然大悟在自然大力之前，人是非常渺小的，人应该降下他的骄傲心，顺从或接收不可抵制的自然安排。这思想在后来基督教中也很占势力，近代科学主张“以顺从自然去征服自然”，道理也是如此。

看深一点儿，谦虚是一种宗教情绪。这道理在上文所说的希腊悲剧中已约略可见。宗教都有一个被崇拜的崇高的对象，我们向外所呈献给被崇拜的对象是虔敬，向内所对待自己的是谦虚。虔敬和谦虚是宗教情绪的两方面，内外相应相成。这种情绪和美感经验中的“崇高意识”（sense of the sublime）以及一般人的英雄崇拜心理是相同的。我们突然间发现对象无限伟大，无形中自觉此身渺小，于是栗然生畏，肃然起敬；但是惊心动魄之余，就继以心领神会，物我交融，不知不觉中把自己也提升到那同样伟大的境界。对自然界的壮观如此，对伟大的英雄如此，对理想中所悬的全知全能的神或尽善尽美的境界也是如此。在这种心境中，我们同时感到自我的渺小和人性的尊严，自卑和自尊打成一片。

我们姑拿两首人人皆知的诗来说明这个道理。一是陈子昂的，“前不见古人,后不见来者,念天地之悠悠,独怆然而泪下！”,一是杜甫的，“侧身天地常怀古，独立苍茫自咏诗”。我们试玩味两诗所表现的心境。在这种际会，作者还是觉得上天下地，唯我独尊，因而踌躇满意呢？还是四顾茫茫，发见此身渺小而恍然若有所失呢？这两种心境在表面上是相反的，而在实际上却并行不悖，形成哲学家们所说的“相反者之同一”。在这种际会，骄傲和谦虚都失去了它们的寻常意义，我们骄傲到超出骄傲，谦虚到泯没谦虚。我们对庄严的世相呈献虔敬，对蕴藏人性的“我”也呈献虔敬。

有这种情绪的人才能了解宗教，释迦和耶稣都富于这种情绪，他们极端自尊也极端谦虚。他们知道自尊必从谦虚做起，所以立教特重谦虚。佛家的大戒是“我执”“我谩”。佛家的哲学精义在“破我执”。佛徒在最初时期都须以行乞维持生活，所以叫作“比丘”。行乞是最好的谦虚训练。耶稣常溷身下层阶级，一再告诫门徒说，“凡自己谦卑像这小孩的，他在天国里就是最大的”，“你们中间谁为大，谁就要做你们的用人，自高的必降为卑，自卑的必升为高”。这教训在中世纪发生影响极大，许多僧侣都操贱役，过极刻苦的生活，去实现谦卑（humiliation）的理想，圣佛兰西斯是一个很美的例证。

耶佛和其他宗教都有膜拜的典礼，它的意义深可玩味。在只是虚文时，它似很可鄙笑；在出于至诚时，它却是虔敬和谦虚的表现，人类可敬的动作就莫过于此。人难得弯下这个腰干，屈下这双膝盖，低下这颗骄傲的心，在真正可尊敬者的面前“五体投地”。有一次我去一个法会听经，看见皈依的信士们进来时恭恭敬敬地磕一个头，出去时又恭恭敬敬地磕一个头。我很受感动，也觉得有些尴尬。我所深感惭愧的倒不是人家都磕头而我不磕头，而是我的衷心从来没有感觉到有磕头的需要。我虽是愚昧，却明白这足见性分的浅薄。我或是没有脱离“无明”，没有发现一种东西叫我敬仰到须向它膜拜的程度；或是没有脱离“我谩”，虽然发现了可膜拜者而仍以膜拜为耻辱。

“我谩”就是骄傲，骄傲是自尊情操的误用。人不可没有自尊情操，有自尊情操才能知耻，才能有所谓荣誉意识（sense of honour），才能有所为有所不为，也才能发奋向上。孔子说“知耻近乎勇”，和《学记》的“知不足然后能自强”、《易经》的“谦尊而光，卑而不可逾”两句名言意义骨子里相同。近代心理学家阿德勒（Adler）把这个道理发挥得最透辟。依他看，我们有自尊心，不甘居下流，所以发现了自己的缺陷，就引以为耻，在心理形成所谓“卑劣结”（inferiority complex），同时激起所谓“男性的抗议”（masculine protest），要努力弥补缺陷，消除卑劣，来显出自己的尊严。努力的结果往往不但弥补缺陷，而且所达到的成就反比本来没有缺陷的更优越。希腊的德摩斯梯尼斯本来口吃，不甘心受这缺陷的限制，发愤练习演说，于是成为最大的演说家。中国孙子因膑足而成兵法，左丘明因失明而成《国语》，司马迁因受宫刑而做《史记》，道理也是如此。阿德勒所谓“卑劣结”其实就是谦虚，“知耻”或“知不足”；他的“男性抗议”就是“自强”，“近乎勇”或“卑而不可逾”。从这个解释，我们也可以看出谦虚与自尊心不但并不相反，而且是息息相通。真正有自尊心者才能谦虚，也才能发奋为雄。“尧，人也；舜，人也，有为者亦若是”，在做这种打算时，我们一方面自觉不如尧舜，那就是谦虚；一方面自觉应该如尧舜，那就是自尊。

骄傲是自尊情操的误用，是虚荣心得到廉价的满足。虚荣心和幻觉相连，有自尊而无自知。它本来起于社会本能——要见好于人；同时也带有反社会的倾向，要把人压倒，它的动机在好胜而不在向上，在显出自己的荣耀而不在理想的追寻。虚荣加上幻觉，于是在人我比较中，我们比得胜固然自骄其胜，比不胜也仿佛自以为胜，或是丢开定下来的标准，另寻自己的胜处。我们常暗地盘算：你比我能干，可是我比你有学问；你干的那一行容易，地位低，不重要，我干的才是真正了不起的事业；你的成就固然不差，可是如果我有你的地位和机会，我的成就一定比你更好。总之，我们常把眼睛瞟着四周的人，心里做一个结论：“我比你强一点儿！”于是伸起大拇指，扬扬自得，并且期望旁人都甘拜下风，这就是骄傲。人之骄傲，谁不如我？我以压倒你为快，你也以压倒我为快。无论谁压倒谁，妒忌、愤恨、争斗以及它们所附带的损害和苦恼都在所不免。人与人，集团与集团，国家与国家，中间许多灾祸都是这样酿成的。“礼至而民不争”，礼之端就是辞让，也就是谦虚。

欢喜比照人己而求己比人强的人大半心地窄狭，谩世傲物的人要归到这一类。他们昂头俯视一切，视一切为“卑卑不足道”“望望然去之”。阮籍能为青白眼，古今传为美谈。这种谩世傲物的态度在中国向来颇受人重视。从庄子的“让王”类寓言起，经过魏晋清谈，以至后世对于狂士和隐士的崇拜，都可以表现这种态度的普遍，这仍是骄傲在作祟。在清高的烟幕之下藏着一种颇不光明的动机。“人都龌龊，只有我干净”（所谓“世人皆浊我独清”），他们在这种自信或幻觉中酖醉而陶然自乐。熟看《世说新语》，我始而羡慕魏晋人的高标逸致，继而起一种强烈的反感，觉得那一批人毕竟未闻大道，整天在臧否人物，自鸣得意，心地毕竟局促。他们忘物而未能忘我，正因其未忘我而终亦未能忘物，态度毕竟是矛盾。魏晋人自有他们的苦闷，原因也就在此。“人都龌龊，只有我干净”，这看法或许是幻觉、或许是真理。如果它是幻觉，那是妄自尊大；如果它是真理，就引以自豪，也毕竟是小气。孔子、释迦、耶稣诸人未尝没有这种看法，可是他们的心理反应不是骄傲而是怜悯，不是遗弃而是援救。长沮桀溺说：“滔滔者天下皆是，而谁以易之？”孔子说：“鸟兽不可与同群，吾非斯人之徒之与而谁与？”这是谩世傲物者与悲天悯人者在对人对己态度上的基本分别。

人生本来有许多矛盾的现象，自视愈大者胸襟愈小，自视愈小者胸襟愈大。这种矛盾起于对人生理想所悬的标准高低。标准悬得愈低，愈易自满；标准悬得愈高，愈自觉不足。虚荣者只求胜过人，并不管所拿来和自己比较的人是否值得做比较的标准。只要自己显得是长子，就在矮人国中也无妨。孟子谈交友的对象，分出“一乡之善士”“一国之善士”“天下之善士”“古之人”四个层次。我们衡量人我也要由“一乡之善士”扩充到“古之人”。大概性格愈高贵，胸襟愈恢阔，用来衡量人我的尺度也就愈大，而自己也就显得愈渺小。一个人应该有自己渺小的意识，不仅是当着古往今来的圣贤豪杰的面前，尤其是当着自然的伟大，人性的尊严和时空的无限。你要拿人比自己，且抛开张三李四，比一比孔子、释迦、耶稣、屈原、杜甫、米开朗琪罗、贝多芬，或是爱迪生！且抛开你的同类，比一比太平洋、大雪山、诸行星的演变和运行，或是人类知识以外的那一个茫茫宇宙！在这种比较之后，你如果不为伟大崇高之感所撼动而俯首下心，肃然起敬，你就没有人性中最高贵的成分。你如果不盲目，看得见世界的博大，也看得见世界的精微，你想一想，世间哪里有临到你可凭以骄傲的？

在见道者的高瞻远瞩中，“我”可以缩到无限小，也可以放到无限大。在把“我”放到无限大时，他们见出人性的尊严；在把“我”缩到无限小时，他们见出人性在自己小我身上所实现的非常渺小。这两种认识合起来才形成真正的谦虚。佛家法相一宗把叫作“我”的肉体分析为“扶根尘”，和龟毛兔角同为虚幻，把“我”的通常知见都看成幻觉，和镜花水月同无实在性。这可算把自我看成极渺小。可是他们同时也把宇宙一切，自大地山河以至玄理妙义，都统摄于圆湛不生灭妙明真心，万法唯心所造，而此心却为我所固有，所以“明心见性”“即心即佛”。这就无异于说，真正可以叫作“我”的那种“真如自性”还是在我，宇宙一切都由它生发出来，“我”就无异于创世主。这对于人性却又看得何等尊严！不但宗教家，哲学家像柏拉图、康德诸人大抵也还是如此看法。我们先秦儒家的看法也不谋而合。儒本有“柔懦”的意义，儒家一方面继承“一命而偻，再命而伛，三命而俯，循墙而走”那种传统的谦虚恭谨，一方面也把“我”看成“与天地合德”。他们说：“返身而诚，万物皆备于我矣”，“能尽人之性，则能尽物之性；能尽物之性，则可以赞天地之化育，与天地参矣”。他们拿来放在自己肩膀上的责任是“为天地立心，为生民立命，为往圣继绝学，为万世开太平”。这种“顶天立地，继往开来”的自觉是何等尊严！

意识到人性的尊严而自尊，意识到自我的渺小而自谦，自尊与自谦合一，于是法天行健，自强不息，这就是《易经》所说的“谦尊而光，卑而不可逾”。

真善美都是人所定的价值，不是事物所本有的特质。

美感问题

美学所涉及的问题很多，其中每一问题都势必涉及其他所有问题，分题研究有它的必要，但不能因此就认为每个问题都可以孤立地看。看不见所有相关的问题，就不可能深入地研究任何一个问题。先窥全貌，后剖析部分，剖析了部分之后，再检查对全貌的认识，这个程序必须反复进行。

问题也有主次之分。从美学思想发展史看，基本问题只有一个。这一个问题可以从两方面看：从客观对象看，这是内容与形式的关系问题；从主观心理活动看，这是感性认识与理性认识的关系问题。

这个问题可以从不同角度去研究，其中一个重要的角度是美感的角度，因为美感最突出地涉及内容与形式、理性与感性这两个对立面之间的关系问题。

“美感”这一词在流行的用法里很含糊，如不弄明确，就会造成许多思想上的混乱。“美感”可能有两个不同的含义。一个指审美的能力，其用法和“道德感”“正义感”相类似。另一个指审美的情感。在英文里前者叫作 the sense of beauty，后者叫作 the aesthetic feeling，分别是很明显的，粗略地说，这二者之间的关系是因与果的关系。因与果总是既有区别而又有联系的。

为明确起见，“美感”的第一意义应一律称为“审美的能力”，第二意义应一律称为“审美的情感”（即快感或不快感）。这二者之中，有关审美能力的问题是更为基本的，也更为困难的；因为解决了它，有关审美情感的问题也就会迎刃而解。事实上美学史可以证明：不同的美学派别对第二个问题的不同看法大半取决于对第一个问题的不同看法。

“审美的能力”在西方从罗马时代以后一向叫作“趣味”。有一句拉丁成语说：“谈到趣味就无可争辩。”“无可争辩”就是说不出一个能说服人的道理。十七八世纪西方人爱谈“趣味”，谈来谈去，找不出它究竟是什么，于是就替它取了一个称号：“je ne saisquol”（法文，意谓“我不知道是什么”）。这种流行很长久的不可知论说明了这个问题是困难和复杂的。

柏拉图和亚里士多德早就对这个问题进行过一些初步的心理学的探讨。但是真正把美感问题研究指引到心理学的方向去，却要归功于十七八世纪英国经验派思想家，从培根、霍布斯、洛克到休谟和博克。这派进行过两方面的工作。一方面是对观念联想的研究。从一切认识都起源于感觉的大原则出发，他们设法说明感官印象

（“观念”的本义）如何经过分离和结合，形成人的一切知识和思想。结合到审美问题，他们看出关键性的心理活动在想象。想象是在感觉的基础上进行，用感性材料来形成形象。他们还看出创造的想象既不同于记忆或观念的再现（想象可根据旧“观念”形成新的形象），又不同于幻想或梦境的观念的偶然结合，它是有控制、有目的意图的。这样，他们就对英国人用来称呼“趣味”或审美能力的 wit（“巧智”），定下了比较明确的含义：审美的能力主要是想象力。他们还指出想象力不同于判断力或理解力，理解力是在同中辨异，想象力是在异中见同。这可以说是分析和概括的分别。

创造的想象既然是有控制的，控制的动力是什么呢？这就涉及经验派的第二方面的工作，即对本能或情欲（passions）的研究。人是根据情欲定出目的，来控制他的想象的。情欲是人性中一些基本冲动或要求，是它们在驱遣人进行各种实践活动，人是被它们推动的，所以这名词（passions）在词源上有“被动”的意思。情欲有些是动物性的生理方面的要求，例如人都有保持个体生命的本能，生命遭到威胁，就发生恐惧的情绪（与求生本能相应），人也都有保持种族生命的本能，即性欲，相应的情绪是爱。情欲也有些是社会性的，例如人与人之间的同情，对名位和权力的野心、欣羡和妒忌，对善或恶的爱或恨，等等。所以情欲是人类在长期实践生活中逐渐培养成的一些自然的反应倾向。它们在情感调质上有快和不快之分，引起快感的总是对生命有益的，引起不快感的总是对生命有害的。一般地说，英国经验派对情欲的研究基本上还是从生理学观点出发，他们对社会历史发展对人的情欲的影响，认识还是很模糊的。例如这派中最重要的美学家博克就把崇高感溯源到个体保存的本能与生命受威胁时的恐怖情绪，把美感溯源到异性间的爱以及一般人与人（或物）的同情。从这个观点看，审美的能力只是通过想象来满足某种根深蒂固的情欲，尽管经验派一般也强调审美活动的感性性质与直接性质，在意识中不涉及欲念。因此，审美的快感毕竟是一种满足感，与一般感官的快感没有分别。这个混淆曾遭到康德的批判。不过博克这一派把美感溯源到本能或情欲的看法对近代美学中各种各样的心理学派是有深刻影响的。例如立普斯派把审美活动看作一种移情作用，最后的根据还是博克所强调的同情和模仿（近代美学家们有把移情作用叫作“同情的想象”的；移情作用依卡尔·谷鲁斯看，是与“内模仿”相连的）；弗洛伊德派把艺术看作欲望的压抑和升华，欲望的中心是性欲；阿德勒派把艺术看作自我伸张或向上意志的表现；荣格派把艺术溯源到人类的外倾（侧重行动）或内倾（侧重思索）两种心理原型和种族记忆。这些心理学派的共同点是在把审美的情感和快感看成一回事，另一个共同点是侧重内容而忽视形式。

在 18 世纪的英国，还有以夏夫兹博理和哈奇生为代表的和经验派相对立的一派，这派是接近新柏拉图派与大陆理性主义派的。他们认为审美不但有一种特殊的能力，还有一种特殊的感官，叫作“内在感官”（后来有人称为“第六感官”），和眼耳等外在感官同是感官，都是天生的。不过眼耳等外在感官只能接受简单观念，内在感官才能接受“美”“和谐”“秩序”“比例”之类复杂的观念。例如耳可以接受单一的音，接受有组织的乐曲则不能单靠耳，还要靠内在感官。这内在感官既管美感，也管道德感，所以美与善对于这一派是密切联系在一起的。这派既把审美能力看作一种感官，所以特别强调审美活动的感性性质和直接性质，反对审美情感等于欲念满足或感官的快感的看法。但是他们坚信内在感官具有先天的理性，所以尽管审美活动虽然是感性的，却不因此就成为没有理性的。像一般理性派美学家一样，他们特别看重审美对象的形式因素，例如哈奇生就企图定出“寓变化于整齐的复比例”公式。这派的看法遭到了博克的驳斥，博克一方面论证美不在比例之类的形式因素，一方面否认审美还另有所谓“内在感官”。审美所依靠的只是一般认识的功能，即感觉力、想象力和理解力三种（博克的“理解力”是受休谟的影响后加的，在《论崇高与美两种观念的根源》里，他否认理智在崇高感和美感里能起作用）。

夏夫兹博理和哈奇生这派带有理性主义色彩的美学家都要比鲍姆嘉通早二三十年发表他们的美学著作。鲍姆嘉通属于更典型的理性派，他把美学和逻辑学看作两种关于认识活动的姊妹科学，逻辑学研究理性认识，美学则研究较低级的感性认识，特别是情感。因此，审美的能力被看成一种低级的认识能力。美的东西就是完善的东西。所谓“完善”是指一件事物的形体结构符合它本质所规定的目的，这也就是符合造物者的设计。发现一件事物“完善”；符合目的，因而感到快感，这就是审美的情感，这种情感（快感）当然不是感官的满足或欲念的满足，而是有先天理性做基础的。理性派美学最基本的特色就在把美感建立在目的论或先验理性的基础上。

康德批判了博克的审美的快感与感官快感的混淆，也批判了鲍姆嘉通的审美的快感与审美目的快感的混淆。但是他在企图统一经验主义和理性主义的矛盾的过程中，自己也陷入很多矛盾。他把夏夫兹博理的内在感官（原只限于美感和道德感）推广为人类的“共同感觉力”，作为人类一切心理活动的基础，把鲍姆嘉通的目的论修改为“主观的符合目的性”，即对象形式适合于想象力和理解力两种认识功能的自由活动，同时又吸收博克的恐惧说来解释崇高感，吸收博克的社会同情说来解释审美快感的“普遍可传达性”的社会意义。他的主要矛盾在于一方面把美看作只关感性形式的，另一方面又认为美是道德精神的象征，具有深刻的理性内容。审美的能力究竟只是感性方面的能力还是理性方面的能力呢？他仿佛说两者都是，但是如何把感性和理性统一起来，这问题并没有解决。关于康德的美学思想，我已在另文里详论，该文载《哲学研究》1962 年第三期。黑格尔的“美为理念的感性显现”这个定义也是企图达到理性与感性的统一，在解释“理念”的过程中，他运用了前人所忽视的社会历史发展观点，说明一个时代的人生理想或精神方面的力量（理念）取决于那个时代的一般世界情况和具体情境。这是在康德的基础上迈进了一大步。但是他的理念说毕竟建立在客观唯心主义的基础上，在精神与物质的关系上首尾倒置，而且不能充分认识到社会实践（生产斗争与阶级斗争）对美感的形成的决定性的影响，因而不能从唯一正确的实践观点去考察美感问题。这种实践观点只有在马克思主义的基础上才可以达到，关于这一点我已在谈马克思主义美学的实践观点一文里讨论过。

近代资本主义国家中美学派别很多，对美感的研究也有很多新的发展，这里不能详谈。总的来说，美学家们在美感问题上可分两派。一派是上文已提到的发展博克的情欲观点或本能观点的弗洛伊德派、阿德勒派、荣格派，以及立普斯和卡尔·谷鲁斯（内模仿说的代表）等心理学派，这派侧重审美对象的内容与某种情欲的关系。另一派是发展康德美学中形式主义一方面的，最明显的是实验美学派，他们绝大部分是专从审美对象的形式着眼，原因很简单，它反映资本主义社会里艺术走向形式主义的总的倾向，同时就实验来说，也只有形式才便于在实验室里用一些机械的方法去测量和统计。克罗齐的直觉说坚持直觉先于理智，艺术是赋予形式于物质，所以实质上仍是形式主义，尽管他口头上也强调内容与形式的统一。柏格森的直觉说把审美中心理状态比作梦境，这时理智欲念和意志都被催眠了，心灵可以聚精会神地欣赏形象。此外如闵斯特堡的“孤立绝缘说”，布洛的“距离说”以及克来夫·柏尔和罗觉·弗拉依的“有意义的形式说”，都强调扫空对象的一切与其他事物的联系，也扫空主观方面观照以外的一切其他心理活动，以孤立的直观方面的主体对孤立的仅存形式的对象。这两派表面上分歧像是很大，实际上有一个基本共同点，都片面地强调感性，都否认理性在审美活动中起任何作用。弗洛伊德、阿德勒和荣格等心理学派尽管重视审美对象的内容，而那内容却仅涉及动物性的或极端原始的本能欲望或倾向。这种对理性内容的排斥反映出垂死的资本主义社会在精神方面的腐朽和空虚。

综观上面简略的历史回溯，我们可以看出，关于第一个意义的美感（审美的能力），有下列几个待继续研究的问题：

一、审美的“内在感官说”在生理学和心理学里都找不出证据，是不能成立的。但是有没有审美的能力或是一种决定人爱好什么和不爱好什么的总的心理结构或心理倾向，假如有，它是怎样形成的？

先天的还是后天的？是资禀还是修养的结果，还是资禀和修养都有份？如果都有份，究竟哪一个是主要的？

二、假如有一种总的心理结构或倾向，它包括哪些组成部分？应不应考虑到生理方面的动物性的情欲或本能？应不应考虑到社会实践对本能或情欲所造成的改变？本能的部分占着什么地位？社会环境影响的部分占什么地位？例如阶级意识所占的比重、文化修养所占的比重，以及个人生活经验所占的比重，等等。

三、这种审美的能力或总的心理结构在具体场合是怎样起作用的？它完全是感性活动呢，还是也包括理性活动呢？感性活动和理性活动是否可以在同一阶段里进行呢？如果能，这种结合究竟取什么方式？如果不能，它们是否有先后的关系？如何理解这种关系？再就感性来说，是单纯的感觉在起作用，还是也牵涉到创造的想象？欣赏和创造究竟有什么区别，有什么联系？此外，在审美活动中，意识占什么地位？是否有下意识的作用存在？如果有下意识的作用，它是怎样引起的？

四、谈到审美能力在具体场合起作用，还有一系列的关于审美对象或客观存在方面的问题。究竟是对象的哪一种或哪些性质会引起审美的情感？是否对象原已有“美”这种属性？如果有，它究竟如何界定？它反映到人脑里是否和对象的其他属性一样？例如花的红和花的美是否同是一种感官的反映？有人说不同，这不同究竟何在？是否可以理解“美”为一种估价？如果是一种估价，它是否可以单凭客观属性而不必考虑到主观理想与需要？这就牵涉到主客观的关系问题，也要牵涉美与真和善的区别和联系的问题。此外，对象还有内容与形式的关系问题。对象是否可以凭单纯的空洞的形式引起美感？是否有康德所说的“纯粹美”？如何理解内容与形式的统一？如果审美涉及对象的内容意义，它是否真正既不涉及概念，又不涉及欲念，如过去许多美学家所主张的？

过去西方美学家们在长时期里都把美限于有形可见的物体，不考虑到诗和一般文学作品可以也用“美”来形容，到莱辛还没有摆脱这个狭隘的看法，这是西方美学长期侧重形式的根源之一。另一个根源就是过分强调审美活动的感官性与直接性。既然是直接的，纯然是感性的，不涉及概念和欲念的结论就成为当然的事。如果考虑到一切艺术，包括不是直接呈现物体的文学作品在内都是审美的对象，如果文学作品离开内容意义就谈不上美，那么，过去西方美学家的许多关于美和美感的看法就得重新审查。美表现于不同的对象，就各有它的特殊性，造型艺术、音乐和文学的美当然各有不同，前二者形式的比重可能较大，后者内容的比重可能较小，但既都称为美，它们在美这一点上毕竟须有一种共同性，这共同性究竟是什么？美学必须设法解决这个问题。如果从这方面多考虑，我们就会见出：一切美都必须表现在内容与形式的统一以及理性与感性的统一上。一般人所认为纯然的形式美，仔细分析起来，总会发现某种显露的或隐含的内容意义。例如建筑里平衡对称、上轻下重，可能表现稳重、安全、庄严之类的感觉；红的颜色可能满足某种生理要求（这就是内容意义），也可能象征热情、炽烈的生命乃至共产主义理想。从这个角度看，美也必然表现在主观与客观的统一上，客观形象对于审美者获得内容意义，是离不开审美者的主观条件（如世界观、阶级意识、个人生活经历和文化修养等）的，尽管它在形式上，经过科学的分析或测量，可以见出客观的一致性（例如平衡对称人人都可以看见，但情感上的反应却不一致）。从这个角度看，自然美和艺术美尽管表现得不同，美之所以为美的道理总是一致的，都必然是内容与形式的统一、理性与感性的统一、客观与主观的统一。这是我个人的一种看法，我之所以得出这个看法，有一部分也是由于上文所说的关于美感问题的一些考虑，所以趁便提出，供关心这类问题的人们讨论和批评。

我在开头就说过，解决了第一意义的“美感”（审美的能力）问题，关于第二意义的“美感”（审美的情感）问题就可迎刃而解；由于对第一类问题有不同的看法，对于第二类问题也就有不同的看法。事实上审美的情感（快感或不快感）乃是关于审美能力在具体场合如何起作用那一类问题中的一个项目，即审美能力起作用时所伴随的情感效果的调质。就这一个问题加以分析，又可得以下几个问题：

一、审美的快感与一般感官的快感（例如饮酒、食肉的快感）有无区别？区别何在？从中世纪圣托马斯，经过康德一直到现在，多数美学家肯定有区别，区别在于不涉及欲念。但是也有一部分美学家，从博克到顾约（法国近代美学家）以及上文提到的弗洛伊德派、阿德勒派等，却把这两种快感看作一回事。区别应该有，但是在审美活动那一顷刻意识不到欲念是一回事，说审美活动的根源或动力与欲念无关（即与实践活动无关），却另是一回事。

二、审美的快感是否在不同场合里本身还有区别？它是否也有一般性与特殊性两方面？西方美学家历来大半忽视了这个问题，他们只谈通套的审美的快感。但是亚里士多德早就提出了这个问题，他说悲剧应引起悲剧所特有的快感，即恐惧和哀怜两种情绪得到净化的快感。从心理学看，每种情绪都伴有不同的情感调质，例如欣喜一般伴着快感，恐惧一般伴着痛感。审美对象一般不仅是引起一种单纯而空洞的快感或不快感，而是要打动情绪，快感或不快感只是作为所打动的情绪的一种情感的调质，所以理应随情绪不同而有所不同。崇敬英雄人物的情绪所伴随的快感不能和爱慕美丽女人的情绪所伴随的快感完全等同起来。崇高感都伴有恐惧的情绪（如多数美学家所承认的）和对人类尊严崇敬的情绪（如康德所主张的），所以情感的调质就不单纯是痛感或快感，而是二者的化合，这也和一般美的事物只引起快感不同。这方面有待研究的问题还很多。

三、审美的快感是否在人与人之间有所谓个别差异？如果有，在个别差异之中是否还毕竟有些一致性？这就涉及审美的标准问题，古典文学作品在社会基础几经变革之后何以还有普遍吸引力的问题，也就是近来文学界所讨论的“共鸣”问题。这与如何理解阶级性与人民性的问题也有关。在这方面分歧是很多的，绝对的绝对主义者片面强调文艺标准的普遍性与永恒性（如某些古典主义者），绝对的相对论者片面强调个别差异的否定标准（如印象主义者）。但是大多数美学家以及大多数群众都认识到个别差异之中有一致性，审美有标准，但标准也并非绝对的。过去一般思想家都根据“普遍的人性”或“共同的感觉力”（康德）来解释这种相对的一致性。人性论问题近来曾经过热烈的讨论和批判，但必须承认，这个问题是一个难题，还不能说它已得到最后的合理解决。

从以上简略的叙述可以见出，美感（无论是第一意义还是第二意义的）问题要牵涉到美学领域里所有的基本问题，不能孤立地看待。这些问题都是有长久历史的老问题，大半还没有一致的意见，足见它们是复杂的、困难的，它们都还有待于进一步深入的研究。

文艺和梦一样，都是欲望带着假面具逃开意识检查。

文学的趣味

文学作品在艺术价值上有高低的分别，鉴别出这高低而特有所好、特有所恶，这就是普通所谓趣味。辨别一种作品的趣味就是评判，玩索一种作品的趣味就是欣赏，把自己在人生自然或艺术中所领略的趣味表现出来就是创造。趣味对于文学的重要于此可知，文学的修养可以说是趣味的修养。趣味是一个比喻，由口舌感觉引申出来的。它是一件极寻常的事，却也是一件极难的事。虽说“天下之口有同嗜”，而实际上“人莫不饮食也，鲜能知味”。它的难处在没有固定的客观标准，而同时又不能完全凭主观抉择。说完全没有客观标准吧，文章的美丑犹如食品的甜酸，究竟容许公是公非的存在；说完全可以凭客观标准吧，一般人对于文艺作品的欣赏有许多个别的差异，正如有人嗜甜、有人嗜辣。在文学方面下过一番功夫的人都明白文学上趣味的分别是极微妙的，差之毫厘往往谬以千里。极深厚的修养常在毫厘之差上见出，极艰苦的磨炼也常在毫厘之差上做功夫。

举一两个实例来说，南唐中主的《浣溪沙》是许多读者所熟读的：

菡萏香销翠叶残，西风愁起绿波间。还与韶光共憔悴，不堪看。

细雨梦回鸡塞远，小楼吹彻玉笙寒。多少泪珠何限恨，倚阑干。

冯正中、王荆公诸人都极赏“细雨梦回”二句，王静安在《人间词话》里却说：“‘菡萏香销’二句大有众芳芜秽美人迟暮之感，乃古今独赏其‘细雨梦回’二句，故知解正不易得。”《人间词话》又提到秦少游的《踏莎行》，这首词最后两句是“郴江幸自绕郴山，为谁流下潇湘去”，最为苏东坡所叹赏，王静安也不以为然：“少游词最为凄婉，至‘可堪孤馆闭春寒，杜鹃声里斜阳暮’，则变而为凄厉矣。东坡赏其后二语，犹为皮相。”

这种优秀的评判正足见趣味的高低。我们玩味文学作品时，随时要评判优劣，表示好恶，就随时要显趣味的高低。冯正中、王荆公、苏东坡诸人对于文学不能说算不得“解人”，他们所指出的好句也确实是好，可是细玩王静安所指出的另外几句，他们的见解确不无可议之处，至少是“郴江绕郴山”二句实在不如“孤馆闭春寒”二句。几句中间的差别微妙到不易分辨的程度，所以容易被人忽略过去。可是它所关却极深广，赏识“郴江绕郴山”的是一种胸襟，赏识“孤馆闭春寒”的另是一种胸襟；同时，在这一两首词中所用的鉴别的眼光可以应用来鉴别一切文艺作品，显出同样的抉择、同样的好恶，所以对于一章一句的欣赏大可见出一个人的一般文学趣味。好比善饮酒者有敏感鉴别一杯酒，就有敏感鉴别一切的酒。趣味其实就是这样的敏感，离开这一点儿敏感，文艺就无由欣赏，好丑妍媸就变成平等无别。

不仅欣赏，在创作方面我们也需要纯正的趣味。每个作者必须是自己严正的批评者，他在命意布局遣词造句上都须辨析锱铢，审慎抉择，不肯有一丝一毫的含糊敷衍。他的风格就是他的人格，而造成他的特殊风格的就是他的特殊趣味。一个作家的趣味在他的修改锻炼的功夫上最容易见出。西方名家的稿本多存在博物馆，其中修改的痕迹最足发人深省。中国名家修改的痕迹多随稿本湮没，但在笔记杂著中也偶可见一斑。姑举一例。黄山谷的《冲雪宿新寨》一首七律的五六两句原为“俗学近知回首晚，病身全觉折腰难”。这两句本甚好，所以王荆公在都中听到，就击节赞叹，说“黄某非风尘俗吏”。但是黄山谷自己仍不满意，最后改为“小吏有时须束带，故人颇问不休官”。这两句仍是用陶渊明见督邮的典故，却比原文来得委婉有含蓄，弃彼取此，亦全凭趣味。如果在趣味上不深究，黄山谷既写成原来两句，就大可苟且偷安。

以上谈欣赏和创作，摘句说明，只是为其轻而易举，其实一切文艺上的好恶都可作如是观。你可以特别爱好某一家、某一体、某一时代、某一派别，把其余都看成左道狐禅。文艺上的好恶往往和道德上的好恶同样强烈深固，一个人可以在趣味异同上区别敌友，党其所同，伐其所异。文学史上许多派别，许多笔墨官司，都是这样起来的。

在这里我们会起疑问：文艺有好坏，爱憎起于好坏，好的就应得一致爱好，坏的就应得一致憎恶，何以文艺的趣味有那么大的分歧呢？你拥护六朝，他崇拜唐宋；你赞赏苏辛，他推尊温李，纷纭扰攘，莫衷一是。作品的优越不尽可为凭，莎士比亚、布莱克、华兹华斯一般开风气的诗人在当时都不很为人重视。读者的深厚造诣也不尽可为凭，托尔斯泰攻击莎士比亚和歌德，约翰逊看不起弥尔顿，法郎士讥诮荷马和维吉尔。这种趣味的分歧是极有趣的事实。粗略地分析，造成这事实的有下列几个因素：

第一是资禀性情。文艺趣味的偏向在大体上先天已被决定。最显著的是民族根性。拉丁民族最喜欢明晰，条顿民族最喜欢力量，希伯来民族最喜欢严肃，他们所产生的文艺就各具一种风格，恰好表现他们的国民性。就个人论，据近代心理学的研究，许多类型的差异都可以影响文艺的趣味。比如在想象方面，“造型类”人物要求一切像图画那样一目了然，“涣散类”人物喜欢一切像音乐那样迷离隐约；在性情方面，“硬心类”人物偏袒阳刚，“软心类”人物特好阴柔；在天然倾向方面，“外倾”者喜欢戏剧式的动作，“内倾”者喜欢独语体诗式的默想。这只是就几个荦荦大端来说，每个人在资禀性情方面还有他的特殊个性，这和他的文艺趣味也密切相关。

其次是身世经历。《世说新语》中谢安有一次问子弟：“《毛诗》何句最佳？”谢玄回答：“昔我往矣，杨柳依依；今我来思，雨雪霏霏。”谢安表示异议，说：“‘讦谟定命，远猷辰告’句有雅人深致。”这两人的趣味不同，却恰合两人不同的身份。谢安自己当朝一品，所以特别能欣赏那形容老成谋国的两句；谢玄是翩翩佳公子，所以那流连风景、感物兴怀的句子很合他的口味。本来文学欣赏，贵能设身处地去体会。如果作品所写的与自己所经历的相近，我们自然更容易了解，更容易起同情。杜工部的诗在这抗战期中读起来，特别亲切有味，也就是这个道理。

第三是传统习尚。法国学者泰纳著《英国文学史》，指出“民族”“时代”“周围”为文学的三大决定因素，文艺的趣味也可以说大半受这三种势力影响。各民族、各时代都有它的传统。每个人的“周围”（法文 milieu 略似英文 circle，意谓“圈子”，即常接近的人物，比如说，属于一个派别就是站在那个圈子里）都有它的习尚。在西方，古典派与浪漫派、理想派和写实派；在中国，六朝文与唐宋古文，选体诗、唐诗和宋诗，五代词、北宋词和南宋词，桐城派古文和阳湖派古文，彼此中间都树有很森严的壁垒。投身到某一派旗帜之下的人，就觉得只有那一派是正统，阿其所好，以致目空其余一切。我个人与文艺界朋友的接触，深深感觉到传统习尚所产生的一些不愉快的经验。我对新文学属望很殷，费尽千言万语也不能说服国学耆宿们，让他们相信新文学也自有一番道理。我也很爱读旧诗文，向新文学作家称道旧诗文的好处，也被他们嗤为顽腐。此外新旧文学家中又各派别之下有派别，京派海派，左派右派，彼此相持不下。我冷眼看得很清楚，每派人都站在一个“圈子”里，那圈子就是他们的“天下”。

一个人在创作和欣赏时所表现的趣味，大半由上述三个因素决定。资禀性情、身世经历和传统习尚，都是很自然地套在一个人身上的，轻易不能摆脱，而且它们的影响有好有坏，也不必完全摆脱。

我们应该做的功夫是根据固有的资禀性情而加以磨砺陶冶，扩充身世经历而加以细心的体验，接收多方的传统习尚而求截长取短，融会贯通。这三层功夫就是普通所谓学问修养。纯恃天赋的趣味不足为凭，纯恃环境影响造成的趣味也不足为凭，纯正的可凭的趣味必定是学问修养的结果。

孔子有言：“知之者不如好之者，好之者不如乐之者”，仿佛以为知、好、乐是三层事，一层深一层；其实在文艺方面，第一难关是知，能知就能好，能好就能乐。知、好、乐三种心理活动融为一体，就是欣赏，而欣赏所凭的就是趣味。许多人在文艺趣味上有欠缺，大半由于在知上有欠缺。

有些人根本不知，当然不会盛感到趣味，看到任何好的作品都如蠢牛听琴，不起作用。这是的精神上的残废。犯这种毛病的人失去大部分生命的意味。

有些人知得不正确，于是趣味低劣，缺乏鉴别力，只以需要刺激或麻醉，取恶劣作品疗饥过瘾，以为这就是欣赏文学。这是精神上的中毒，可以使整个人的精神受腐化。

有些人知得不周全，趣味就难免窄狭，像上文所说的，被囿于某一派别的传统习尚，不能自拔。这是精神上的短视，“坐井观天，诬天藐小”。

要诊治三种流行的毛病，唯一的方剂是扩大眼界，加深知解。

一切价值都由比较得来，生长在平原，你说小山坡最高，你可以受原谅，但是你错误。“登东山而小鲁，登泰山而小天下”，那“天下”也只是孔子所能见到的天下。要把山估计得准确，你必须把世界名山都游历过、测量过。研究文学也是如此，你玩索的作品愈多、种类愈复杂、风格愈分歧，你的比较资料愈丰富、透视愈正确，你的鉴别力（这就是趣味）也就愈可靠。

人类心理都有几分惰性，常以先入为主，想获得一种新趣味，往往须战胜一种很顽强的抵抗力。许多旧文学家不能欣赏新文学作品，就因为这个道理。就我个人的经验来说，起初习文言文，后来改习语体文，颇费过一番冲突与挣扎。在才置信语体文时，对于文言文颇有些反感，后来多经摸索，觉得文言文仍有它不可磨灭的价值。专就学文言文说，我起初学桐城派古文，跟着古文家们骂六朝文的绮靡，后来稍致力于六朝人的著作，才觉得六朝文也有为唐宋文所不可及处。在诗方面我从唐诗入手，觉宋诗索然无味，后来读宋人作品较多，才发见宋诗也特有一种风味。我学外国文学的经验也大致相同，往往从笃嗜甲派不了解乙派，到了解乙派而对甲派重新估定价值。我因而想到培养文学趣味好比开疆辟土，须逐渐把本来非我所有的征服为我所有。英国诗人华兹华斯说道：“一个诗人不仅要创造作品，还要创造能欣赏那种作品的趣味。”我想不仅作者如此，读者也须时常创造他的趣味。生生不息的趣味才是活的趣味，像死水一般静止的趣味必定陈腐。活的趣味时时刻刻在发现新境界，死的趣味老是囿在一个窄狭的圈子里。这道理可以适用于个人的文学修养，也可以适用于全民族的文学演进史。